镜像中国

MIRRORS OF CHINA

周群　马传思◎主编

潘铁豪◎编著

北京理工大学出版社

BEIJING INSTITUTE OF TECHNOLOGY PRESS

图书在版编目（ＣＩＰ）数据

镜像中国 / 周群, 马传思主编 ; 潘铁豪编著.
-- 北京 : 北京理工大学出版社, 2024.4
（中国青少年科幻分级读物. 中学卷）
ISBN 978-7-5763-3765-5

Ⅰ. ①镜… Ⅱ. ①周… ②马… ③潘… Ⅲ. ①幻想小说－小说集－中国－当代 Ⅳ. ①I247.7

中国国家版本馆CIP数据核字（2024）第064882号

责任编辑：王梦春	**文案编辑**：邓　洁
责任校对：刘亚男	**责任印制**：施胜娟

出版发行 / 北京理工大学出版社有限责任公司

社　　址 / 北京市丰台区四合庄路6号

邮　　编 / 100070

电　　话 / （010）68944451（大众售后服务热线）
　　　　　　 （010）68912824（大众售后服务热线）

网　　址 / http://www.bitpress.com.cn

版印次 / 2024 年 4 月第 1 版第 1 次印刷

印　　刷 / 河北盛世彩捷印刷有限公司

开　　本 / 880 mm × 1230 mm　1/32

印　　张 / 9.125

字　　数 / 182 千字

定　　价 / 39.80 元

亲爱的中学生朋友：

你们好！欢迎来到充满未知和神奇想象力的科幻世界！

本丛书共四册，每一册分别聚焦一个主题——

《远行柯伊伯》的主题为"探索与热爱"。科幻是关于探索的文学，这一册中的作品充分体现了人类对科学和新技术的无限热爱和不懈追求；

《重启地球》的主题为"警示与担当"。收录的作品不仅提供了对未来可能风险的预见，还强调了我们作为地球公民的责任与担当；

《多维接触》的主题为"多元与理解"。这一册中的作品呈现了不同的文化甚至宇宙文明之间的碰撞与融合。同学们不仅能从中感受到多样性文化的魅力，还将学习如何在差异中找到共通，从而培养更为开放和包容的心态。

《镜像中国》的主题为"国风与传承"。中国传统文化为科幻作家们的创作提供了丰富的素材和灵感。这一册中的作品不仅能引领同学们对现代化进程中的机遇与挑战进行深入思考，还能帮助你们坚定文化自信与自我认同。

在翻阅过程中，细心的同学会发现，在每一篇作品前都有编者精心撰写的导读文章，正文后还设有"思想实验室"栏目。可能有的同学要问：什么是"思想实验"？丛书中为什么要设置这样一个版块？

先说什么是"思想实验"。

"思想实验"是科学探索中一种强大的认知工具，指科学家在没有实际实验条件的情况下，通过构想出特定的情境和条件，推理和分析可能出现的结果或行为的反应，从而对一个想法或理论进行验证，进而探索和发现规律。科幻作品通过构建极致化的情节和充满惊奇感的场景，将复杂的科学哲学与技术伦理等重要问题呈现给读者，为读者提供既安全又充满想象空间的环境来探索各种"如果"，这样的阅读和思考的过程实际上就是在进行一种探索性的"思想实验"。基于编者对科幻作品"思想实验"这一价值的认识，中学卷中特别设置了"思想实验室"栏目。期待同学们借助栏目中问题的引导，打开思维边界，激发出自己对未知事物的好奇心和求知欲，并且在逻辑思维、辩证思维和创造思维方面得到长足的发展，最终获得深刻的洞察力和宝贵的智慧。

希望这套丛书能够成为同学们认识世界、了解自我、探索未知的伙伴。相信在这套丛书中，你们能发现启迪思想的光芒，感受到探索未知的激情，滋生出面对现实世界挑战的勇气。

祝同学们阅读愉快！

编者

2024 年 4 月

目 录

五块石传奇

谢云宁

　　盘古开天、女娲造人、夸父逐日、共工触山……有关中华民族的史前传说异彩纷呈，无论哪一种想象，都发散着神话的光芒。但当今人翻阅古籍，试图去还原传说中所记载的古人神异力量时，却会发现那些故事是至今都难以完成的壮举。关于上古洪荒的传说，记录在册的文字虽然少之又少，但留给后人无穷的想象空间，以至于人们在掩卷沉思时会追问：在历史的长河之中，是否有更加智慧的外星文明为我们的祖先做出了指引？

　　科幻作家谢云宁的《五块石传奇》即围绕这样的猜想展开。作品的主人公舒汉正是四川大学考古系的教授。他在一次"五块石"挖掘的考古研究中受邀前往现场，在证明现场挖掘的巨石与史料记载中的"五块石"相关之时，天地风云骤变。原来，远道而来的外星文明，竟与三星堆遗址出土文物息息相关——飞船之中的外星人，自称是古蜀文明"蚕丛王"的子孙。他究竟为何而来？他又是否能够为我们揭开三星堆遗址的疑云？在《五块石传奇》中，作家运用科幻的元素对古蜀文明进行想象的诠释，进一步揭示暗藏在历史长河背后的奥秘。作者在讲述科幻故事的同时，还不忘将幻想和现实进行增强联结：挖掘出土的神秘巨石与历史文献中的"海眼"轶事的联系不断加强，三星堆与金沙遗址的出土文物和外星文明的样貌紧密关联，甚至史书记载的天地异象也能够用目前的天文科学进行解释……作者就像是成都平原上带领先民努力疏浚的"蚕丛王"，没有故弄玄虚地隐藏陷阱，没有设置突如其来的最终反转，更没有吊人胃口的真相大白，质朴的讲故事风格令人读来颇觉故事的推演有理有据，亦幻亦真。

值得一提的是，这篇作品体现了中国科幻在几十年发展中的创新与传承——《五块石传奇》写的是四川考古继而关联外星文明的故事，几十年前相同题材的还有童恩正先生的《石笋行》。从阅读《石笋行》到创作《五块石传奇》，谢云宁完成了从科幻迷到科幻作者的身份转变。他以自己的作品向儿时科幻启蒙先辈致敬，也向历史传说中"筚路蓝缕，以启山林"的华夏先民致以深深的敬意。

·正文

　　"蚕丛及鱼凫，开国何茫然。尔来四万八千岁，不与秦塞通人烟。"

——李白《蜀道难》

一

　　当舒汉正赶到现场时，这个位于闹市区的建筑工地里里外外聚满了人：停工的建筑工人，看热闹的市民，以及闻讯赶来的记者。在人群中，他一眼就看到了自己的学生小秦。

　　小秦也看见了他，热情地走过来招呼道："舒老师，你来了。"他曾是舒汉正的研究生，目前在市文物局任职。

　　"这么紧急地通知我赶过来，一定是又发现了什么宝贝吧？"舒汉正笑着说道。他是四川大学考古系的一名教授，尽管才四十出头，但已是考古学界一位成绩斐然的专家，在成都最近的几次大型文物发掘工程中都担任了顾问。

　　"传说中镇压海眼的'五块石'被挖出来了。"小秦语气一下子激动起来。

　　"'五块石'？"舒汉正一头雾水——在成都，"五块石"是一个大型批发市场。

"我们挖出的这个'五块石',初步推断,就是宋代客居成都的陆游于《老学庵笔记》中描述的'成都石笋,其状与笋不类,乃累叠数石成之。所谓海眼,亦非妄……'"小秦兴奋地吟诵起来。

"我想起来了。"舒汉正心中不由一颤,陆游所见到的"五块石"曾数次出现在不同朝代的不同典籍中,其应当是古时成都城中一座非常显眼的地标性建筑,只是到了近代才不知为何突然消失。

舒汉正顾不得多说,快步走到工地的地基坑前。这是一个面积上千平方米、深约十米的大坑。大坑中央被挖出了一方更深的小坑,其中犹如隆起的小山丘般兀立着五块层叠的巨石,均呈不规则的圆盘形,每块巨石约莫一米多高,直径约十米。几位考古工作者正在精心清理附着在石头表面的浮土,巨石逐渐显露出棱角分明的轮廓与黢黑的色泽。

舒汉正急忙下到坑中,走近巨石堆。

"石头是今天早上打地基定桩位时被发现的,"一位与舒汉正相熟的考古工作者告诉他,"当时,挖掘机在挖土方,突然碰到了一个坚硬的物体,于是工人们顺着物体的边缘开挖,最后挖出了这五块叠在一起的石头。"

"石头下面有没有什么发现?"舒汉正紧张地问。

"工人们都没敢往下挖,害怕下面真有海眼。"对方笑了笑,听出了舒汉正的弦外之音,"不过我倒是没看出什么特别之处,与石头同层的泥土属于清代晚期的'文化层',最底层石头的下面也只是极其普通的更早年代的土层。"

舒汉正点了点头，看来"五块石"是到了清代才遁入地下的。接下来，他近距离观察起了这五块嶙峋巨石，凹凸不平的斑驳石面上雕刻有年代久远而漫漶难辨的图案，与此同时，他在脑海中努力回想史书中有关"五块石"的记载，最为详尽的应该是明朝天启年间《成都府志》中的记撰："府城治南万里桥之西，有五石相迭，高一丈余，围倍之。"而《四川通志》则记载："相传下有海眼，昔人尝起其石，风雨暴作。"

他身处的工地位于青羊区大石路，古时的万里桥现今已易名为老南门大桥，位于此地向东不过两公里。由此说来，眼前巨石无论所在地点还是外貌都与古人记载同出一辙，这极可能就是古人所见到的"五块石"。只是"海眼"与"风暴"的说法让重现天日的巨石平添上一层诡谲之感。

正当舒汉正聚精会神于巨石时，一位戴眼镜、身着西装的中年男子来到了他跟前。他抬眼一看，原来是他的老熟人——分管城市文物的市政府副秘书长老方，他俩曾打过好几次交道。

"舒教授，你对出土的巨石怎么看？"没有多余的寒暄，老方直奔主题。

"如果这些石头真是古时记载的'五块石'的话，"舒汉正清了清嗓子，"那么关于它有很多种说法，有人认为其是放置在古代卿相达人墓穴前的石表，还有说法称石头是古蜀开国君王蚕丛所留的'启国镇蜀之碑'。当然，还有一种最具神话色彩的说法，说石头是上古神仙留在地上的镇海之物。"

"镇海之物？"老方来了兴趣。

"相传一旦移动巨石，澎湃的海水将从石下海眼涌出，顷刻间淹没整个成都平原。"

"你对此有何看法？"

"镇海之说当然只是古人穿凿附会之词。以我在成都地区多年的考古经验来判断，'五块石'极可能是古蜀先民'大石崇拜'的遗迹。"

"'大石崇拜'的遗迹？"

"是的，'大石崇拜'是世界上很多民族在成长过程中都有过的一种祭祀行为，比如英国的史前巨石阵、墨西哥的玛雅巨石金字塔，就在我们成都市内，也有武担石、天涯石、地角石、支矶石这些有迹可循的大石遗迹。我们的古蜀先民是从岷山深处一路迁徙到成都平原的，因此，从岷山搬移来的巨石自然成为他们对过去与先祖的一种回忆与祭奠。"

"那你又怎么看'海眼'？"老方继续发问道。

"'海眼'的说法在整个成都平原都流传甚广，我想这应该是古蜀先民们对于水患的一种世代相传的恐惧。"

"这又怎么说？"

"成都平原在远古时期曾是浩渺汪洋，但自有人类活动起，海洋就已消失，整个平原都变成了低洼湿地，一旦岷江洪水季节性泛滥，坦荡如砥的广阔平原将成为一片泽国水乡，古蜀先民因此饱受水患之苦。"

"直到李冰父子修筑了都江堰，才使成都平原成为'水旱从人，不知饥馑'的天府之国。"老方附和道。

"其实，蜀地治水也不光是李冰父子的丰功伟绩，在古蜀国被秦国吞并以前，历代蜀王都致力于抵御水患，兴修水利，都江堰只因是最后一个集大成的宏伟工程而被后世所熟知。"舒汉正笑着打住了话题，"当然，这个扯远了。"

"我明白你的意思了，你的见解很独到。"老方拍了拍舒汉正的肩，"感谢你的解惑。好了，我不打搅你了。"

说完，老方与舒汉正握手作别，舒汉正又投入到了对巨石的探究中。

二

随后几天的挖掘证明舒汉正的推测大抵是对的，考古工作者掘地三尺，也没能在巨石周边发现任何遗迹或墓穴，看起来孤立的巨石堆真的只是古蜀先民祭祀活动的遗迹。

鉴于大石出土之处已变成开发商的楼盘用地，经过各方协商，政府决定择日将五块巨石整体搬移到距出土地四公里外的金沙遗址博物馆。很快，成都市政府召开了新闻发布会，向外界公布这一决定。

舒汉正对这个结果很是满意，在他看来，这样能保证大石文物日后得到良好的保护。除此之外更重要的是，他在心底认定"五块石"与金沙遗迹同属一个文明的产物——都是由古蜀先民在中原文明尚未进入四川盆地之前创造的，因此，"五块石"也算是物归原处。只是，要让学术界认同他的这个观点，他还需要找出更有说服力的证据。

于是，在接下来的周末，舒汉正一个人来到了金沙博物馆。

博物馆坐落于成都城区的西北二环外环，占地 456 亩，是在金沙遗址原址上建立起来的一座遗址类博物馆。2001 年金沙遗址被发现时，这一带周围还是荒凉的城郊农田。随着城市的发展，如今博物馆周边渐已林立起成片的高档住宅小区。所幸的是，在阔大的馆区内还是保留了茂盛的植被以及潺潺小溪，使得游客在瞻仰古蜀文明之光之余，还能享受到城市中难得的自然之境。

今天是周日，来博物馆参观的游客很多。舒汉正对这里已是相当熟悉，他径直走进了设施现代化的文物陈列馆。

场馆中琳琅满目地陈列着一件件旷世珍宝，这些陈列物都出土自一个深埋于地下的庞大祭祀坑。舒汉正漫步在馆中，幽暗的光线、空灵的背景音乐声，让他犹如进入了时空隧道，穿越到三千年前的古蜀王国祭祀现场。象牙、玉琮、玉璋、玉圭、青铜立人、石跪坐人像……他的心情不由变得宁静起来，一个人静静地审视起古蜀文明的脉络。

在三星堆与金沙遗址被发现之前，古蜀国可谓始终笼罩在"开国何茫然"的云雾缭绕中，语焉不详的历史仅散见于《蜀王本纪》与《华阳国志》等几部古籍中的寥寥数言。相传，古蜀国先后出现过五位杰出的国王，蚕丛、柏灌、鱼凫、杜宇、鳖灵，他们给后世留下了一连串极其富有浪漫色彩的传说，诸如"蚕丛纵目""柏灌神化不死""鱼凫嬗变为老鸹""杜宇啼血化杜鹃""鳖灵溺水死然后复活"等。这让人很难辨别半人半神的历代蜀王与他们所创造的神秘王国是否真实存在于历史之中。

所幸的是，三星堆与金沙遗址的相继发现，使得荒诞扑朔的上古传说成为确凿的信史。

不觉之间，舒汉正来到了展厅的中心位置，在这里他见到了整座博物馆最负盛名的珍宝——太阳神鸟金箔。

光彩熠熠的金箔被展示在一个立体水晶柱之上，纤巧的金箔厚度仅 0.02 厘米，整个图案以精致的镂空方式呈现。太阳神鸟内层分布有十二道蜿蜒的齿状光芒；外层图案由四只逆时针飞翔的飞鸟首足相接，四只神鸟围绕着光芒四射的太阳蓬勃飞翔，因此太阳神鸟又被称为"四鸟绕日"——这展现了远古蜀先民独特的太阳崇拜。

在太阳神鸟前驻足了很久后，舒汉正又踱步到了与神鸟遥遥相望的黄金面具展示区——黄金面具是博物馆中与太阳神鸟齐名的另一件镇馆之宝。它的尺寸与真人面孔相同，外貌却迥异：四方阔脸，长方形招风耳，一双镂空的大眼，下眼睑低垂，挺鼻大嘴，尽显一股岿然不动的王者之风……

忽然间，舒汉正发散出几千年的思绪被一个甜美的声音打断了："我们可以看到，神秘的黄金面具与三星堆出土的青铜纵目面具在造型上几乎一致，差异只在于眼睛的部分——"舒汉正回过神来，原来是一位漂亮的女解说员带领着一队大学生模样的参观者来到了自己身旁。

这位年轻的女解说员身着黑色套装，显得精神干练且落落大方，她声情并茂地讲述着黄金面具背后的神奇："大家可以看看黄金面具后面的图片展示。相比黄金面具，三星堆出土的青铜纵目面具的眼睛部分并不是镂空的，而是一对柱状向前凸出的眼珠。"

大学生们将目光齐刷刷投向了黄金面具背后的展板，上面呈现有来自三星堆的青铜纵目面具，外形果然与黄金面具如出一辙，只是青铜纵目面具多了一对惊世骇俗的突出双眼，这一诡异之处引得大学生们一阵啧啧称奇。

"哇，眼中有犄角，身后有尾巴，谁也不知道，我有多少秘密，秘密——"一位调皮的男生竟自编自唱起歌曲。

女解说员也被逗乐了，在掩嘴轻笑后，又继续认真地说道："大家一定觉得这纵目面具太过奇幻怪诞，但考古学者考证发现，纵目面具实际上是古蜀人将自己的始祖王蚕丛神灵化而得——"

"蚕虫？"一个声音小声咕哝道，又引起了一阵哄笑。

"是蚕丛，当然，他和蚕虫也有一些关系。"女解说员耐心地解说道，"蚕丛是古蜀国第一代开国君王，是他率领古蜀先民从不宜五谷的岷山深处迁移到广袤的成都平原，他也是中国历史上第一位将山上野蚕变为家蚕的人。《华阳国志》记载'蜀侯蚕丛，其目纵，始称王。''其目纵'也就是我们看到纵目面具上突出的柱状眼球。还有学者考证出代表我们四川的'蜀'字就来源于蚕丛，'蜀'字上部'目'是蚕丛独特的纵目，而下部'虫'则表达着蚕丛养蚕的事迹。"

女解说员顿了顿，望着沉浸在她解说中的学生们，他们似乎还在期待听到更多"蚕丛"的"神迹"，于是她继续说道："四川地区自古流传着许多蚕丛的神话，相传他'衣青衣，劝农桑，民皆神之'，后世尊称他为'青衣神'，以至于今天的四川境内还有以他命名的青神县以及青衣江。另外值得一提的是，传说他拥有不可思议的三百岁的寿命。"

"他一定是外星人——"又是之前那位活跃的男生起哄道。

"当然，这也是一种说法。"女解说员并没有生气，"确实有学者将蚕丛以及古蜀文明与天外来客联系在一起，一些科幻作家由此创作出精彩的科幻小说。"

这时候，舒汉正有些沉默不住了，女解说员的解说触碰到了他的一根敏感神经——他一直对古蜀文明来自外星的说法颇有一些抵触情绪，他斟酌着开口道："尽管古蜀文明是在一个相对封闭的地区创造出的与中原文明迥异的灿烂文明，但并不见得是由外星人带来的。"

"舒教授——"女解说员认出了舒汉正，她激动地向大学生们介绍起了他，"这是我们成都考古学界的大学者，舒汉正先生。他曾参与了金沙文物的挖掘工作。"

舒汉正和蔼地对大家笑了笑："从金沙与三星堆来看，古蜀先民制造的某些金器与青铜器的工艺确实要比同期夏商文明先进一些，但这种先进并不是什么神乎其技、高不可及的高科技，只是一些焊接与锻造上的讲究。我相信古蜀先民凭借自身的智慧是完全可以独立地摸索出的。同时，古蜀文明也没有如很多人想象的那样神秘地突然湮没，她只是以支流的形式汇入到了华夏文明当中，成为华夏文明的一个有机组成部分。"

女解说员赞同地点了点头："舒教授，你再给同学们讲讲纵目面具的来历吧。"

舒汉正望着同学们认真聆听的诚恳样子，又继续说道："我们看到黄金与青铜纵目面具反映出的奇特蚕丛形象，应当是古蜀先民赋予他们所崇敬的领袖蚕丛'千里眼'与'顺风耳'的美好赞颂，是一种艺术夸张，并不见得是写实。"

舒汉正一边讲述着，一边也在梳理自己的思绪，蚕丛王是古蜀文明一个绕不开的话题，而几天前发现的"五块石"有一种说法正是由蚕丛王所留，这或许是自己应该着手思考的一个线索……

三

到了搬迁"五块石"这天，舒汉正早早地来到工地。他见到今天过来围观搬迁的人并不多，吊车与重型卡车都已经开入了工地，他的学生小秦正在向工人们布置工作。

"舒老师，你这么忙，怎么还亲自过来一趟。"小秦招呼道。

"没事就过来看看。"舒汉正笑了笑。

"今天真是个好日子。"小秦寒暄道。

"是啊——"舒汉正点了点头，抬头望了望天空，此时太阳高照，秋高气爽，在成都算得上是难得的好天气。可也不知为何，他的心情并不轻松。

下午两点整，搬移开始了。

舒汉正屏住了呼吸，紧张注视着吊臂将顶层的巨石缓缓吊起，移向不远处的重型卡车。

这一刻，舒汉正感到四周环境出奇寂静起来。忽然间，天空中传来一声雷霆巨响，他慌忙抬头，只见天色剧变，之前还明媚艳丽的太阳不见了踪影，阴沉沉的乌云正在飞一般聚拢，接着狂风骤起，一眨眼的工夫，子弹般的雨点就开始从天倾泻而下。

"我的老天啊，天塌下来了——"有人惊叫道。

"'海眼'是真的！"不知是谁惊恐万分地高喊道。

人群顿时陷入一片恐慌。

"不要慌乱，先放下石头！"小秦临危不乱，沉着指挥道。

受到惊吓的吊车操作员这才反应过来，战战兢兢地操作吊臂，将巨石移回了原处。

然而，狂暴的雷雨并没有因此停止，反而愈演愈烈。

更加令人震惊的一幕出现了，大雨中的天空竟然逐渐明亮了起来，低低的灰暗云层像是被什么奇异的光亮染了色一般，慢慢地变得湛蓝。那些破碎的奇形怪状的云块，波浪般翻涌着，一束束斑驳陆离的五色电光穿行其间，这就犹如一面无边无际、怒涛汹涌的大海倒悬在天穹中。

面对这番从未见过的梦幻奇景，舒汉正忘记了恐惧，他痴痴地呆立在原地，任凭飘泼大雨将自己全身淋透。这一刻，他恍然醒悟了过来，原来"海眼"确有其事，只是被古人讹传为"地下"，实则应为"天上"！

蓦然间，像是"上天"在应和他的顿悟，一道巨大的光电火球突如其来地从天幕直插而下，不偏不倚地降临在巨石的顶部，激起耀眼的幽蓝电火花，整个工地的地面也随之摇晃了一下。

这是一道球形闪电！

"快跑！"伴随着惊慌失措的叫喊声，人群惶恐四散。舒汉正也跟着远离了"五块石"。

在随后的时间里，差不多每间隔 10 分钟就有一道球形闪电如同天地间接连起落的光剑一般劈向巨石！站在远处，舒汉正心悸不堪地目睹了这惊心动魄的过程：巍然屹立的五块巨石如同暴风雨中的灯塔，不断接受着自天幕降落下的奇幻电光。

这样诡异的电闪雷鸣持续了一小时，随着雨渐渐变小，天空中云块散去，太阳幡然显现，天空又晴朗了起来。

工地迅速恢复了平静，雨后的地基坑变成了一片积水的泥沼，被雨水冲洗过的巨石依旧岿然不动地矗立在深坑中央，沐浴着太阳的光辉，似乎什么也不曾发生过。

然而，谁也不敢再去接近巨石，惊魂未定的人们都在等待着上级部门的指示。

全身湿透的舒汉正只得先回了家。他洗了个热水澡，换了一身衣服，心情始终无法平复。

这一夜，他躺在床上怎么也睡不着。他是一位坚定的唯物主义者，并不相信什么怪力乱神的超自然事件，在他的认知中，世间即使发生了难以理解的奇事，也仅是因为人类一时无法进行科学解释罢了。

五块石引发的"海眼"一定与某种人类未知的自然现象有关。

第二天天还没亮，舒汉正就急匆匆地赶到了工地。

还没走到近前，他远远就看到一大队全副武装的武警已经将现场保护了起来，他被告知，工地旁边的一整座宾馆已经被当地政府包下，作为临时指挥中心。

当舒汉正踏入宾馆的会议厅时，他看到大厅中围着会议桌坐了不少人，其中大部分都是紧急召集来的各个学科的优秀专家，还有个别军官与政府官员。

舒汉正为自己冲了一杯浓咖啡，然后找了个位子坐下来。

他刚好赶上中科院成都地理所的梅教授向大家做通报。

年届七十依旧精神十足的梅教授站在投影大屏幕前，声调沉稳地开始了讲述："在座的各位应该都很清楚，昨天下午成都地区出现了一次区域性暴雨，这场暴雨十分罕见地伴随有极光现象，我们初步认定这一次反常的自然现象是由太阳风穿透地球的高层大气层，长驱直入进入到成都上空，剧烈作用于云层而形成。"

梅教授顿住抚了抚眼镜，眉头紧锁地望着台下，他接着补充道："可能很多其他学科的老师不太清楚太阳风的机理，太阳风是太阳表层气体喷射出的超音速等离子体带电粒子流，大部分由质子和中子构成。"

梅教授的一席话引得在场专家的一阵议论。这时，成都物理所的老赵站起身提出了自己的疑问："梅教授，据我所知，我们地球的磁场完全可以抵挡住太阳风的来袭。"

"是的，通常是这样的，但是也有例外。"梅教授说，他在屏幕上打开了一个网页，上面出现了地球磁场的图片，复杂的地球磁场就像是一个变了形的肥皂泡。"大家可以看到，地球磁场一直延伸到太空外达数万公里，能够成为抵御太阳风的可靠屏障。不过，这道屏障也并非毫无破绽。2012 年，美国宇航局发现地球磁场内隐藏着一个'入口'，这入口被称为'X 点'或者'电子扩散区'，当太阳风所包含的磁场方向在局部上与地球磁场方向相反时，两个磁场的交错将导致这个口子开启，太阳风将乘虚而入。科研人员同时还发现，这个口子非常不稳定，总是时开时合，难以预测。但就在昨天下午，这个口子前所未有地扩张开了，大量来自太阳的带电粒子蜂拥进了地球大气层内。"

梅教授的报告让在场的人们都陷入了震骇与疑惑，太阳如此神奇的异动与"五块石"究竟有着怎样的关联？

"我很想知道我们看到的那些球状闪电是什么。"舒汉正也提出自己的疑问。

"我们没有足够的探测数据，因此只能根据外形去判断，我们倾向于认为击中巨石的是一团团等离子态发光体。"梅教授顿了顿，他的表情变得复杂起来，"我猜，它们来自太阳。"

舒汉正双手下意识地抓紧了桌沿："你的意思是，太阳与五块石进行着交流……"

"我怎么知道？"梅教授脸上浮现出一丝无奈的笑容，"你们应该比我们更清楚。"

"如果真是与太阳交流……'五块石'……古蜀国的太阳崇拜。"舒汉正喃喃自语着，他隐约觉察到了一些线索。

"我有一个猜想，'五块石'可能是外星人安置在地球的报警器。"一位年轻人打断了舒汉正的思绪，他是梅教授的助手小刘，一位海归博士。他的语调颤抖而急迫，似乎急于表达自己的想法，

"一旦我们触动它，报警器会自动向太阳报警。"

"你的意思是，太阳中存在着外星人？"舒汉正惊异道。

"或许太阳中的外星文明在远古时代就放置了这个报警器，一旦报警信号响起，他们可能会很快现身。"小刘激动得有些语无伦次，"甚至还有一种更加离奇的可能性，外星人实际已经来到我们地球了。"

"他们在哪里？"舒汉正急切地问。

"我们昨天看到的闪电，或许就是外星生命的存在形态。他们已经以电磁波的形式进入地球大气层内，只是我们无法看到——"小刘顿住了，他的眼睛中闪过一丝光亮，然后他又补充了一句，"宇宙中外星生命的形态可能远远超乎我们人类的想象。"

"你的说法真是疯狂——"舒汉正倒吸一口凉气，但他还是不禁将视线移向了窗外。

小刘说出的这一不可思议的猜想引得在场所有人面面相觑，大家开始交头接耳起来。

就在这时，一位年轻的女军官急切地站起身，她的一只耳朵上别着蓝牙耳机，之前她一直埋头专注于自己的电脑，现在她大声说道："请大家安静一下，有紧急情况。"

大厅前端的投影幕布随即切换了画面，投影幕布上出现了美国哥伦比亚电视台的新闻直播画面。画面中，一位神情忧戚的女主播正在用英语播报新闻，她身后是一幅巨大的太阳图像，只见狂暴的烈焰激荡在猩红的太阳表面。

"直播画面是美国 SOHO 太阳轨道探测器发回的实时视频，一个奇怪的物体正在从太阳中心跃出。"女军官不动声色地介绍道。

舒汉正睁大眼睛注视着太阳,果然,在太阳中心那片星星点点的黑色太阳耀斑之中,一粒微小的金色光斑正醒目地震颤着。

紧接着,金色光斑所在的区域被飞速放大,光斑逐渐显现出了模糊的细节,最后,一个有着流线型轮廓、充满金属质感的椭圆形圆盘定格在了画面正中。

大厅中爆发出一阵惊呼声,女军官继续冷静地翻译着新闻:"当探测器捕捉到这个飞行器时,它正位于太阳的光球层,看上去像是从太阳内部跃出,正在向太阳外层迅速运动。它的半径达到了惊人的一百公里。NASA 科研人员表示,难以想象这架飞行器如何承受太阳的高温以及太阳耀斑的电磁波冲击。"

女军官语速极快地说着,忽然,她顿住了,像是接听到了耳机信号,这一刻,她的表情凝固住了。一分钟后,她抬眼环顾了一圈四周:"来自太阳的飞行物已经进入地球大气层,径直飞到了成都上空。"

这个消息如同一枚重磅炸弹,立刻使大厅里一片沸腾。舒汉正怔愣了片刻后,第一个冲向了楼下的工地。

四

舒汉正站在"五块石"前,昂头望着天空,见到了闪耀在蓝天白云间那一面金光闪闪的圆盘,圆盘正飞速地旋转着,越变越大。几分钟后,圆盘停止了变大,悬浮在上千米的高空中。圆盘是如此之巨大，看上去足足有一座城市那么大，占据了他的大半个视野，完全遮掩住了太阳。

舒汉正站在圆盘投下的阴影中，他看到圆盘的几何中心似乎正对着自己所在的区域。此刻，他的身旁陆续围聚起了其他人，他们都将作为人类的代表与外星文明进行第一次接触。

缓缓地，圆盘停止了旋转，一动不动地盘桓在高空。

直到这一刻，舒汉正才看清了飞盘底部的图案，并为之惊诧。这个图案他是如此的熟悉：圆盘正中央一团齿轮状的旋涡就如同一轮灿烂炽烈的火球，四只蓬勃翱翔的飞鸟围绕在外层。

这正是金沙遗迹出土的太阳神鸟！

舒汉正只感到一阵眩晕。

他还没回过神来，飞碟底部的太阳形如闸门般缓缓开启，从中投射出一道蓝色强光，一个金光闪闪的高大人形在光柱中缓缓飘向地面。

最后，金色人形稳稳地降落在"五块石"前。

舒汉正睁大眼睛打量着这位太阳来客：他身高超过两米，身着金箔状连体服，有着与人类相似的身形，仅有的差异主要集中在脸部：在一张过于方正阔大的脸颊上，一双黑曜石般透亮的眼睛像螃蟹一样向外凸起，还有一对醒目的招风大耳竖立在脸颊两侧。

这与三星堆出土的青铜纵目面具是何其相似！

这位表情肃穆的纵目人扭转着突出的眼珠环视了众人一圈，一分钟后，他竟缓步走向了人群！

所有人都本能地向后闪躲，就在这一刻，纵目人朝着人群露出一抹充满惊悚感的笑容，他动作夸张地摊了摊双手，开口说话：
"你们不用感到恐慌，我不会伤害你们。"

纵目人使用的竟是相当标准的汉语普通话！人们迟疑着停下了
脚步。

这一刻，舒汉正感到纵目人似乎将如炬的目光投向了自己，
"舒汉正教授，我能与你交流几句吗？"

舒汉正不敢相信自己的耳朵，"你是在和我说话？"他声音颤
抖地发问。

"是的，刚才我扫描了方圆一公里内所有人的大脑，在获得你
们语言方式的同时还从中遴选出了一位知识储备最适合与我交流的
人。我寻找到了你。"纵目人走到了距舒汉正两米的地方。

"……我很荣幸。"舒汉正嗫嚅道。

"我想你们对我的到来一定感到很惊奇。"纵目人露出一丝貌
似友善的神情。

"有一点，"舒汉正努力让自己镇定下来，"你是……蚕丛王？"

"不，你们所称的蚕丛是我曾祖父的哥哥，也就是我的曾叔祖
父。他四千年前已在地球去世了。"

"地球……你们来自……"舒汉正心中一个激灵。

"银河系的中心区域。"

"他们"并不是来自太阳。"可你是如何来到地球的？你的飞船
似乎是从太阳中蹿出来的。"舒汉正困惑道。

"是的，我的来到确实需要借助如你们的太阳这样的恒星，"纵
目人说，"要知道，让飞船在广袤的宇宙间以光速飞行需要巨大的

能量，随船携带如此多的燃料是不可行的。因此，我们的文明选择了取用散布于宇宙各处的恒星的能量形成虫洞的方式，驾驭飞船穿过虫洞实现超光速跃迁。这样一来，一颗颗恒星就如宇宙间天然的驿站，我们可以瞬间出没于任何一颗恒星周围。"

"真是不可思议，这样做不会对恒星造成什么影响吗？"

"影响十分微小，像我这次从太阳中跃出只消耗了太阳百万分之一的能量。"

"你的到来是由于我们触发了你们埋藏在'五块石'中的通信器？"

"是这样的。"

"你是第一次来到地球？"舒汉正忍不住好奇地问。不觉之间，纵目人的面孔看上去不再那么狰狞可怖，他心中的恐惧也在慢慢褪去。

"不，在四百年前你们的明朝年间，就有好事者曾搬动过巨石，我也被召唤到地球，但我失望地发现那时的人类还不具备与我交流的认知水平，因此我没有与人类进行接触。"

"原来如此。"舒汉正感叹道，如此说来史书中有关移石引发风暴的记载是确有其事。

"这么说来，你和蚕丛都是来自其他星球的外星人？"舒汉正声音干涩地问道。

纵目人在听到这个问题后脸上浮现出一丝笑容："我知道你在内心深处并不愿相信灿烂的古蜀文明是由外星人的力量铸就的。"

舒汉正愣了一下，然后有些不好意思地承认："或许是吧，不过在事实面前，我也有着足够的豁达。请你告诉我，古蜀文明真是由你们高等的外星文明创造的？"

"答案是否定的，"纵目人意味深长地望着他，"你想不想亲眼见识一番我曾叔祖父蚕丛的事迹？"

舒汉正心中一颤："亲眼见识……这如何办得到？"

"就在上次造访地球时，我寻找到了深藏于叠溪山林中的蚕丛坟穴，尽管他的尸体早已腐化，但我找到了埋植于他体内的记忆芯片，这块芯片忠实地记录了他生命的每一个时刻。我从他一生的影像中剪辑了几个片段，你在看过之后自然就能消除心中的疑问。你愿意试一试吗？"纵目人定定地望着舒汉正。

"我非常愿意。"舒汉正没有犹豫。

"你到我的面前来。"纵目人说。

舒汉正深吸了口气，走了过去。

待他站定，纵目人庄重地伸出右手，将巨大的手掌轻轻放在他的额头。

一股柔和的电流迅速流入舒汉正的脑中，他不由自主地闭上了双眼，他的意识忽地跃入一个奇异的界面中。

他置身在了一个光亮的封闭空间，敞阔的空间中飘浮着许多超现实的图形，不时闪烁出五彩缤纷的光亮，令人感到眼花缭乱。与此同时，他的四周还飘浮着数十名纵目人的虚拟影像，这些闪亮的影像只具有纵目人光影绰绰的外部轮廓，都以半躺半直立的姿势悬浮在空中，每个人面前的空气中都浮动着一团疾速变化的符号与图像，他们像是使用眼神操纵着这些数据变化。全神贯注的他们似乎并没有注意舒汉正的到来。

这时，一个金色人形实体浮现在他身旁，这正是引领他来到这里的那位纵目人。

"这是哪里？"他问道。

"'漫游'号飞船的控制舱。你现在看到的是蚕丛最后一次执行太空任务的场景。"纵目人说。

"蚕丛，哪一位是蚕丛？"在舒汉正眼中，纵目人都长得一个模样。

"你瞧，那位就是蚕丛。"纵目人伸手指向了一个方向。

舒汉正顺着纵目人指尖望去，一位全身笼罩在与众不同的绛紫色能量场中的纵目人出现在视线中。其身形显得很是高大魁梧，脸庞上粗大挺拔的五官透着几分英武与威严。此刻的他凛然悬立在半空，四周围聚着相比其他人更多的图像与符号。

他就是古蜀国的开国先王蚕丛？舒汉正的目光不由得变得崇敬起来。

身旁的纵目人开口道："这就是'漫游'号的船长，在我们种族中他的名字是星达。对了，你可以叫我沃坦。"

"好的，沃坦。"舒汉正木然说道。

"现在你可以放松些。这只是一段历史影像，在其中的我们并不是真实存在，因此他们感觉不到我们。"沃坦说，"另外，还有一些图像无法呈现的背景资料会自动灌输到你的脑海中。"

舒汉正点了点头。

"来吧，我们到飞船外去看看。"沃坦说。

还没等舒汉正回答，他眼前的场景又跳转了，他们来到了一片陌生的外太空，一艘外形复杂的庞大飞船停泊在不远处。它无依无靠地飘浮在虚空中，四野黑暗而广袤的空间中奇怪地散布着无数大大小小的灰色冰山，像是一个个阴森森的幽灵，漫射出极为黯淡而缥缈的光亮。

正对舒汉正的方向上，在无边无际、千篇一律的脏冰雪物质之中，他还能看到一团散发着透澈黄色微光的圆盘，只有一元硬币大小。

沃坦开口道："你看到的小圆盘是四千年前你们的太阳。"

"太阳——"舒汉正很是意外，"这是哪里？"

"这里是太阳系的边缘，你们称之为柯伊伯带。你可以看到，这个区域散布着如冥王星这样永久冰封的小行星以及短周期彗星，它们都是由形成你们太阳的原始星云残存下来的物质形成的。"沃坦平静地说。

舒汉正惶惑地点点头，他从没想过自己有生之年还有幸身临太阳系的最边缘。

"你注意朝这个方位看——"沃坦伸手指向了太阳系外。

舒汉正在太空中笨拙地扭转过身体，他的视线穿过了晦暗的柯伊伯带，见到宇宙深处无数星辰正遥远而安静地闪烁着。不，有一颗特别的星星在移动！这颗星星越变越亮，像是一颗彗星正在向着太阳系飞驰而来！

沃坦平静地开口道："这是一颗两倍质量于你们太阳的暗物质星球，正以十分之一的光速撞向太阳系。"

"暗物质星球？"

"是的，这颗星球完全由暗物质构成，当然，你们人类的眼睛看不到它。你此刻能够见到它，是因为我为你打开了引力辐射的视角。"

"为什么看不到？"

"因为你们视网膜只能捕捉到频段非常狭窄的电磁波。然而暗物质并不辐射电磁波，也不与电磁波相互作用，只显现出引力效应。"

"暗物质星将对太阳系造成什么影响？"

"你们的太阳正好位于这颗暗物质星前进的轨道上。一旦发生对撞，由于太阳中的正常物质与暗物质原子间并不存在排斥效应的电磁力，两者将如同透明般地彼此穿过。但是撞击过程中还伴随着引力效应，两者相近的庞大质量将使两者都分崩离析，成为碎片的暗物质星将以减缓的速度继续向前，而留在原处的太阳则将爆裂开来。"沃坦轻描淡写地说道。

"我们的地球也将随之毁灭——"舒汉正紧张道，眼前的景象如镜头快放般加速了，周遭那些雾茫茫的冰雪物质像是具有了灵魂似的，陡然向太阳系外的方向飘荡起来，就如同无数灰色飞蛾正在翩翩起舞。

沃坦开口道："暗物质星此刻已经距离太阳系很近了，可怖的引力率先抵达了柯伊伯带，掀起了彗星表面的蓬松物质。"

舒汉正向太阳系外望去，那团汹汹来袭的暗物质已变得比他在地球上见到过的最大的太阳还要庞大！

忽然间，他看到有一团白光从自己身旁一闪而过，他转头望去，这是一团犹如沸腾水银般的巨型物质，散发出幽幽荧光，正摇摇晃晃向着暗物质星飘去。

沃坦开口道："这是'漫游'号截取太阳能量制造出的一个微型黑洞，黑洞一路上吸取了大量的物质而不断辐射出各种射线，因此呈现出光亮的样子。"

很快，微型黑洞逼近了暗物质星，在电光石火之间，黑洞如同一只滑溜的水蛭，沿着暗物质星行进路径垂直的方向钻入了星球体内。

顿时，褶皱一般的波澜在暗物质星表面荡漾开来，就如一个陷入巨大痛苦而痉挛挣扎的生命，它的前进变得跌跌撞撞。

转瞬间，变得更加炫目的黑洞又从暗物质星的上端一蹿而出，疾速向着太空深处飘走了。暗物质星则沿着被改变的轨道继续前进。

沃坦解释道："微型黑洞贪婪地吞噬了一部分暗物质后离开，它的作用就是轻轻地推了暗物质星一把，使其稍稍偏离了撞向太阳的轨道。"

"地球得救了？"舒汉正回过神来。

"是的，地球与毁灭擦肩而过。"沃坦说，"当然，那时地球上的人类无法目睹这一太空奇景。只是当'漫游'号制造出黑洞使太阳丧失了万分之一质量的一刹那，地球的轨道微微向外扩张，人类才会感受到大地轻微的震颤。"

"你们拯救了地球！"舒汉正惊呼道。

沃坦笑着摇了摇头："你不用感谢我们。阻止暗物质星与太阳相撞是我们应尽的职责，实际上在此之前，我们并没有留意到太阳的第三颗行星上还存在着智慧生命。"

"你们的职责？"舒汉正很是不解。

"这颗流浪的暗物质星实际上来自银河中心，是由我们制造出来的。"

"什么意思？"舒汉正更加迷惑了。

"你知道银河系的构成吧？"

"银河系的构成……你能说得更清楚一些吗？"

"你们所谓的普通物质、暗物质，以及暗能量。"

"噢……在宇宙中普通物质似乎十分稀少，更多的是暗物质和暗能量。"舒汉正迟疑道，他科技方面的素养并不差。

沃坦点了点："是的，构建你与我身体以及星辰的普通物质实际上十分稀少，而暗物质占据了银河系所有物质的 20%，暗能量则占到了 70% 以上。"

"这意味着什么？"舒汉正问道。

沃坦沉默了片刻，将柱状眼珠扭转向了太阳系外浩瀚的星空："我好像还没有为你描绘我来自的银河系联盟。"

"银河系联盟？你们的文明一定非常先进。"舒汉正喃喃道。

"在银河系中心一块很大的区域中，环绕一个超级黑洞密密匝匝地拥挤着上千万颗恒星，这些恒星大部分都比你们的太阳古老，生命的种子也更早地孕育在这些恒星周围。大约五十亿年前，熠熠星海之间已经涌现出了上千支不同的种族，他们各自创造出了辉煌的文明，这些形态各异的文明经过漫长的接触、战争、融合，最终统一成了一个结构松散的银河联盟。联盟中各个种族间尽管存在零星的摩擦与争端，但总体上仍呈现出一派欣欣向荣的盛世图景；联盟所掌握的科技达到了前所未有的高度，生命体大多以虚拟的能量束存在，每一个生命需要做的只是挥霍无尽的时光，整个联盟就如一场永不散席的恢宏盛宴。"沃坦缓慢地说着，他的眼神飘忽得很远，像是陷入了对银河系繁荣往事的追忆中，但突然间，他的眼神变得锋利了起来，"然而，一场噩梦般的巨大浩劫却慢慢地浮现了出来。"

"巨大浩劫？"

"是的，"沃坦苦笑了一下，"我们发现在并不遥远的几亿年后，银河系就将从中心撕裂，飞速分崩离析。银河联盟的共生文明将在这场灾难中走到终点。"

"撕裂？"

"那双将要撕裂开银河系的巨手就是暗能量，"沃坦缓声说，"暗能量是一种真空能量，天然内赋于宇宙每寸空间中，主宰着宇宙的加速膨胀。而我们庞大的银河系是由万有引力积聚而成，一旦银河系普通物质彼此间的引力不再能抵挡得住暗能量的拉拽，银河系就将分崩离析，形成一个个互不联通的物质孤岛。以当时银河系内部天然的物质分布情况来看，已经快要达到大撕裂的临界点，大撕裂看起来在所难免。"

"有解决的办法吗？"

"当然办法并不是没有。尽管我们无力去改变空间中无处不在的暗能量，但我们可以通过改变银河系中普通物质与暗物质的分布去抵抗暗能量。"

"改变银河系物质分布？"

"是的，我们从对银河系的精细建模中获得了一种方案，我们可以将大量对我们文明无用的暗物质输送到银河系的外围，让这些暗物质如引力胶水一般将银河系结实地包裹起来，此举将大大延缓大撕裂的到来。"

"你们这样做了？"

"是的。"沃坦说，"这项漫长而浩大的工程一直延续到了今天，过去的十亿年中，我们以细微之力一点一滴地改造了整个银河系的形态。如今，你们的天文学家观察到的不再是一个摇摇欲坠的银河系，而是一个相比其他河外星系更加稳定的庞大星系。同时，你们还会看到在银河系的外围已形成一圈暗物质分布带，你们称之为暗晕，这些都是我们的杰作。"

"真是难以想象——"舒汉正感叹道。

沃坦继续说："由于需要运送的暗物质星的数量与质量都过于庞大，通过宇宙间的星门进行搬运是不现实的，我们只得选用最原始的机械方式去跨越银河系约五万光年的半径。"

"原始的机械方式？"

"暗物质多以重粒子的形态大体均匀地分散于银河系中。我们需要将暗物质粒子捏聚成数倍于你们太阳质量的暗物质星团，再将这些星团流水线般地推送到银河系中央超级黑洞的吸积盘中，借用吸积盘喷射的高能能量流将暗物质星朝预定方向弹射出去，弹射出的初始速度可以接近几十分之一的光速，在运送过程中还将利用途经恒星的引力场对其加速与减速，最终抵达银河系边缘。"

"之前见到的暗物质星就是来自你们的发射！"舒汉正恍悟道。

"是的，"沃坦说，"暗物质在路途中会遇到一些事先无法预料的变故，比如有的恒星可能突发地提前氦闪，恒星质量场的蜕变将影响到暗物质星的预定轨迹。因此这就需要有一套严苛的机制不断去修正暗物质星的速度与方向，你之前看到的那一幕，就是我们对暗物质星进行的一次略微变道，从而避免了碎裂式相撞。"

"这就是你们的太空任务？"

"是的，这也是我们整个种族的职责。在当年银河联盟对各个种族进行的一番评估中，我们种族脱颖而出，成为整个银河系的疏浚者。"

"疏浚者？"

"是的，疏浚者，我在你大脑的汉语词库中寻找到的最为贴切的一个词语是这个了，"沃坦目光深沉地望着舒汉正，"银河系面临的危机很像你们古蜀文明所遭遇的那些水患，暗能量就如永远无法根除的凶猛洪水，我们无法与其正面对抗，但可以搬运暗物质去建筑堤坝，引导暗能量洪水改道或分流，微妙地维持整个银河系动力学与热力学的平衡。"沃坦顿了顿，最后补充道，"我们的疏浚过程和你们的古蜀人治水一样，也会遭遇到很多艰难险阻。"

"我不太能理解你的意思。"舒汉正茫然道。

"疏浚者执行任务的过程险象环生。"沃坦说，"蚕丛的妻子就牺牲在一次行动中，当时她所在的飞船从一个由双星系统产生的星门中跃出，双星中一颗恒星毫无预兆地变成了超新星，由于距离如此之近，飞船来不及打开防护盾，所有的船员都在一道强光中瞬间化为灰烬。"

"真是遗憾。"舒汉正沉痛地说。

沃坦沉默了一会儿，然后轻声说："好了，让我们跳转到下一个场景。"

五

舒汉正的视角回到了"漫游"号上，这时飞船内变得热闹起来，完成了任务的纵目人欢快地庆祝着，他们如变魔术般变换出各式各样超现实图形，让飞船空间变得更加流光溢彩。在一片肆意的狂欢中，舒汉正注意到，只有蚕丛独自一人呆立在一个角落，看上去心事重重。

这时，纵目人们也察觉到了他们船长的反常，船舱内光线的变幻骤然停了下来，大家都关切地望着蚕丛。

一位纵目人酝酿着开口道："老船长，这次你带领我们出色地完成了任务，可不知为什么你似乎并不开心，是马上要退役的缘故吗？"

蚕丛怔了怔，迟疑着开口道："或许是吧，这片星域是我太空生涯的最后一站了，想到就要永远地离开'漫游'号确实是一件令人惆怅的事情……"

蚕丛感伤的话语让所有人都陷入了沉默。

这个场景看得舒汉正一头雾水。

身旁的沃坦解释道："你现在看到的蚕丛已经年满1200岁。我们纵目人拥有差不多1500年的寿命，按照联盟的规定，年满1200岁的疏浚者必须退役，回到母星安享剩下的300年光阴。"

舒汉正点了点头。这时，他看到有一位纵目人滑到了蚕丛身前。

"噢，老船长，暂时忘掉忧伤吧。我有一个振奋的消息要告诉你。"这位纵目人兴奋地说道，"我发现我们此刻所在恒星系的一颗蔚蓝色行星上存在着智慧文明，也就是说，我们不经意间拯救了一个文明。"

"是吗？"蚕丛充满了怀疑。

"你看吧——"他的话音刚落，一幅全息图像浮现在了控制室穹顶上，浮光掠影地展现出当时地球上并行的几大文明：一座座气势恢宏的金字塔巍然屹立在古埃及尼罗河流域，腓尼基人庞大的舰队正在大西洋上扬帆远航，古希腊文明在爱琴海边悄然兴盛，中国黄河流域的两大部落正在胶着鏖战逐鹿中原……

这些文明的影像让所有船员都感到了深深的震撼，他们惊叹于在如此偏远荒凉的银河系旋臂末端，竟然还孕育出了这般生机盎然的文明。

"看上去这些文明都还很稚嫩，甚至相互间还没有交流。但这已经足够不可思议了——"蚕丛感叹道，突然间他有了一个主意，"现在离预定的返航日期还剩下一段时间，我们可以在这颗蓝色星球随机选择一个偏僻区域降落，享受一次难得的原生态度假。"

蚕丛的提议得到了众人的响应。纵目人纷纷将虚拟影像注回到沉睡已久的实体身躯中，跃跃欲试地等待着蓝色星球之旅。

很快，舒汉正视角跳转，他见到飞船悄然进入太阳系内层，跃入了地球大气层，降落在一个被大山环绕、极具原始风貌的盆地中。

"这里就是四千年前的四川盆地。"沃坦介绍道。

"唔——"舒汉正惊奇地环顾四野，只见茂盛的绿色丛林密布整个平原，各种野生动物出没其间，让他眼前一亮的是成群结队的亚洲象正在林间悠然漫步，只是当时盆地中人烟很是稀少，仅有的零星的人类部落孤立地分布在地势较高的小山丘上，这些古蜀先民以树叶兽皮裹身，以狩猎为生。

接着，舒汉正见到大队的纵目人走下了飞船。

在不远处，正好有一群古蜀人在围猎一头野猪。

蚕丛带领着他的船员缓步走向了人群，古蜀人停止了捕猎，他们充满惊愕而又好奇地打探着这群奇怪的来客。蚕丛用古蜀人的语言大声向他们喊话，释出了善意，然后走近与古蜀人交流了起来。

"他们会传授给古蜀人一些先进知识吗？"舒汉正突然意识到。

"不会的，"沃坦微笑着说，"按照银河系联盟文明交流法则，高等文明不被允许向低等文明输出科技，低等文明只能依靠孤立进化的方式去达到加入联盟的门槛。"

"哦。"舒汉正似懂非懂地点了点头。紧接着，他眼前的场景又进入了快进模式，在随后的时间中，他看到纵目人们在早春三月的成都平原度过了一个惬意的假期：他们操纵着久违的古老身躯漫步在风景秀丽的大地上，用真实的肌肤去亲近大自然的草木鱼虫；他们与古蜀人一道狩猎，傍晚围坐在篝火旁大口吃肉，跟着古蜀人载歌载舞……然而，二十多个地球日很快过去，返航的日期临近了，纵目人们不得不收拾起心情返回了飞船。

这时候，画面的跃进戛然而止，进入了正常的时间流速，舒汉正知道自己又将目睹到历史性的一刻。

他的视角回到了飞船上，准备返航的纵目人们似乎陷入了一场不小的争执。

所有的船员都情绪激动地围拢在蚕丛身边。

"老船长，这里不是纵目人应该待的世界，还是跟我们回母星吧。"一位纵目人着急地恳求着蚕丛，他是"漫游"号的船副。

"不，大家听我说，我并不是一时犯糊涂。"蚕丛目光定定望着大家，认真地说，"在这段并不长的日子里，我与这些质朴的盆地人朝夕相处，成为朋友。尽管他们衣不遮体、居无定所，甚至也不知道崇山之外尚存在着其他更强的文明。但就是在这样一个充满了瘴气、野兽、天灾、危机四伏的盆地中，他们积极顽强地生活着。他们坚毅而乐观的性格深深感染了我。他们告诉我，他们所面临的最大灾难就是到了夏季，连口的暴雨加上一泻千里的洪水将吞噬他们的家园，夺走很多人的性命。因此，我决定留在这里和他们一起抵抗洪水。"

蚕丛的话让舒汉正的心扑通一跳，原来蚕丛决意留在古蜀地。

船副急切地挽留道："抵抗洪水？你可是我们的船长，一名银河系疏浚者啊！"

蚕丛微微笑了笑，"是的，我曾是一名银河系疏浚者，并深以为荣，可现在，退役让我感到了从未有过的失落。但是在这片盆地中我又寻找到了相似的职责与激情，我会用疏通暗能量的热忱去疏通凶猛来袭的洪水。"

船副无奈地摇了摇头："难道你愿意舍弃故乡母星？"

"说实话，六百年前我的妻子丧生太空，我们没有子女，因此我对银河系中心的母星已经没有太多的眷恋。"蚕丛抬眼望着众人。

船副打断了他的话："可是你不能违背文明交流法则啊——"

"我已经想过了，我愿意卸下高科技的外壳，只作为一个单纯的生命个体融入这些原始部落中。"蚕丛语速缓慢地说出了像是经过深思熟虑后作出的决定。

所有人都惊讶地望着老船长，他的选择无疑会付出惊人的代价。

船副又说道："可是你大脑中还存储着大量科技知识，完全可以制造出改变他们文明层级的工具。"

"这我也考虑过了，我可以在飞船上接受一次记忆切除手术，将大脑中前沿的科技删除，只保留最基础的常识，我想这应该是法则所允许的。"蚕丛目光深沉地望着船副。

"这应该是允许的——"船副愣怔了半天，最后说道。

这一刻，蚕丛露出了宽慰的笑容："谢谢大家。"

接下来，蚕丛走进了飞船的生命舱，平躺进一个长条形仪器中，片刻之后，他大脑中的一部分知识储备被删除了。

很快，蚕丛从仪器中走了下来，精神奕奕地向已恢复能量态的纵目人们挥手告别。

"老船长，我们还有一个请求。"一位纵目人急切地呼唤道，他是飞船上负责搭建星门的工程师炽木，"我们为你准备了一台通信器，你无论什么时候回心转意，都可以使用这台通信器，通过太阳中继站向母星发去消息，飞船很快就会来接走你。"

在炽木的话语中，一块闪亮的水晶体飘浮在了空中。

蚕丛怔了一下，还是伸手接过了水晶体。

"老船长，我们会一直等着你的消息。"炽木感伤地说。

这一刻，所有纵目人的能量束都汇集在了一起，形成了一个涡旋状能量场，恢宏的能量场热切地震荡着，然后分离成了五团紫红色能量球，这是他们纵目人最初诞生的恒星系那五颗太阳的模样——他们用这样的方式默默送别老船长。

蚕丛向着五颗太阳庄重地深鞠躬，转身走出飞船。他的双脚再次踏上夜色中浑茫的古蜀大地，大步走向了远方的村落。

他身后的飞船迅速升空，瞬间消失于无形。

舒汉正眼前的世界又飞快跳转起来，在一幕幕快进的画面中，他目睹了蚕丛在古蜀大地的生活轨迹。一开始，蚕丛只是一个小部落中身份普通的族人。但随着时间的推移，蚕丛沉稳果敢的性格以及广博的知识赢得了族人的信服。老首领过世后，他被族人一致推选为部落首领。在他的带领下，族人筑坝围滩，排水泄洪，顽强地与洪水抗争。当凶猛的洪水退去，他又因地制宜地指导族人开垦荒地，广泛种植谷物，使族人从单纯的狩猎向农耕生活过渡。同一时期，蚕丛甚至发现野蚕会吐丝的特性，于是他常年风餐露宿，最终摸索出了一套将野蚕变为家蚕的技巧……逐渐地，部落被他经营得日渐强盛起来，逐步统一了周边大大小小的部落。终于，蚕丛成了整个古蜀大地唯一的国王，并拥有了一个非凡的尊号——"蚕丛王"。

史诗一般演进的古蜀文明，远比舒汉正读过的任何一本历史论著都来得波澜壮阔，在他渐渐润湿的眼中，蚕丛的身影变得愈加高大与鲜活。

两百年的时光很快过去，舒汉正眼前的图像再次放缓。

他目睹了一场规模隆重的祭祀典礼。

蓝天，白云，高高在上的太阳，蚕丛与他的子民盛装出现在一片开阔的平原中。相比两百年前，古蜀人都穿上了朴素的丝质衣衫，而他们的国王蚕丛则身着一袭精致大气的青色长袍，头上包着青色头巾——这正是古籍中记载的蚕丛"青衣神"的样子，他的身板看上去依旧挺直，但面容却显得苍老了许多，他似乎已步入了生命的暮年。

舒汉正注意到，在蚕丛的身后还矗立着一架以象牙为轴的巨大滑轮，以及从岷山深处搬来的五块嶙峋巨石。上百名古蜀国祭师手持众多象征太阳崇拜的图腾：金质的太阳神鸟、青铜太阳神树、青铜太阳轮……

祭师们齐声吟唱起赞颂太阳的歌谣，在充满灵性的歌声中，蚕丛郑重地伏下身来，双膝跪地，朝着太阳跪拜。他身后的古蜀人也跟着虔诚地跪拜起来。

"古蜀人什么时候兴起了太阳崇拜？"舒汉正好奇地问。

"崇拜蚕丛的子民逐渐将他神灵化，这些子民开始不厌其烦地

追溯蚕丛的来历。那时，蚕丛的纵目双眼已经看不到夜空中他的五颗母星，他也只有将太阳作为自己思乡的寄托。最后，他避重就轻地告诉子民自己来自太阳，由此古蜀人一步步形成了太阳崇拜。"

"这么说来，神鸟图形是古蜀人自发创造出的。可四千年后……太阳神鸟又为何会出现在你的飞船上？"舒汉正琢磨道。

"舒教授，你不必为这个问题困惑了，"沃坦笑了笑，"我是为了纪念我的曾叔祖父蚕丛，将飞船临时改变成了太阳神鸟图案。"

"明白。"舒汉正把视线转回蚕丛。

此刻，蚕丛结束了跪拜，开始指挥起五块巨石的堆叠。

古蜀大力士们高喊着号子，齐力拉动滑轮的绳索，缓缓将巨石吊起移向一个隆起的平台。

巨石一块接一块地堆叠了起来，当叠上第四块巨石时，蚕丛挥手命令暂停工程。

蚕丛一个人爬上巨石堆的顶端，待站定后，他转动着柱状眼珠在巨石表面搜寻到了一处凹陷，然后从身上摸出一个水晶体，这正是他的船员留给他的通信器！他小心翼翼地将水晶体放进坑中，用覆土将其掩埋。

随后，他回到了地面。

接着，第五块巨石缓缓落定。

这时沃坦开口了："你刚才看到了，蚕丛将通信器埋藏在第四块巨石的表层，同时还设置下一个机关，一旦有人搬起表面的石头，通信器就将接通母星。"

舒汉正恍然道："我们就是这样触动了通信器。可是，蚕丛这样做究竟是出于什么目的？"

"这就不得而知了。"沃坦摊了摊手，"或许蚕丛始终怀念母星，他是在用这样决绝的方式彻底切断与母星的联系。而将通信器放置在第二块巨石中，可能是他希望自己死后有人会触动它——"

"纵目人会来到地球？"舒汉正很是不解。

"或许是他希冀同类能够见识到自己在地球的事迹，从而认同他当初的选择。另外还有一种可能，蚕丛此举是为他的后代子民留下一扇窗口，让深居盆地的他们能有机会去领略一个更加广阔的世界。"

舒汉正怔怔地点了点头，他又将目光投向了蚕丛，此时的蚕丛仍如雕塑般默立在"五块石"前，熠熠的太阳光芒将他衣袂飘飘的身影勾勒出金色的轮廓……

这时，舒汉正听到了沃坦对他说："好了，蚕丛的故事到这就结束了——"

舒汉正只感到眼前一晃，栩栩如生的古蜀世界倏地消失了。

他猛地睁开了眼睛，自己又回到了四千年后的"五块石"现场。

他恍然四顾，视野中变得斑驳的"五块石"边没有了青衣蚕丛的身影，四周的人们都在为自己的苏醒惊呼不已。

沃坦仍伫立在他的面前。

他又环顾了一圈远处鳞次栉比的高楼大厦，感受到一种时光错乱的恍惚感。这真可谓是"玉垒浮云变古今"，四千年前原始风貌的盆地已经变成物宝天华的天府之国；年年洪水泛滥时的汪洋泽国变成了沃野千里的鱼米之乡；曾经偏居一隅的闭塞文明如今已融入了多元广阔的中华文明之中……

蚕丛在天之灵如果能看到今日蜀地风貌，一定会为当初的抉择感到欣慰。

这时，舒汉正耳畔传来了沃坦的声音："很多时候，生命体总会产生一种错觉，觉得文明是一种极其稳定的自然延续，而事实上，所有文明都是暂态的存在，大到银河系小到你们的蜀地，伴随着文明的扩张，大自然以及宇宙总会不时显露出冷酷的一面。"

"我能理解你的意思，"舒汉正思考着说，"我们地球上曾有过一些兴盛一时的文明，但很多都毁于自然灾难。四千年过去了，我们战胜了洪水，在这块土地上长久地安居乐业，但我们仍会遭遇大自然一次次新的挑战，几年前的汶川大地震以及最近的芦山地震都带给我们不小的冲击……文明延续确实充满艰辛与不易。"

"是的，很多时候，我们无法选择文明繁衍的土地，但我们可以提高与土地和谐相处的智慧。"

"谢谢你为我们揭示的哲理。"舒汉正感动地说。

"好了，我算是完成了蚕丛的遗愿。我要返航了。"

"你还会回来吗？"

沃坦笑了笑："我已经取回了水晶通信器，我将不会再光临地球。请转告你的同胞，你们地球文明还有一段漫长的道路要走，你们还将在一个封闭的条件下独自发展以达到加入银河系联盟的门槛。到那一天，你们的文明与我们的文明还会相见——"

再见，沃坦向着所有人挥了挥手，然后飘向天上的飞船。

很快，沃坦进入了飞船，随后飞船旋转起来，飞一般地缩小，消失了。

舒汉正久久地仰望着天空，蚕丛的子民们会坚强地生活下去，在这一片盛产诗人、美食、美酒、蜀锦与盐的传奇土地上继续生息、繁衍，"青衣一曲绕山水，青衣神在白云端"的歌谣还将在蜀人中世代传唱，永远激励着蜀人不断前行。

· 思想实验室

1.《五块石传奇》借助外星文明使者"纵目人"的讲述，对古蜀文明起源进行了基于科学幻想的虚构解释。作者在行文当中不断地将翔实的历史文献和真实的出土文物与虚拟的科幻想象交织，使读者感受到如真似幻的同时又加深了对真实历史的思考。作者究竟是怎样将真实与虚构二者充分融合的？请从作品中试找出一例进行说明。

2. 童恩正的《石笋行》、宝树的《成都往事》、谢云宁的《五块石传奇》都是以成都为背景创作，试图用科幻的方式去解答古蜀文明起源谜团的短篇小说。有兴趣的同学可以将前两篇小说找来阅读，对比这三篇作品，说说你更倾向哪一种文明起源的方式。

3. 阅读《五块石传奇》这篇小说，和阅读其他科幻作品相比，你有什么不一样的感受？有学者认为，"神话是过去的科幻，科幻是未来的神话。"你怎样理解这个观点？

济南的风筝

梁清散

对于已经发生的历史进行的别样思考，在文学领域中被称为"或然历史"。和历史学家不同，同样聚焦于某个特别的历史事件，"或然历史"科幻小说的作者会思考"假如历史不是这样则会怎样"的问题，并通过设想历史进程离开原来轨道进入拐道之后的场景，来呈现另外不同版本的故事。于是就有了科幻小说中的想象：19世纪的欧美诞生出大型机甲；商周时期的中原开展着人工智能的争霸……

"如果没有发生""如果不这么发生"也是科幻作家梁清散面对晚清历史文献时常常思考的问题。在梁清散的《济南的风筝》里，读者并非一开始就身处在那个历史巨变的年代。故事讲述的背景仍然是21世纪，仍然是我们熟知的科技，只不过一个小说家在开展本职工作之时开了小差，关注到了文献资料中一百多年前的一起济南爆炸案，才让这个故事来到我们面前。

"1910年山东济南北部，泺口地区的一家名为泺南钢药厂的小型工厂发生爆炸，连带导致周边几家工厂发生连续爆炸，殃及周围村落，造成包括在厂工人在内至少五十人死伤的惨案。"这本该是轰动一时的重大伤亡事故，在文献中却仅有寥寥几行的记载。如此反常的轻描淡写引起了故事中小说家"我"的兴趣。经过蚕丝剥茧般的继续检索，他才发现那个在爆炸案中身亡的肇事者陈海宁，在普通钢厂工人的身份之外，30 年前还曾是山东机器局的技术官员。他在入职以后前往德国波恩大学进行学习深造，在机械领域取得不小成果。可在这之后，本可以继续留学深造的陈海宁，为何不完成学业就重回祖国？本是优秀技术人才归来，为何重回岗位不久就主动离职？身为优秀工程师的他，又是为何最终隐姓埋名，去机械厂当了一名普通工人，又在简单的操作中引发了如此重大的爆炸事故？这其中所有的谜底，都藏在小说家"我"的论证当中。

梁清散关于晚清题材的作品有很强的辨识度。作为第十届全球华语科幻星云奖短篇科幻小说金奖作品，大赛组委会曾评价《济南的风筝》："这是一篇构思独特，情节十分精巧的小说。作者以论文般凝练冷静的语言，抽丝剥茧的推理，带着我们透过时间的迷雾，跟随着主人公进行了一次故纸堆里的神奇冒险，一场超越时空的浪漫邂逅。"在科幻属性之外，严密的推理也是这篇小说的亮点。作品的另一个亮点是小说中暗藏的中华崛起的梦想。近代中国曾经饱受侵略的历史，让每一个国人都想象着：如果彼时的中国已经诞生属于自己的工业文明，已然富强，那历史的走向是否会全然不同？《济南的风筝》所描绘出的想象的可能，既让一位默默为科研献身的英雄从寥寥几句的文献中鲜活起来，跃然纸上，也表达了今天这个时代每一位为了民族复兴而努力实践的追梦人的美好心愿。除了《济南的风筝》，梁清散的长篇小说《新新日报馆：机械崛起》《文学少女侦探》、短篇小说《广寒生或许短暂的一生》《沉默的永和轮》《枯苇余春》里，也都暗藏着对历史事件的发掘与推理。阅读这些作品，能使读者对现实的世界拥有更多的思考。

·正文

不得不承认，我在看文献时，总会被所谓的情绪化因素所干扰。显然这是极不专业的表现，但本来我也不是什么专业人士，没有谁会对我这样的人提出什么过高的要求。

当我看到一百多年前的一起不大不小的济南爆炸案时，我便完全陷入了那种不专业的情绪之中。

1910年山东济南北部，泺口地区的一家名为泺南钢药厂的小型工厂发生爆炸，导致周边几家工厂发生连续爆炸，殃及周围村落，造成包括在厂工人在内至少五十人死伤的惨案。这原本应该是震动京城的大事件，但因为刚好赶上光绪帝驾崩，年幼的宣统帝匆忙登基，使得整个爆炸事件完全被国家大事压了下来，逐渐就像爆炸之后的硝烟一样散去得无影无踪。不过，爆炸案过后不久，爆炸案还是被当时逐渐正规现代化的清廷警方侦破，肇事者名叫陈海宁，正是泺南钢药厂的技术工人，在爆炸事故发生时当场死亡。之所以确认是这个人，是因为在现场找到了陈海宁常穿的衣服，上有他特别定制的金属饰品。而爆炸原因也正是这些金属饰品不慎脱落掉入机械齿轮中撞击产生火花，引爆了火药库。

在报道的文字下面还有两张照片，分别是被炸得一片焦黑的泺口，以及那件被烧得不成样子只有一串串金属片挂在胸前位置的衣服照片。

　　或许正是因为这身衣服的饰品太过奇怪，我终究感觉这个报道极不对劲，肯定还有什么隐情暗藏其中。然而，会是怎样的隐情，甚至于暗藏了什么样的真相，那就需要用文献本有的方法来进行实证了。

　　我先是将目光注意到"连续爆炸"上。

　　怎么会发生工厂之间的连续爆炸？在 1910 年的时候，就能有如此密集的高危工厂存在？不过，当我检索了当时济南泺口地区的工业相关文献后，发现这是有可能的。

　　实际上，济南泺口地区早已是清朝末年的工业重镇之一。早在 1879 年，在这个地方，就由刚刚升任山东巡抚的丁宝珍邀请当时著名的科技人才徐寿、徐建寅父子一同建起了后来影响一时的山东机器局。后来徐寿被调到江南制造局去造船，留下了对化学更加精通的徐建寅继续主持。也就是说，从那时起，山东机器局就已经定下来它随后几十年的发展方向：军工和火药的研制和生产。

　　那是光绪初年的事，再到光绪末年，济南泺口这一带已经完全生发出了军工火药生产的传统。不仅仅是山东机器局，在其周边也都是大大小小的工厂。大家都夜以继日地抱着希望大清国可以重回伟大帝国的梦想生产着黑火药。虽说绝大多数小型工厂都根本没有留下记载，但总体规模还是可见一二的。诸多黑火药工厂，到底采取了多少安全措施，抑或有没有安全防范的基本能力，答案恐怕都是否定的。就连徐建寅本人，也是在研制无烟火药时发生意外，爆炸殉职，是年为 1901。

　　要更多的枪支大炮，就要有更多的高效火药供应。恐怕在大清国的最后一年里，整个济南都弥漫着浓浓的未燃火药味。在济南城的北边，一大片土地被济南特有的圩子墙围起，墙内正是徐建寅意外身亡后逐渐没落的山东机器局。而在圩子墙外，大概不会太远，便都是簇拥聚集的小工厂，甚至不应该称之为工厂，而只是一座座黑火药的简陋作坊。

实在可惜的是，那个时候的摄影技术太过昂贵太不普及，留存下来的相关照片更是少之又少。我在自己惯用的数据库里翻了很久，只是找到一些山东机器局的照片。这些照片绝大多数都是山东机器局的正门，拍下了那个在匾额上写着"造化权舆"四个大字的圩子门，和门前那些面对硕大的相机镜头还很惶恐不自然的人们。我找不到任何小作坊的照片，更没有可能通过影像资料研究明白当时的黑火药作坊的安全措施到底合不合理，或者说是有多不合理。

不过，仅从记载中黑火药作坊的数量和泺口地区的工厂承载能力来计算，确实可以判断出当时小作坊们到底是有多么拥挤不堪。连续爆炸，确实有可能发生，不能成为疑点。

除了这一点之外，再无更多线索。要从其他的文献中继续探寻，那么唯有一个"陈海宁"的名字，可谓是检索的关键词。

令我惊讶的是，没想到以这个名字一路检索到 30 年前，也就是 1880 年时，竟就真的有所收获。"陈海宁"这个名字，出现在一个大名单中，名单为 1880 年山东机器局的新入职人才和职位。

竣工于 1879 年的山东机器局，在第二年入职了一批可以称得上是官位低微的技术官员，陈海宁看来就是其中一个，而他主管的是机械制造。从此可见，陈海宁不仅不是一个毫无经验导致惨剧的冒失鬼，还是一个山东机器局的元老级技术人才。

这下确实有意思起来了。

不过我还是要更加谨慎，虽然地点上的重合度很高，但也不能排除这是一个同名者。我必须要找到更多更充足的关联性证据。

可是接下来的检索就完全没有这么顺利了，我所使用的数据库可以检索到的有关"陈海宁"这个名字的信息只有三条，除去前面已经搜到的两条之外，还有一条是要比1880年还要靠前一年，也就是1879年，报道说在上海的江南制造总局有一批徐寿的学生毕业（或者可以称之为出师），毕业学生名单中再次见到"陈海宁"。

陈海宁这个名字在清末的历史上出现过三次，而其中有两次只是出现在看似并没有透露任何个人信息的大名单中，多少有些令人沮丧。两次名单里出现的陈海宁倒可以基本确定是同一个人。因为徐寿正是徐建寅的父亲，中国第一代的本土船舶专家，在机械设计制造方面有着相当的成就和开创性。作为徐寿的学生，学了一身机械设计的本领，去了徐寿的儿子一手筹划建成的山东机器局，担任机械制造方面的职位，完全合乎逻辑。然而，问题仍旧在于这个徐寿的学生陈海宁和三十年后造成济南泺口连环爆炸案的陈海宁，到底是不是同一个人，仍旧没有找到任何直接的证据。

再继续检索下去，也是无济于事。

我无奈地将自己的数据库网页关掉，打开了邮箱，将我所检索到的三条信息做成附件，在收件人地址栏中熟练地敲上了邵靖的邮箱地址。

邵靖是我的大学同学，算得上志同道合的好友，不过他是一路深造，后来到了历史档案馆工作，我则一如既往不务正业，卖着些不入流的故事勉强生活。幸好他倒没有嫌弃我，多年来一直保持着默契的合作关系。一般来说，我几乎都不需要做什么解释，只要把自己检索到的材料一股脑发给他，他就能立即抓到我所想要的重点。

在正准备点击发送邮件时，我迟疑了一下。虽然说这家伙一直对我们这种猜哑谜一样的交流方式乐此不疲，但似乎他现在正在给他的单位筹办一个什么全国性的学术会议，大概办各种手续和填各种申请表已经让他焦头烂额，干脆还是体贴他一下，不做这一层的猜谜游戏直入主题好了。

我将刚才自己所做推断全写到了邮件正文中，并略微撒了个谎说正好自己想写一篇相关小说，所以才留意到这些。

如此名正言顺的邮件，我甚至忍不住欣赏了片刻才点击了发送。

顶多只是过了十分钟，邮箱就提示收到了新邮件，根本不用猜就知道一定是邵靖的回信。

没想到这家伙还是这么迅速，我点开邮件，看到果然是邵靖的回复，并且还看到了两条附件文件。

不过……

邮件还有正文，我瞥了一眼，全都是在嘲讽我……说像我这种人果然就是外行，纯属瞎找，完全没有章法也没有效率。当然我对这种朋友之间的揶揄并不会真的往心里去，同时点击了附件下载。

我打开附件后，呈现出的内容让我大吃一惊，我所找不到的图片资料竟被他在不到 10 分钟的时间内全部检索了出来，并且这家伙还是在跟我玩着哑谜游戏，他一眼就看出我所收集的文献中首要缺失的东西。

况且，当我点开两份文献来看时，发现完全超出了我的检索思路，不得不倍加钦佩。

两份全都是外文文献。我有点头大，但还是硬着头皮来看。

第一份是新闻报道，下面则是两张不甚清晰的照片。我先看报道，竟是德文，完全看不懂，幸好看报头倒是多少能分辨出来。这是当时德国的一份不大不小的报纸，中文大概可以叫作《莱茵工业报》。这就有意思了，《莱茵工业报》这样的报纸，并不是像英国的《捷报》那样，在上海的租界办报，只是卖给在上海的英国人看的英文报纸，而是一份真正远在西方，卖给西方人看的德国本土报纸。不过，当我看到报道的来源时，大体上明白了为什么这么一份纯西方的报纸会把目光投到了远东的中国大陆。虽然我不会德语，但根据自己可怜的知识储备可以搞明白的是，整个报道是出自当时德国最为强悍的通讯社——沃尔夫通讯社的记者之手。

再看报道的时间，是西历 1881 年 5 月，也就是陈海宁到了山东机器局的第二年。虽说在 1881 年，山东基本已经割让给了德国管辖，但能在德国本土报纸上看到关于中国人的报道，确实还是十分少有。而再看照片，就更有意思了。

两张照片都是横构图，其中一张大概是因为摄影技术还非常初级，大面积的曝光过度，有五分之三都是一片惨白，仅有一些模糊不清的线条，努力辨别可以看出是一片面积很大的空场，空场一边似乎还有一些不高的建筑。在空场的中央偏左下，摆放着一台看起来像是将水井口的辘轳架起来的机器，机器旁有一个穿着长衫留着辫子的清朝人，正表情惶恐地操作着那台古怪的机器。而在那疑似辘轳一样的轴上可以隐约看到系着一根绳缆，划着优雅的重力弧线直穿整幅画面到了矩形照片的对角线一端。在那里，可以看到一只在画面上失了焦却仍旧能感受到其巨大体量的风筝，或者说是一组巨大的风筝。

春天的济南，确实适合放风筝吧。北京每年到了春天，各种公园、广场都会有不少人放风筝，同是北方城市的济南，大概也是一样了。

我凑近些仔细去看，在高低错落的风筝下面，有一张座椅，座椅上……实在看不清楚，但隐约还是可以看到有一双腿悬在那里，也就是说，座椅上十有八九坐了一个人。而在椅子下面，黑乎乎看起来像是悬挂了一块体积不小的秤砣。

再看第二张照片，是两个人一左一右站在一把样子极为古怪的椅子两旁。椅子没有腿，但有零零碎碎好像是暴露在外的机械元件垫在了椅面下方。这个椅子想必就是前一张照片里被放到天上的那只，不过，椅子下面的秤砣已经卸掉没有入镜。站在椅子左边的那个穿着长衫的人，也就是在空场上操纵机械的那个，而另一边，大概就是飞起来的那位了。再看照片的背景，两人身后正是写着"造化权舆"四个大字的山东机器局正门。

照片下面写着德语注释，我只看懂了一串明显是中国人名的拼音：HAI-NING CHEN。无疑两个人其中一个就是入职山东机器局的徐寿学生陈海宁了。我将短短的德语注释逐个字母敲进翻译软件想看个究竟，却只能看出站在怪异座椅右边，并非穿着长衫而是打扮十分洋气身着西装礼帽的人是陈海宁。陈海宁在照片中显得年轻又富有朝气，而且毫无当时中国人面对照相机镜头时的那种惊慌恐惧感，泰然自若落落大方。

除了能确定出陈海宁的相貌之外，从翻译软件中还能看明白大概当时的报道称这个怪异的椅子为：济南的风筝。

接下来，我去看邵靖发给我的另外一份文献，是两份报道拼贴到了同一个 PDF 文件中。两份报道同样是来自 1881 年，一个是英文报纸《伦敦新闻画报》，另一个是法文报纸《小日报》。不必仔细去看，就能清楚地看出这两篇报道全都只是转载了德文那篇报道的两张照片，根本没有把德文报道中的原文都转过来，特别是这两种报纸本身就是以猎奇的图片为主要卖点，更不用奢望他们能有什么更深的内容。法文我自然也是不懂，只好去看英文报道中照片下面的短小注释。翻译过来只是如此短短一句话：

济南的风筝——清国的奇迹，载人风筝升天。

我有些无奈，虽说在西方本土报道了中国人的事情还放上了两张照片，确实很是不易，但"载人风筝"这种东西，在 1881 年根本算不上新鲜前卫，甚至于在中国，也并不稀奇，早在古代，军事上就已经多次运用载人风筝去侦察敌情。唯独略有不同的是，这架载人风筝的座椅确实过于古怪，有很多即便是我这个外行去看都知道十分多余的机械元件。

能想到并且真的从外文文献中找到关于陈海宁的报道，这一点我确实是对邵靖的能力佩服得五体投地，但即便如此，也只是能体现出那个徐寿的学生一时间受到过西方的关注，的确是相当厉害有所成就，却仍旧不能证明他和泺口爆炸案的肇事者是同一个人。

似乎所有的辛苦全都白费，问题重新回到了原点。

虽说邵靖现在肯定忙得无暇顾及我的问题，但我……还是把憋在心里的东西一股脑全都敲进邮件中，不再犹豫地点击了回复发送。

对着电脑大概愣了一个小时，我还是没有收到邵靖的回复，也许他正在忙着和哪位教授研讨他们要开的学会的具体日程安排。虽然这次学术会议要在半年后才举办，但以我了解，提前半年开始筹办时间上已经是相当紧张了。我正在闲极无聊地为邵靖的工作瞎操心，忽然发现手机上早就收到一条信息，正是邵靖发来的。

我赶紧打开来看，聊天软件的信息自然不会带附件，只有一句话：为何不直接去泺口地方志办公室查查看？

看到邵靖这句话，我顿时眼前一亮，不愧是专业人士，尽管看上去只是匆匆忙忙发来的解决办法，但确实相当对路子，至少在想找出一个略有点历史记载的人的生平上，是值得尝试的。

我立即回复了邵靖一句"谢谢"，便开始考虑直接去一趟济南了。

已经有太多年没有来过济南，我依稀记得在中山公园外有旧书店一条街，结果如今早已消失，只剩下路两旁枯燥乏味的居民楼和冬季光秃秃的槐树。

现在的泺口地区已经没有正在运转中的工厂，就像北京的

798 一样，那些有着高高房顶的厂房被改建成了还算有品位的艺术园区或者新兴企业的开放式办公室。原本我有心想转一转，没准还能找到百年前山东机器局的什么遗迹，可惜我完全没有意识到泺口地区距离济南市区有如此远的距离，当我坐着公交车抵达泺口时，时间差不多已经到了下午三点多钟，又因为时值冬季，已然是一片黄昏景象。眼前一切倒是有一种破败中重生的异样感受，但还是赶紧在地方志办公室下班之前过去为好。

因为邵靖帮了不少忙，提前跟办公室的熟人打过招呼，所以当我到了办公室时，还是有个看起来四十多岁的中年人特意来接待我。我有些不大好意思，但对方非常热情，说听邵靖介绍，我为了他们的学术会议上的报告特意跑来查资料，感觉特别感动，现在很少能有人为了一次报告做这么多工作的了。

我挠着头就跟着他进了档案室。

他略微交待了一下基本的注意事项，说我是邵靖的朋友，他放心，转身就离开了。面前只剩下寂静无声的档案目录室，满目全是如同中药房的大型药材柜一样的一排排目录卡柜。

我找到人物志的柜子，再按年代和姓氏拼音首字母排序去找。实话说，在找的过程中还是有些紧张的，万一根本找不到"陈海宁"的名字，那么大概就等于完全失去线索了，但幸好很快在一个半世纪前的目录中让我找到了。我拿着目录卡又去找那位信任邵靖的中年人，他笑了笑什么都没说，便独自进到真正的地方志档案保存室里，不一会儿，便把陈海宁的材料拿了出来交给了我。

这是厚厚的一本编号相符的人物志，我顾不了太多，立即拿到最近的桌子上开始翻阅。因为早就把那张卡片上的页数记在心里，我很快就在这本人物志中翻到了陈海宁的条目。

陈海宁的条目就和他的上下邻居一样简单短小毫无修饰，基本上只是用年代和相应的事件描述了他的一生，但这刚好就是我最需要的。

我最关注的自然是两个时间点：1880 年和 1910 年。

让我感到满足的是，这两个时间点上同时出现了我在意的事件，1880 年条目中，陈海宁入职到了山东机器局，1910 年去世，死于泺口爆炸案，并被警方确认为整个爆炸案的肇事者。

简短的人物志完全解决了我的疑问，那个徐寿的学生和最后被炸死在泺口的陈海宁，确确实实是同一个人。不过，即便如此，还是有更多的疑问没有解决。

我开始通过这份年谱一样的人物志抄录起陈海宁的人生。

在抄录的过程中，我发现在 1880 年到 1910 年之间，这个人的人生也非常曲折有趣。人物志中写到陈海宁赴德国波恩大学留学攻读机械工程，这一点不禁让我惊讶。而留学时间是"光绪辛巳季冬腊月"，西历便是 1881 年年底，这就非常有意思了。《莱茵工业报》发表陈海宁的两张照片以及简短的"济南的风筝"的报道也是 1881 年，也就是说这次报道不仅仅只是昙花一现的风光，而是预示着陈海宁这个清国人走向世界的开始。我努力回想了一下，大概在那时间节点的十年前，容闳带着一批福建的天才幼童去了美国，到容闳所留学的耶鲁大学深造，这些天才幼童中就有后来成为中国著名铁路工程师的詹天佑。那么按年代来算的话，也许陈海宁可以算得上是中国人前往欧洲留学的先行者了。

可是这样的先行者，不仅没能在历史上有所记载，还有着那样的结局，多少令人唏嘘。

不过，他到底最后拿没拿到波恩大学的学位，拿到了什么样的学位，在人物志中并没有记载，只是写道在 1884 年，陈海宁从德国回到山东，重新入职了山东机器局。

我不打算放过任何一点细节，继续抄录下去。

1884 年回国，再次入职山东机器局后，他多次被调走又在次年回到山东机器局。1895 年调到新疆，1896 年回山东，1898 年调往江西，1899 年回山东，1900 年调到汉阳，1901 年回到山东，但这一次他并没有回到山东机器局，而是直接被安置到了泺南钢药厂。在此之后，陈海宁没再离开过那里，直到爆炸事故发生离世。

庞大的地方志资料库，关于一个人，仅仅只有如此几行。

我把厚厚一本人物志交还给接待我的中年人，说了声"谢谢"就离开了。

坐上回城的公交车，现在有着足够的时间让我把掌握到的所有线索在脑中重新捋上一遍。看着车窗外越发繁华的济南夜景，我意识到，今天所抄录的年谱一样的人物志中确确实实出现了几个点非常值得继续深挖，那其中一定有能侦破疑团的关键。

到了宾馆房间，我立即打开电脑，重新点开《莱茵工业报》的报道。看了一眼那两张照片后，我开始笨拙地将报道中的德文逐个字母敲到翻译软件中，希望能知道上面大概写了些什么。

翻译软件翻译出来的东西，语句还是相当不通顺，同时有很多的单词也翻译不出。即便如此，我还是从支离破碎的文字中读出了我想要的信息。

就如同陈海宁的名字出现在西方的报纸上，这仅仅只是他步入世界的开端一样，这个"济南的风筝"同样不是他竭尽全力才做出来的心血之作，而只是一次试验而已。根据翻译过来的德文报道可知，陈海宁的这次试验主要是在计算这个奇异的椅子，实际上也就是某种飞行器的驾驶座加上驾驶员的重量和各项飞行指数之间的关系。那些风筝也不是简单地为了把坐着人的椅子带到天上而已，每一只恐怕都涵盖着某些复杂的参数，用于之后真正的飞行器制造。

那时没有电脑进行仿真模拟，想要得到足够的数据，即使有大量的数学建模，也必须经过实体试验这一步。

所以，"济南的风筝"的这根风筝线，照片中最显眼的那一条细长弧线，是必然要被剪断的了。

回到北京，我忍不住还是把所有新收获用邮件统统发送给了邵靖，即使他根本没时间看，也算是对他帮我联系地方志办公室的答谢了。

出乎意料的是，邵靖还是那么迅速地就回复了我，只不过并非邮件而是短信，看来他确实是相当忙碌了。短信上写了不少字，先是为我能有如此之多的收获而感到高兴，随后则是问我要不要见一位上海交通大学的副教授，刚好这位教授为了半年后的学术会议在北京参加筹办会。副教授姓丁，研究方向是科学史，很有可能也对这方面有所研究。

我喜出望外地同意了。

邵靖迅速帮我安排了和丁副教授的会面，就在他们历史档案馆外的咖啡馆，可惜邵靖完全没有时间参加。

下午的咖啡馆，客人还是相当之多，幸好我提早到了，找到了一个比较僻静的角落座位。

刚好是约定的时间，咖啡馆的门打开，一位看上去已经开始发福但相貌上还比较年轻的男人走了进来。他肯定就是丁副教授，他四处张望了一番，我立即举手示意自己的位置。

他坐下来，脱掉羽绒服，里面是一件格子毛衣，毛衣领口露出里面穿着的白衬衫的领子，也蛮有一位副教授该有的样子，我也就更放心没有认错人。

我们互相自我介绍了一下之后，丁副教授就像是等待学生做报告一样看着我。我有些局促，但还是鼓足勇气打开电脑，一边把材料展示给他看，一边讲着我自己一厢情愿的推断。

丁副教授的语速奇快，快到我几乎有些听不大懂，但他话不多，多数时间都是在听我讲述。直到我完全讲完，他才说要我翻回到《莱茵工业报》的报道再仔细看一看。

先是把德文报道认真阅读了一下之后，丁副教授把眼镜摘下来，趴到电脑屏幕前仔细地看了看两张照片，特别是那张在山东机器局大门前的。他将分辨率和清晰度非常低的照片尽可能放大，仔细地看了那把椅子下面以及左右两边各种衔接在椅子上的机械元件，时而放得更大，时而摇头咂嘴。过了很久，他才终于从那篇报道的照片中返回现实。

戴好眼镜后的丁副教授，又用奇快的语速与我说话。他说翻译软件翻译出来的意思基本没错，并且可笑的是英国和法国的报道都完全误解了德国报道的初衷。

我满脸疑惑地望着他，期待后面的展开。

随后，他说自己对这个人有了兴趣，以前从没有关注过这个人，现在看到我所收集到的材料发现确实具有一定的研究价值。当然，一来他本人根本没有时间开这样一个崭新的课题，二来也不能夺人所爱，所以他一直鼓励我把这个人研究深研究透，很有可能会有更多更有价值的发现。

我实在不好意思说自己只是对那起爆炸案的真相好奇，在丁副教授的视野内，我所关心的那些东西微不足道。

因此，我只是礼貌地点着头。

还没有说到核心，我真诚地期待着接下来丁副教授要说的东西。

丁副教授看到我眼神中穷追不舍的坚定，一下笑了，说要是我愿意的话完全可以去报名上海交通大学考他的研究生，他就是喜欢我这样既有干劲又充满好奇心还十分敏锐的年轻人。

我只是委婉地带着否定的表情说了一句："好的，如果有机会我一定会考。"

他看我这样回答，笑了笑没再多提考学的事情，继续快语速地说了起正题："这个，嗯，就沿用德国人的称呼，这个'济南的风筝'我以前确实在文献中看到过。"丁副教授表现出一副对自己的记忆力非常有自信的样子，"只可惜它不是我的研究方向，所以一下子就放过了，没有深挖。但刊载期刊我还是记得的，你可以自己去翻出来看看。以你的资质，自行查阅就一定能有相当的发现。中科院的图书馆里存有德国工业科学学会的会刊，叫作《工业科学》，那里面就有你想要找的，到底能找到多少，有多少价值，那就得看你的能力了。"

我极为礼貌地再次向丁副教授表示感谢，丁副教授笑着说了一句"邵靖也是不错的小伙子，代我向他问声好"后，就穿上了羽绒服匆匆离开了嘈杂的咖啡馆。

中科院的图书馆刚刚搬到北四环外。新馆从外面看上去，高大气派了许多，充满了"这里面藏有相当多的珍贵资料"的感觉。

早在家里，我通过中科院的图书馆官网查到他们确实有馆藏《工业科学》的全部期刊，把检索号和所藏馆室的位置都记了下来，才在第二天有的放矢地前来查阅。然而，即便做了这么多的准备工作，真的到了实践层面还是遇到了一点不大不小的麻烦。

因为一百多年前的馆藏期刊都是闭架阅览，我只有把检索号交给图书管理员，等待她到书库中把书找来给我看。图书管理员是一位看起来十分严肃的中年女性，头发盘得很利落得体，穿着统一的工作服，套着蓝色套袖。她接过我的阅览单，面无表情地进到身后的小门内。

闭架期刊阅览室一上午都没有第二个人出现，但那位图书管理员也迟迟没有回来。大概等了有四十多分钟，她才终于从那扇小门里再次现身，看上去有些疲惫和沮丧，我感觉有些不妙。

"没有你找的书。"

"啊？"虽然已经在刚才一瞬间预料到了，但我还是不禁有些吃惊。我请她来到阅览室里的电脑前，想让她看系统里确实显示库存里有这套期刊。

她跟着我到电脑前看了看，摇头说："但里面没找到，也有可能是在搬家剔旧时给卖掉了，只是还没有及时修改。"

"一百多年前的历史文献也会被剔旧掉？"

"确实不大可能……那也许是搬家时不慎丢了吧。"

"我可不可以……"我没敢把话说完。

"你有介绍信吗？"

我默默地摇了摇头，眼巴巴地看着她。

"副高以上职称？"

我继续摇头且看着她。

这样的回答好像也完全在她的预料之中。

我们继续对视了一会儿，我实在不想退让。

"肯定不可能让你进库里去看啊。有没有除了检索号以外的什么东西？有可能这套期刊还没有正式放到架上，刚刚搬家过来，你懂的。"

让她一提醒，我赶紧拿了纸笔，又从兜里掏出昨晚做好功课的小本子，把上面查到的《工业科学》的德文名字抄到了纸上。我告诉图书管理员，这是德文期刊，期刊名是这个，也许能有一点帮助。

图书管理员拿着纸条看着上面的德文皱了皱眉头，又回了那扇小门里面。

又过了大概三四十分钟，那扇小门终于又打开了。我一眼就看到她的手里拿着一本厚厚的褐色硬皮装订书。

"终于找到了。一共只有三本合订本，随便找个角落，就能藏上一百年也不会有人发现得了，估计它们也该感谢你能坚持让它们出来透透气。不过，不允许一次拿两本，所以你看完这本我再进去给你拿另一本。"

说着，她绕过小门前的办公桌，亲自递到我手上。

我如获至宝一般，一边点着头一边捧着这套合订本坐到了最近的桌子前。

合订本里的纸张略有些泛黄，但翻阅起来并未感觉因年代久远而变脆，只是翻阅时得格外小心谨慎。

"还是应该拍成胶片或者干脆电子化了呀。"我忍不住又抬起头来和已经回到办公桌前坐下的图书管理员说了一句。

"哪有那么容易，而且拍胶片也是一种损坏，反正最后都是一样的结局，哪个也不会多上哪怕一丁点的意义。"

说来确实没错。我真想再接上一句什么，但自己已经被合订本的德文期刊内容给吸引住了。

褐色硬皮书封正面以及书脊上都标有着我事先查到的《工业科学》的花体德文。这确实非常不容易辨认，特别是对于我们来说完全陌生的德文。在名字下面标示着的是这套合订本所涵盖的期刊年份。这是第一本，从 1877 年到 1897 年。而后面两本，分别是 1898 年到 1918 年和 1919 年到 1936 年。整整六十年的学术年刊，可以说是德国工业崛起的一个见证，也熬过了第一次世界大战，却在二战前夕无力坚持，最终停刊。

我所需要查阅的内容跨了两本的年代，看来还是需要麻烦图书管理员再跑一趟书库。

顾不了那么多，我再一次小心翼翼地翻开了第一个二十年的《工业科学》。

完全都是德文的……我只好硬着头皮先从每一年的目录看起。不过，一上来的发现几乎和我预料的一样，在 1884 年的目录里，我看到了 "HAININ CHEN" 的名字。这一年陈海宁离开波恩大学回到中国山东，看来这篇论文，大概就是他三年德国留学生涯的一个总结了。可惜目录上的论文题目我完全看不懂，只好按照页数翻到文章看看。

陈海宁的这篇论文应该不是他的毕业论文，篇幅不算长，只有 7 页，除了少量的德文叙述以外，全是各种公式以及几幅示意图。德文也好公式也罢全都让我头痛不知所云，但那几幅示意图却令我眼前一亮。图上虽然有不少计算辅助线，但明显就是那只"济南的风筝"。

受到如同在异乡见到老街坊一样的鼓舞，我又硬着头皮重新看了这篇论文。根据自己少得可怜的机械知识，通过几幅图和翻译软件的帮助，我大体还是猜出了这篇论文讲了些什么——用风筝辅助计算飞行器参数的可能性与实践。

这正好和丁副教授解释给我听的关于《莱茵工业报》上的报道相符合。看来陈海宁在德国三年几乎都在这方面着力，我同时也钦佩起丁副教授的记忆力。

不过，我并没有就此罢休，或者说这只是原本我所预先设想的开端。然而当我真的继续往后翻时，几乎快要绝望。从陈海宁离开德国之后，一年一年地过去，竟然一直没有再见到他。难不成他回国之后，便彻底离开了科研，甚至逐渐颓废，到最后成了一个会不慎引发爆炸惨案的冒失鬼？这完全不合理。

大概就是这种跨越百年时空的信任，支持着我继续翻阅德文的目录。

终于，当我翻到了这本书的最后时，忽然又看到了陈海宁的名字。

功夫不负有心人。我按捺住内心的喜悦，赶紧先翻回到这一期年刊的封面确认年份——1895年。

看到这个年份我不禁愣了一下，感觉仅仅从这个数字就已经嗅到了更多的东西。不过现在不是急于下结论的时候，我必须更加小心谨慎地查阅来验证。

大概是因为阅览室中本来也没有其他人，图书管理员看到我似乎很是吃惊的表情，多少也有些好奇，便从她的办公桌前绕过来，走到我旁边问我到底发现了什么。

我本来想说"其实我看不太懂"，但当我指着眼前这页的机械示意图时，忽然之间竟然明白了它是什么，遂更加吃惊地说："这是……扑翼飞行器！载人扑翼飞行器！"

第一本查阅完毕之后，我把它交还给图书管理员，又申请了第二本继续查阅，同时，还跟她说了一声"辛苦了"，因为再过一会儿我还要再看，只能辛苦她多跑几趟。

把陈海宁的所有论文都复印下来，回到家中以后，我没过多研究他用毕生精力研发的扑翼飞行器。这个东西不是我所要找的重点，我想要知道的是最后爆炸案的真相，而这个真相，其实就摆在了面前。仅仅从论文的发表时间看，一切就已经一目了然。

1884、1895、1898、1900、1902、1910，正是这样的一串年份，陈海宁在《工业科学》上发表论文的年份，所有的真相。

包括陈海宁回国那年的第一篇论文在内，陈海宁一生竟在《工业科学》这个极为专业的学会年刊上用德文发表了六篇论文。这一点令我钦佩不已，我对科学史知之甚少，但这个数字和这样的年代，他的成就恐怕完全可以跻身中国早期科学界前列了。但这些在此时已经无法掩盖真相。

这就像一次拼图游戏，形状各异的所有小图片都已经找到，到底是什么样的图画，要做的只剩下把它们拼到一起。

"时间"就是找到拼图接缝对接规律的钥匙，而这个钥匙的内容就是：陈海宁发表论文的时间和他被调离山东机器局的时间，完全吻合。

有时候，当我发现了这种显而易见的秘密时，几乎是会笑出来的。

陈海宁在德国留学三年，离开德国时，也就是1884年发表了他的第一篇学术论文。随后，在回国重新就职于山东机器局之后，他迎来了自己研发扑翼飞行器的停滞期——空白的十二年。没有详细的记载，我当然不能用猜测代替结论来表述空白的12年到底发生了什么。我仅看到在1895年，陈海宁忽然又开始发表论文。第二年，他被调离了山东机器局，而且还是去只有充军的人才会被发配过去的新疆，这无疑是一次惩罚。对什么的惩罚？似乎显而易见了。随后几次调离，虽然没有新疆那么偏远，但也都是一年时间就又调了回来，无论怎么理解，大概都不外乎是一次次惜才和惩罚之间纠结的结果。

再看陈海宁发表论文的"1895年"，这个年份本身也不容小觑。

这一年对于大清国来说太过特殊了。在此之前的一年，大清国吃了自鸦片战争之后最屈辱的一场败仗：甲午海战。号称海军舰队实力已经是世界第五的大清国，竟就惨败给了无论从国力还是国土面积都远远不及自己的东瀛日本。败仗之后，大清国在1895年被迫签署了最为丧权辱国的《马关条约》，洋务派从此一蹶不振。而更值得注意的是，"镇远"和"定远"两艘北洋舰队的主力舰，正是徐建寅亲自到欧洲考察订造的。陈海宁忽然就在这一年"重出江湖"，发表了或许是被他雪藏十二年的论文，恐怕并非仅仅只是巧合那么简单了。

一旦有了方向，接下来每一个关键点都立即合理起来。

1898 年，这一年对于徐建寅来说同样一点不平静。如果说甲午海战让徐建寅的事业和理想严重受挫，那么 1898 年则危及了他的生命。在这一年，发生了轰动全国的戊戌政变，徐建寅同样参与了维新党的运动。幸好他加入甚晚，没有进到主要成员名单，但为了遮掩，他以回籍扫墓为由，迅速逃离京城，当然也完全顾及不到山东。我看了《工业科学》在这一年的出刊时间，是在年底，也就是说徐建寅七月离京，陈海宁就立即把新的一篇论文投稿过去。海运手稿，一个月基本也能抵达德国，再加上审稿时间，论文本身又没什么问题的话，当年年底便能发表也不是不可能的。1900 年庚子之变，八国联军攻陷北京，张之洞被调到湖北，同时也带着徐建寅到了汉阳钢药厂，开始研制无烟火药。这时的徐建寅当然更加无暇顾及山东机器局……

总有一种感觉，只要徐建寅出现一点松动，陈海宁就立即如同一个没有家长看管、在家里撒欢的小孩一样，马上投稿新的研究成果给《工业科学》。实话说，这样的做法非常不聪明，很容易让人误解，但对于一个心里只有扑翼飞行器的人来说，或许根本就没顾忌过这些。

我不能得意忘形，所以在推理的过程中，又把年代翻回到事件的起始 1879 年，重新调查一下。

这一年，山东机器局竣工，徐建寅被派往欧洲考察。考察了四年时间，其间徐建寅订购回来了"定远"号和"镇远"号两艘当时几乎是战斗力最为强悍的战舰，并写下了《欧游杂录》。

我把《欧游杂录》仔细翻阅了数遍，发现只有其中抄录的李鸿章的信里提到要补上两名留学生过去学习枪炮船舰制造，同时要找些年轻人到德、法的工厂中实习，其余记录完全都是徐建寅在欧洲考察德、法军工企业工厂的实录。这本杂录十分明显地体现了徐建寅到欧洲的目的，就是要通过亲自造访考察，迅速增强大清国的军事战斗力。

在当时来看也应该是高才生的陈海宁，在徐建寅在德期间前往德国留学，作为自己父亲的学生，他不可能不知道，也不可能不认识，不可能没有过接触。但整本《欧游杂录》里没有出现任何关于留学生的事情，更没有陈海宁的名字出现，唯有李鸿章的信里出现了那两个留学生的名字。当时的中堂大人李鸿章都清晰地写出名字，仅此一点已经能看得出其对军工类留学生的重视。而像陈海宁这样的留学生，如此优秀却只字未提，更是能体现出各类留学生在当时洋务派官员心中孰轻孰重了。

徐建寅和陈海宁之间的关系，确实更加微妙了。

重新回到陈海宁这条线上来，继续推理下去则有些令人悲伤。陈海宁第三次被调离山东机器局，是被徐建寅带在身边，一起到了汉阳。如同不放心自己的孩子一般，惩罚已经不管用，徐建寅只好带在身边亲自教导。即便如此，陈海宁还是继续发表了下一篇论文，那年是1902年。而这一年，徐建寅已经死了，死于1901年汉阳钢药厂试验无烟火药的意外事故中。同样是爆炸，同样是意外，同样是无烟火药。

陈海宁，是爆炸事故的亲历者。

当时陈海宁到底在不在现场，完全无据可考，但从前面的推理不断延续到这里，我不禁嗅到了一些令人不悦的仇恨感。

我极不喜欢这种因为理念的不同而生恨的事情，特别是很有可能他还是凶手———一百多年来一直找不到的那个造成炸死徐建寅的重大事故的凶手。

那么最后陈海宁有可能是自杀谢罪？反正绝不可能是一起冒失鬼的失误所造成的事故，但如此重大的伤亡，也太过分了些……这样惨重的后果，已经在汉阳亲眼见过一次的陈海宁真的还能下得去手？还要找那么多人为自己的谢罪而陪葬？

还有那身奇怪的衣服。胸前配有那么一串串金属片，不禁让人想到或许是防弹衣的雏形，所以难不成……他作为杀害徐建寅的凶手已经被发现或者被怀疑，所以处心积虑地想再引发一场相同的爆炸，设下诈死之计，然后逃之夭夭？结果诈死反倒成了炸死？怎么想来都不可能，如鲠在喉的不快让我无法继续。但多少也是有些成果，我便一五一十地写下一些简短文字，连同复印下来的所有论文翻拍成照片发给了邵靖。

已经很久没和邵靖面对面说话了。他看到我发过去的东西后，立即就回复说约我第二天见面，想聊聊这个既有趣又让人不快的事情。

见面就在他们历史档案馆休息区的沙发处。

邵靖把自己的笔记本电脑放到茶几上，用一次性纸杯给我俩各倒了一杯水，坐了下来。

"有没有看过陈海宁那几篇论文的内容？"邵靖说话永远是开门见山没有任何铺垫，直入主题。

"看过几眼，但看不懂。"我如实地回答。

他则不紧不慢地打开了电脑，点开我之前发给他的翻拍图片，又将电脑屏幕转向我的方向，说："太具体的我也看不懂，但仔细看看，多少还能找到一些更有趣的细节。"

"你是要说他一直研究的是扑翼飞行器？这个我昨天也在信里说过了。"

"不仅如此。"

"嗯？"我虽然有点摸不着头脑，但还是又一次仔细地看了看。

邵靖知道我肯定不可能再发现什么新的东西，便不多等皱着眉头装作认真的我，指着屏幕上的公式，说："这个 P，是输出功率，对吧？"

我点点头。

邵靖熟练地把几篇论文放到同一个窗口对比着继续让我看。

"他在 1884 年第一次发表论文时，基本上没有计算太多机翼的功率问题，而是着重于椅子起飞时的平衡性，还有这个挂在椅子底下的秤砣的最佳重量。"

"这个应该是陈海宁在留学之前就基本完成的试验，在德国大概最终完善了它。"

"想必如此，不然在《莱茵工业报》中，也不可能出现能飞到天空还能安全着陆的风筝照片。"

"那么还能说明什么？"

"再看后面的吧。时隔12年之后，论文里的扑翼飞行器完全成型。就算你我这样的外行，也能一眼看出来。"

我继续点头。

"而陈海宁的着重点也完全变了。你看这个，机翼的尺寸和扑动频率也好，每个元件的机械设计也好，他根本都没有再多讨论。"

"数据基本就从风筝那里延续下来，想必他在那时就已经设计好了机翼等所有的机械结构。"

"他对自己的机体设计非常有信心。"

"似乎确实是……"

"不是'似乎'，而是'一定'。因为他从这篇论文开始，讨论的一直就是扑翼飞行器动力源的问题，而非机体设计了。"

"呃……确实呀，这里出现了蒸汽机。"经邵靖提醒，我再看1895年的论文，似乎更能看出些门道来了。

"而且论文里的蒸汽机的重量是恒定的。"邵靖又把几篇论文并列对比给我看，"也就是说，最开始那个秤砣的最佳重量就是蒸汽机的重量。所以，很显然1895年的这篇论文设计出来的扑翼飞行器是不能成功的，因为当时这个重量的蒸汽机输出功率不够。"

我喝了一口水，等待下文。

"我查了一下历史上的扑翼飞行器，在那个年代，失败的原因基本上都是蒸汽机这种当时功率最高的动力源还是太过笨重。好了，我们不再深究这个，只是你可以从这里发现一个转变。"

"转变？"

"是的。先看 1898 年的论文，他提出烧煤的蒸汽机是不合理的，煤炭的燃烧率太低，必须提高燃烧率。可能那时刚好在山东机器局，有着得天独厚的便利条件，他试验了很多种燃料，其中还有各种火药，但无论哪种火药都烧得太快，持续性太差，也不理想。这篇论文，与其说是机械设计类，不如说是化工类了。再看看 1900 年的论文，他竟提出改用酒精作为燃料，太聪明了！这肯定是经过无数次试验才得出的结论。如此一来，燃烧率的问题就基本解决了。除此之外，如果再根据酒精燃烧的特性改造蒸汽机，蒸汽机的重量还可以大大降低。同时，你看他的论文结尾还提到用内燃机代替蒸汽机的可能性。"

我知道接下来要有转折了，因为 1902 年本身就是陈海宁的重要转折点。

"但，你再看 1902 年的这篇论文……"

邵靖没有说完，只是把其他的论文都关掉，放大了这一年的画面。

当我顺着邵靖的思路重新看这一篇论文时，一下子发现了我一直就没意识到的蹊跷，也就是邵靖所说的"转变"。

"这家伙，"邵靖在面对转变时，不由自主地更换了对陈海宁的称谓，"竟在 1902 年的论文中大篇幅地讨论起了人力动力。虽然他在论文里写了放弃蒸汽机的原因是为了节省蒸汽机和燃料的重量，但毋庸置疑，这实际上完全就是一次倒退。"

"为什么会忽然倒退？他不像是这种脑子不清楚的人。"

"为了……"邵靖神秘地一笑，"为了徐建寅。"

"嗯？！"突然从论文跳转回徐建寅，我一下子没有反应过来其中的意味。

"徐建寅在前一年死了，怎么死的？"

"炸……"

"没错，他突然间偏执地拒绝了一切带明火的火力动能。"

我忽然间觉得胸中的憋闷一下化解，却又有什么隐隐袭来。

"我的德语也不怎么行，但这篇论文里还是能多次看到陈海宁写'机械不需要明火'的言辞。一篇工科论文，竟带着这么多悲伤的情绪。"

"那徐建寅对他……那么多次故意调走……"

"惜才和调教。对于徐建寅来说，陈海宁这样的优秀人才，又是他父亲的弟子，他怎么可能不爱惜？可是他们之间的思想，或者说是他们整个的世界观都完全不同，一个是军事强大才是唯一目的，一切科学全是为了国力强盛服务，典型的洋务派思想；而另一个几乎没有什么世界的概念，只有他所潜心研究的扑翼飞行器。在徐建寅眼里，恐怕陈海宁就是这么个不成器的璞玉。"

如果只是这样的一面之词，我觉得不能说不合理，但也没有绝对的可信度，然而现在，论文的内容就摆在面前，这种能让人感到悲伤的论文，又有什么理由不去相信？

"其实更有意思的还在后面。"邵靖把接下来的论文打开，"我相信你一定和我第一次看到这篇论文时是同一个反应，瞅了一眼示意图之后匆匆略过，只是注意到论文的发表时间和陈海宁被炸死的时间，而没有关注到论文本身的细节。"

我看着屏幕仍旧什么也看不出来。

"你一定漏掉了这个。"

邵靖指着屏幕上一连串的德文中一个由两个字母组成的单词：Po。

我完全不懂德文，所以无论这个单词是长是短，混杂在通篇的德语中我怎么也不可能注意得到，更不用说猜到它的意思……呃，等等？正在心里暗自抱怨邵靖炫耀他会德语的时候，我一下子明白了这个单词的意思。它完全就不是德语单词。它是……

"钋？！"

"没错！"邵靖一下笑了。

我立即掏出手机，打开网页准备检索。不过，邵靖早有准备，在电脑上又打开了一页晚清时期的报纸。

"1905 年《万国公报》就报道过居里夫妇发现了钋，所以就算是一直在国内没有再出过国，如此关心西方科技的陈海宁也一定看到了。"

"肯定的，况且《万国公报》也不是小报，销售面非常广。在浍口，一定可以期期不落地买到。"

"况且论文本身论述的也就是钋的发热功率。拒绝明火的陈海宁终于另辟蹊径地走向了完全不同的另外一个领域，真不知道他到底是怎么冥思苦想才想到了这个办法。当然，他不可能懂核裂变，做不出核反应堆，所以整个设计还是被禁锢在蒸汽机的框架里。这回就能看懂这篇论文的蒸汽机设计了吧？"

实话说，我根本就没打算看懂过……

"他把钋放到金属箱中，利用钋的放射性电离空气和金属箱放电，从而产生极高的热能。接下来就还是蒸汽机的部分，他选择用钚箱作为蒸汽机锅炉。只是问题在于他根本计算不出这个东西的发热功率，整篇论文仅仅只是一个初步的可行性报告。当然，从数据上看，他确实是做了相当多的试验。真不知道他到底哪里弄来的钚。"

"等等，你刚才说他是利用电离放电？"

邵靖笑着点头。

"所以……"

"对，所以必然会有电火花。在他们那个年代，电火花和明火完全不是一回事，所以……引爆旁边的黑火药库房只是时间问题……"

"并且，他懂得了隔离辐射？"

"没错。"

"进一步说……我一直疑惑的那件挂有一串串金属片饰品的奇怪衣服，实际上是他给自己做的铅衣？再进一步说，爆炸现场有那件铅衣，就更能证明爆炸时，他正是在做着核能蒸汽机的试验？"

"正是如此。"

好像所有的疑点都说通了，或者说真相果然不是陈海宁这个人过于没有常识，冒冒失失地穿了一件奇怪的容易引发火花的衣服而造成了惨剧。更让我觉得松了一口气的是，陈海宁和徐建寅大概也并没有什么深仇大恨。虽然结局依旧令人扼腕叹息。

"但是，还有一个问题，那汉阳钢药厂的那次爆炸呢？只是巧合？"

"在那个时候，黑火药工厂爆炸实在太常见了，我查到1908年山东机器局还爆炸过一次，只是没造成太大的伤亡而已。"

确实没有更多的证据去反驳邵靖。

但我心中还是有着另外一套完整的关于陈海宁的故事版本。那个陈海宁对永远要抑制自己的才华、无法理解支持甚至还总是折磨自己的徐建寅一直怀恨在心，并且所有人都知道他对徐建寅的态度，因此才会被那些想要除掉徐建寅的保守派所利用。徐建寅出意外被炸死时，陈海宁也在汉阳，这一点永远也不能随意抹去。而且，陈海宁作案动机太充分了。之后呢？当然是要杀人灭口——却一直没有做到。一直等到慈禧老佛爷死了，光绪皇帝驾崩，保守派同样大势已去的时候，他们再也等不下去了，作为最后的挣扎，或者说是作为对洋务派，还有洋人的所有事物和知识的最后一次微不足道的攻击，他们设计炸死了陈海宁。

然而另外的这个人心险恶的版本，我并没有跟邵靖说。因为，他一定还是能找到证据来否定我的看法，况且以现在所掌握到的材料来看，他的推断更合理也更贴近事实，我又何苦去讨这个没趣。

大概又过了半个多月，我发现自己依然对陈海宁的事情念念不忘。辗转反侧之后，我终于还是又一次给邵靖发了信息。

繁忙的邵靖过了好一阵子才回复了信息，但并没能满足我的需求。他说自己在机械设计方面完全是外行，而且一直都在文史类的研究圈子，不过倒是建议我可以找丁副教授试试看。

没有别的办法，我只好给丁副教授写了一封相当长的邮件，讲了我和邵靖整理出来的关于陈海宁的人生，包括他的扑翼飞行器试验设计全过程，并且把陈海宁的六篇德文论文一同打包发送过去。

忐忑地等到第三天，我终于收到了丁副教授的回信。

在回信中，丁副教授先是对我和邵靖大加赞赏，惊叹于我们竟能挖出这么有价值的人，给中国近代科学史又增添了坚实的一块砖。随后则说自己是研究科学史方向，所以真正的机械设计也只是懂个皮毛，我所问的关于陈海宁设计的载人扑翼飞行器到底合理性有多大，只能找他们学校的机械专业的专家来鉴定了。不过好消息是，机械专业的教授看了陈海宁的论文之后，表示相当感兴趣，打算深入研究一下。既然专家能在百忙之中对这个自己科研项目之外的东西感兴趣，也就说明它本身已经具有相当的合理性，接下来只有静候佳音了。

看着丁副教授的回信，感觉他温和的笑容和奇快的语速在眼前交替浮现。

我不敢打扰丁副教授，所以接下来只能等待，等待丁副教授再次回信，以及希望那位机械专家不是仅仅随口应付一下丁副教授而已。

大概又过了一个月，在我几乎快要把陈海宁还有他的扑翼飞行器忘掉的时候，终于再次收到了丁副教授的回信。

邮件不算长，但其中完全能感受到丁副教授的激动情绪，同时还有几张照片附件。

丁副教授在邮件里说，他们学校相当重视这个发现，已经迅速组建起一支科研小组，一方面继续深挖这个中国近代少之又少的科技奇才，另一方面也打算再造他所设计的载人扑翼飞行器。

没想到一百多年前的中国人已经能把扑翼飞行器设计得如此科学合理，唯独欠缺的只有动力部分，而当今最不成问题的就是动力。至于其他的机械结构、机翼尺寸、扑动频率等一切都完全可以直接沿用，基本上无须大改就可以载人上天了。丁副教授还忍不住给我科普了一下扑翼飞行器在当今的意义，什么节省跑道长度之类，字里行间无处不见丁副教授的激动情绪。

我还没来得及点开邮件里的照片，就又收到了丁副教授的新邮件。新邮件里只有短短的几句话，我仔细一看就笑了。丁副教授又来劝说我加入他们的科研团队，无论考学还是直接加入都可以，只是不想浪费我的能力。在邮件的最后，丁副教授似乎退让到最后一步，说至少我应该写一篇论文去参加几个月之后的学术会议，现在报名还来得及。

丁副教授还真是一位值得信赖的好人。

我对着屏幕笑了笑，心中想着"我根本就没这个本事"，然后找了一大堆极为得体的理由，再次谢绝了丁副教授的好意。

回复了这封邮件之后，我又重新打开了丁副教授发来的上一封邮件，点开了那几张照片。照片里都是一两个年龄较大的人带着几个年轻人，手里抱着看上去像机翼之类的组件，笑得很开心。而每一张照片中，都有同样的一个物件，就是那把一百多年前曾靠风筝带着飞上了天的奇怪椅子。

他们果然最先再造完成的就是那只"济南的风筝"。

陈海宁这家伙要是能活到现在，也许在风筝断了线之后，他就不会坠下来了，至少不会坠得那么快、那么惨了。

·思想实验室

1.《济南的风筝》能够荣获当年华语科幻星云奖短篇科幻小说金奖，很大程度上得益于作品将科幻、历史以及推理进行了巧妙的融合。从某种意义上说，作家很巧妙地将历史学科核心素养中所要求的"史料实证"与"历史解释"的观念运用于科幻创作之中。小说家"我"是如何通过查阅资料，一步步验证"陈海宁"的真实身份的？请你边阅读边体会小说家"我"是如何抽丝剥茧、不断还原历史奥秘的，梳理这个过程，学习这种"去伪存真"的好方法。

2.近代中国曾经饱受侵略的历史让每一个国人都思考过这样的问题：如果彼时的中国已经诞生了属于自己的工业文明，那历史的走向是否会全然不同？读完这篇小说后，请你继续思考，如果清代重视科技，晚清是否能够避免近代史上发生过的惨剧？

3.科学家一直是科幻小说中经常出现的人物形象。《济南的风筝》通过运用真假难辨的历史资料，塑造了晚清时期为祖国科技进步而悲壮牺牲的科学家陈海宁的形象。有兴趣的同学不妨继续阅读刘慈欣的《朝闻道》和何夕的《伤心者》，对比不同的科幻作者所创造的科学家形象特点的异同。

4.《济南的风筝》故事设计巧妙，在这其中，故事的发生地是否就在济南让人真假难辨，也让人好奇不已。作者在接受专访时曾明确表示"自己不是济南人"，但也明确告知"这个故事应该发生在济南，也只能发生在济南。"大家在阅读本册选文的过程中不难发现，很多故事都有着非常浓厚的地域色彩。如何给自己熟悉的传统文化赋予幻想的色彩？北方土壤上生长出的幻想与东南沿海、西南地区又有何不同？请在完成全书阅读后，再对比本册书中的不同幻想风格，归纳演绎，进行独属于你的传统文化＋科学幻想的创作吧！

404 之见龙在天

凌晨

在奇幻的魔法世界中，我们用天马行空的想象赋予神奇动物们飞翔、变身的能力，那在讲求"科学依据"的科幻世界里，作家们又如何解释一条龙的存在呢？《404之见龙在天》就讲述了这样一个故事。

新闻记者前进在清明节前被困在了乏味的选题当中，正在他无聊之际，突然收到了有人目击"神龙"的爆料。一行人驱车赶往事件发生地，却发现所谓的"神龙"仅能在仪器的辅助下观看，想要就此作罢，但事件却愈演愈烈。人们不断爆料，不断有"神龙"的影像资料被上传至社交网络，眼见着就能证实奇异生物已经进入我们的生活，可舆论界还就"神龙是否存在"在针锋相对。媒体行业的竞争、公众舆论的升温、科学研究的缺席让这一起"遇龙"事件不断发酵。

龙一直是中华民族的象征，中国人都以自己是"龙的传人"而骄傲。在幻想的语境中，龙拥有着"角似鹿，头似牛，嘴似驴，眼似虾，耳似象，鳞似鱼，须似人，腹似蛇，足似凤"的形象特征，我们该如何界定这样的生物是否存在呢？故事中有过这样一段争论：

钦佩不再争辩，乖乖爬上我的大 Jeep 车副驾驶座，路上就问了我一个问题："龙，应该是爬行动物吧？这得我师哥来，他是生态摄影师，最擅长拍蜥蜴了！"

我给了钦佩一个大大的白眼，教育他："龙是虚拟生物，懂不？！"

不论生物学、物理学、量子力学还是心理学，我们的认知远不及作者给出的解答丰富，这一条诡异的中国巨龙，也在记者不断前进寻求解答的过程中逐渐丰满。龙是怎样诞生的？龙是怎样维生的？龙又为何在此刻选择抵达城市？龙和人类之间的相处走向又会如何？我们阅读《404之见龙在天》，最想要获得的解答，便就是作者如何为幻想中的奇异生物开具一份合理的科学鉴定报告。除了聚焦中国巨龙的科幻解答之外，小说还有着非常强烈的现实色彩：故事里两个报社《晨报》与《每日快讯》为了报纸销量而争抢头条互相攻击，媒体去拼噱头报道，就有专家胡乱解读，导致广大民众将事件引向戏谑玩笑，真相反倒成了不重要的干扰项。作者结合当下传媒行业的某些职业操作，让所有探寻"龙"的众生相展现到位，读者跟随作者专业的描述和紧凑的情节安排，仿佛置身这一场与时间赛跑的报道前线。本文被作者选入《潜入贵阳：凌晨科幻现实主义小说集》之中，阅读这篇小说，我们更可以领略到作者如何用科幻的底色，来增强对现实的思考。

· 正文

2017 年 4 月 2 日　农历三月初六　宜祈福　忌出行

1

凌晨时分。

我抽完烟，回到键盘前，信心十足地敲击出一行文字："老子的墓志铭就是——我还会回来的。"经典台词，霸气十足。怎样，怕了吧，你们？！

读者群里一众"90 后""00 后"顿时笑晕，表情包在 27 寸的显示器上乱飞。

"大叔，你太落伍了吧？"有人好心安慰我，"《终结者 5》的票房很差啊，阿诺肯定回不来了！"

"老子就要在墓碑上刻这句话，到时候你们来查！"我咬牙切齿。少男少女们顿时哑口无语。

半晌，才有人怯怯发言："大叔，我三表舅家的墓碑都采用上等大理石制作，价格优惠，上门定制。您要的话，我让表舅给您打七折。"

我彻底败了，愤恨至极，对突如其来的电话丝毫没有了君子风度，大声吼叫："吴妮，你这鬼话题！搞什么墓志铭征集活动！"

"我也没办法啊，这年头微话题不够劲爆都没人点击，清明节嘛。"电话那头的吴妮笑道，"怎么，你被广大粉丝羞辱了？"

"切，怎么可能？就是觉得无聊。"我急忙辩解。

"你同意参与讨论这个话题，说明你比话题更无聊。"吴妮嘲笑，随即语气一转，"前进，有大新闻了。"

我立时正襟危坐，对一个记者来说，"有新闻"这三个字简直就是冲锋号角，让我精神亢奋，哪怕躺在坟墓里了也要坐起来奔赴前线。但我并不会由此丢弃明辨是非的能力，我提醒吴妮："拉倒吧，就你一跑娱乐口的八卦婆姨，能有什么大新闻？！"

"真是大新闻，错过了可别怪我。"吴妮是北京大妞，说话、办事爽利痛快，绝不拖泥带水，"叫上钦佩，到 G9 高速公路起点来。"

"关于什么的？价值不大的话，我让实习生去。"我扫了一眼沙发上连包装都没有拆开的蓝光碟片，清明假期待家里看鬼片是多好的安排啊！

吴妮沉默了一秒，非常非常严肃地说："有一条龙，正在高速公路上散步。"

2

钦佩是我们报社的专职摄影师，技术不好评价，但人从不要大牌，24 小时随叫随到，工作原则是"要我拍，我就拍，别的我不管"，因此深受同事喜爱。就这么一个好人，被我从《辐射4》的世界中揪出来也没怨言，但听到要去拍一条龙的时候，他却炸毛了："龙！天，我要拿什么镜头？还有灯……我得回去！"手忙脚乱得像个要见公婆的小媳妇儿。

"回去干吗？吴妮的话，你还当真了？"我笑了，递给他一支烟，"不是喝醉了就是看花眼了。你以为真会有龙？"

"那……我干吗去？"钦佩实心眼儿地问。

"拍摄啊！总能拍点什么。"我说，"清明小长假第一天，免费高速公路肯定会堵车什么的，科技新闻没有找社会新闻呗，或者就拍吴妮同志，歌颂她放假仍不忘工作的敬业态度。"我说到这儿，不由得心生怨念：吴妮你外出踏青为啥不叫我呢？你太无情无义了……

钦佩不再争辩，乖乖爬上我的大Jeep车副驾驶座，路上就问了我一个问题："龙，应该是爬行动物吧？这得我师哥来，他是生态摄影师，最擅长拍蜥蜴了！"

我给了钦佩一个大大的白眼，教育他："龙是虚拟生物，懂不？！"

3

24分钟后，我的车狂奔到G9收费站。吴妮的红色标致308SUV就停在站口外路边。她披着一件银白风衣站在车前，风姿不仅卓越，而且还很妖娆。

"不是说妖怪不许成精吗？"我笑，"怎么还是让你钻了空子？"

"呸，我好心给你成名机会，你别狗咬吕洞宾！"吴妮瞪我。

我摇头："名咱不稀罕，只要事实。话说，龙在哪儿啊？"

此时，正是夜晚中最黑暗的时刻，城市的灯光被收费站阻拦，高速公路上只剩下伸手不见五指的黢黑。我和吴妮的两辆车都打开了大灯，也只能把 10 米直径内的世界看个大概。偶然一辆车子经过，公路上的反光板便闪烁几秒，然而这对环境照明并没有什么用处。站在这种地方，我看不到任何非人生物的存在。

吴妮递给我一副眼镜："我从大张那儿拿的。"

大张乃我报社第一线人兼职民间科学家，主要研究领域是那些"我不说你绝对不知道的地方"，和我、吴妮关系不错。

"叫你别跟大张混，惹了他那母夜叉老婆小心给你毁容。"我戴上眼镜，眼前顿时更黑了，"这什么破玩意儿？大张忽悠你用的吧？"

"3721，11 点钟方向，3 500 米。"吴妮不慌不忙对眼镜下达命令。

眼前的黑暗中忽然出现一片淡淡的灰色，那片灰色正以 20 迈* 的速度从容不迫地移动着。那灰色的轮廓，吴妮有再丰富的想象力也无法定义为别的东西——那就是一条传说中的中国龙，长长的躯干顶着大大的头，头上有角，头下长须飘动，躯干下方还有四条短

---

* 原指英制速度单位"英里／小时"，现已普遍指代公制速度单位"千米／小时"。

腿。看不清躯干上的鳞片和头上的眼睛——但不知为何，我能感觉到这家伙身上的鳞片在抖动，眼珠子也在滴溜溜乱转，似乎对这个世界有无限好奇心。一辆轿车驶上高速，穿过龙的身体，我不由得打个寒战。但车和龙各行其是，彼此之间没有产生丝毫影响。

"那儿有什么？那儿有什么？"钦佩着急，恼火无物可拍，也好奇我脸上流露出的诡异表情。

我把眼镜递给钦佩，问吴妮："这不是红外夜视仪。是什么？"

"大张说还没想好名字，反正是一种全波段辅助视觉系统。"吴妮洋洋得意，"看见龙了吧？"

"看见个鬼！"我好不耐烦，"那东西到底是什么？我不是问它像什么，我是问它是什么？！"摘下眼镜，11 点钟方向，3 500 米外，依然是浓得如墨的黑暗。竟然会有一条龙在那里溜达？一定是这眼镜捣鬼！

这时，钦佩显示出处变不惊的职业素质，他拍拍我的肩膀，温和地说："别急，别急，我们开车过去一探虚实。"

我咬牙："没什么用，你拍不到龙。"

钦佩笑了，是那种对自己的职业技能有百分之百把握的自信笑容："那可不一定。"

4

天亮了。

我做了个奇怪的梦，梦到一条龙从动画片中跑出来，在高速公路上散步。那部动画片，是《大圣归来》吗？我不能确定。

"前进！"有人叫我。我睁开眼睛，眼前是钦佩追求艺术感的胡须脸。他松了口气，欣然道："你终于醒了。"

我跳起来，但头立刻碰到坚硬的物体，将我弹回座位上。我依然在车里，坐在驾驶座上，副座上是摄影师钦佩，后座上有个人正埋头捣鼓什么东西。

有个人！

我伸手拽住这个人的衣领子，毫不客气："大张，你这家伙终于来了你！"

"来了好半天啊！你睡得像头猪。"大张说，"钦佩都和我说了。"

"吴妮呢？"我四处张望。

"现在，恐怕已经到温泉度假村了。"钦佩回答，"她说不能为了一条虚龙舍弃难得的假期。"

"虚龙？"我揉揉眼睛，意识还是有些模糊。

钦佩提示说："你给起的名字。一条不在可见光范围内的龙，我们看不到也感觉不到，所以你叫它虚龙。"

是的，虚龙。我们驾车穿过它的躯体，它没有任何反应，我们也没有任何感觉。依靠大张的仪器，我们不但看清了龙的模样，还得到了龙的基础数据——长 8.35 米、直径 1.21 米，这是个大家伙！

我们回到收费站，百思不得其解，我急召大张前来解释。吴妮告别我们，继续她的旅行。我和钦佩坐在车里等大张。我异常困倦，头一仰就睡着了，完全失去了知觉。

"你怎么没睡？"我问钦佩。

"我睡了一小会儿，后来就睡不着了。"钦佩说，"想到一条龙就在那里，还是有点兴奋啊。"

"兴奋个头。那家伙还在吗？"我问。窗外是干净清爽的早晨，高速公路笔直宽广，伸向蓝色的天边。天地之间，丝毫没有龙的踪影。

钦佩摇头。我看向大张："喂，你那眼镜不会没有录像功能吧？"

大张哼哼："当然有了。但录下的是这个。"他让开身子，我才看清那副眼镜连上了笔记本电脑。屏幕上，波形闪动，记录下来的，竟是一段高频电磁波信号。

"龙呢？"我问，立刻招来大张和钦佩两人的鄙视目光，我彻底清醒了，忙做恍然大悟状，"噢，你的眼镜有成像功能，原理就和热成像仪差不多。"为了显示我仍然是一个跑科技口的专业记者，我追问大张："那是这条龙发出的电磁波让你收到了，还是电磁波组成了龙的形状？哪种情况比较靠谱？"

大张回答："宇宙至大，包含无穷。亿万年的时空，龙会发出电磁波的概率，与电磁波组成龙的概率，都差不多。"

这答案真是无比正确。

"好吧，"我不依不饶，继续问，"万物有始有终，不管是发波的龙还是成龙的波，它到哪儿去了？"

大张脸上的表情像是便秘了好几天，特别纠结，他看看电脑，又看看我，再看看电脑，再看看我，低头抬头十七八次，才叹息道："我不知道。"

"你！"我连骂的气力都没有了，眼看着龙就是黄粱一梦，凌晨的经历原来只是个幻觉。我是该嘲笑大张呢，还是嘲笑大张？

"我追踪不到它。这个信号，我需要研究。"大张说，"你们没有别的发现？"

"都可见光外了，你指望我们肉眼凡胎能有什么发现？"我冷笑。

钦佩却打开相机，调整照片，得意道："我拍的。"

照片上是高速公路的一段护栏，护栏上一道蓝色弧光，微弱而虚幻。弧光中，清楚地包含一小块生了青色鳞片的肌体。

"我的天啊！你怎么做到的？"我几乎要拥抱钦佩。从今而后，谁要小瞧他的技术我跟谁急！

"强曝光加广角镜头，连续拍摄。"钦佩说，"这是一张大照片上的一个局部。"他把整张照片放给我们看。那是我们走近龙后，停下车子，用眼镜四处搜索时，他仔细拍摄的许多张照片中的一张。

"那道弧光是什么？"大张问我们。

"是……"我回答不上来，手机恰好响了。

值班主编的声音好像着了火："前进，你小子快带钦佩给我滚回来！"

"怎么了？我早饭还没吃呢！"

"怎么了？有人爆料！"主编那边拍桌子吼道，"他看到龙了！"

5

爆料人是一位 30 岁左右戴眼镜的男子。我们一行 3 人风风火火地冲进主编办公室时，此人正在主编面前手舞足蹈地讲述他的清晨奇遇，手指头差点儿戳到值班主编的鼻尖："我每天骑 15 分钟电动车去坐地铁首班车，4 点 48 分到达地铁站，五点零一分地铁列车进站，5 年了，我每天都踩这个点，绝对不会错。所以，我是在 4 点 48 分到 5 点零一分之间看到它的。你明白吗？那个时候我在进站，但我看到了它。那个时候乘客加地铁工作人员不到 10 个人，但只有我看到了它！"

"哪个车站？"钦佩问。

"17 号线起点站，郭家堡，我住桃园新村。去地铁站的公共汽车首发车 5 点 20 分，我要坐这趟车铁定迟到。所以我从来都是骑车去地铁站，4 点 48 分到达地铁，坐 5 点零一分的地铁首班车。我在市府路那边上班，要坐 27 站。"爆料人回答。

"说重点。龙！"我吼道，"你来这儿是爆料拿赏金的，不说料就走人！"

眼镜男不慌不忙反问我："爆料要真实，真实才有价值，对不对？"

大张一步跨到眼镜男身后，凭借 1 米 85 的身高优势咄咄逼人道："龙！它在哪儿？！什么样子？！"

眼镜男顿时颓了，满脸委屈，嘟囔道："我，我好心爆料，要不我就报案了⋯⋯"

主编好言相劝："那你倒是说龙啊，说半天了我都没明白你看到了什么。"

"我昨晚上睡得很晚，没喝酒，没吃药，精神正常。"眼镜男拍拍胸脯，"我真的看到了！"

"什么呀？"我、钦佩、大张和主编异口同声问。

"龙头、龙爪子、龙尾巴头，在空中闪，绝对不是我的幻觉。神龙见首不见尾啊。"眼镜男信誓旦旦。

"证据呢？"我质问。

眼镜男打开手机，照片上都是糙点，什么也看不清。他还辩解："我照相了，但照出来就是这个样子！"

主编打起了呵欠，通宵值班后，他有点熬不住了。他问我："前进，你怎么看？"

眼镜男十分紧张。

我用华为 Mate9 手机打开智能网络和投影功能，墙上立刻出现我们城市摊煎饼样的地图。

"2 点 40 分，我们在 G9 发现一条虚龙。4 点 48 分到 5 点零一分之间，郭家堡也出现了一条形迹可疑的龙。如果这两条龙是同一条龙，那它从 G9 到郭家堡用了 3 个小时。"随着我的声音，红色箭头在地图上不断延伸，沿着六环路绕行城市。

"这条龙似乎在寻找什么。"大张说。

"何以见得？"主编问。

"现在不是讨论龙的时候，"我提醒众人，"如果这条龙还在动的话，用不了多久就该有人去《每日快讯》爆料了。爆料的人会越来越多，我们在此事上的先机将丧失殆尽。"《每日快讯》可是我们《晨报》的死对头。我一拳砸在主编的办公桌上，做悲愤状："同志们，热搜头条本来是我们的。"

"你的意思是？"主编被我说得有点找不着北，挺虚心地问。

"我们发消息，全城找龙！这是清明小长假我们报社推出的微活动！"我强调。

"活动？"钦佩完全理解不了我的意思，"可那龙，不是我们报社的啊。"

"它是谁的不重要！重要的是，我们发现了它的存在，我们有第一手的消息。我们！明白吗？"我再次强调。

主编的脑子转过来了，困意顿消，起劲儿鼓掌："不错的主意，前进，那就赶紧忙起来。你写个文案，拉出流程单子，需要哪些人力、物力尽管都列上。我马上找总编室、找社长。钦佩，你配合下。大张，事关重大，请你多协助。"主编说着就往外走。

眼镜男焦急地问："那我呢？"

主任很和气地握住他的手："你得留下，你是第一个报料的人，非常重要。误工费、报料费、交通费一起算给你。"

"那就好，那就好。"眼镜男放下心来，"我愿意协助你们。龙是珍稀动物嘛，得爱护。嗯，你们能不能先把误餐费发了？我还没有吃早饭……"

6

别说早饭，一直到中午我都没吃上东西。会议室成了报道中心，六个实习生听我使唤——他们给大张建好了技术平台，联络各种相关人士，分分钟更新网络平台，接听热线电话，搜集信息，绘制龙的踪迹图，忙得团团转。我看着这些生机勃勃的面孔出出进进，随时和要闻版、社会版、文化版、科技版的栏目主编在线沟通，心里很有满足感，找龙这事儿确实比看鬼片有趣多了。

吴妮走进来，怒气冲冲："前进你这烂人！我好心给你大新闻，你却把我从温泉召回来。你有病吧你？"

"我吃药了。"我回应，"必须找你！下午两点钟有四家电视台和三个网站来采访。总编指定你做发言人。"

"那条龙？你把事情做大了？"吴妮接过我递上的茶，漂亮的眼睛里闪过兴奋的光芒，她和我一样都是看热闹不嫌事儿大的主。

"就是那条龙。要闻版在跟踪龙的踪迹，社会版在现场采访各位目击者，文化版已经约了几位民俗专家谈龙文化。科技版，就他们最忙，和大张一起组建了分布计算网络，正动员全世界的宅男加入龙形波的分析计算。"

"'龙形波'？这种名词你也发明得出来？！"吴妮笑得见眉不见眼，"引力波可是动员了1 000多位科学家分析了4个月！"

"但我们的信号比引力波要强，而且出现的次数越来越多，也越来越清晰。"我把吴妮拉到大屏幕前，城市的电子地图上亮起了许多小红点，"这些红点都是龙出现的地方。你看它们越来越密集了。"

"密集？到处都有龙形波？"吴妮有些疑惑，"大张制造了很多台全波段观察仪？"

"不，不，没用仪器观测。肉眼，肉眼看到了。"

吴妮看着我。我认识她很多年了，但被她大大的眼睛盯住的感觉还是很不自在。

"你的意思，它可以被看到了？那它是实体了？有血有肉了？"

"到现在为止，还没有人看到它的全部，但确实，它在实体化。"我说着，调出一张图片，龙的大体轮廓已经清晰，"我们就像拼图一样把各个目击者看到的龙拼在一起，现在这条龙的完成度已接近百分之七十五。大张估计，到晚上它就能全头全尾在城市中游荡了。"

吴妮甩甩她海藻般浓密的长发，皱着眉头："我要这么和电视台的人说吗——诸位观众，今晚本市将出现一条真龙，请不要聚集围观，也不要随意投喂食物。"

"可以啊，这随你。必须说的话在这里。"我把一张打印纸递给她，"文本已经发你手机了，其他的你就自由发挥吧。"

"凌晨时候龙还在可见光外只是一段波，现在，8个小时后，它就开始实体化了，能看见了。它怎么做得到这个？"吴妮感叹，"太不可思议了！对了，"她凑近我，好奇的表情中有点小邪恶，"你想过没有，实体化后，龙吃什么？"

7

龙吃什么？这个问题我压根儿不用动脑筋，把它稍加语言包装，就会变成可口的鱼饵，扔进某某和某某和某某网站（我不能说名字，以免广告嫌疑，你懂的），立刻会有大批考据党、博物学者以及不睡午觉观光团自愿贡献脑力。都不等吴妮化妆完毕，实习生便已甄选出 48 个答案并且编辑成趣味台词打印好了送到她面前。

吴妮扫了一眼答案，笑道："'只要不吃我就好'——这就是最佳答案？"

"肯定最佳。"我说，"在这欢乐的节日里不宜制造恐怖气氛。"

"欢乐你个头。"吴妮瞪我，"明天寒食、后天清明，全民扫墓祭祀的日子你来谈娱乐？"

"死亡未尝不是一场喜剧。太严肃了影响身体健康。"

"哼哼，看这些答案：2. 龙只吸收天地灵气、日月精华；3. 龙是杂食动物；4. 龙喷火，因此体内有嗜吃石油的细菌；5. 龙最爱吃马！"吴妮念到这里，笑得喘不上气。

我制止住她的失态，告诉她："这个倒是有根据。《西游记》里，小白龙就是吃了唐僧的马才变成了马。东汉王充的《论衡》里也提到过龙吃马的事情。"

"那我要在台词中加一句：'请东郊各赛马俱乐部重点

防范'。"

"随你。记住控制好场面，保持采访者的兴奋度，还有，让摄像师拍你最漂亮的角度。"我交代几句，就把吴妮交给新媒体部主任，一溜儿小跑回到会议室。

会议室门口，站着两个等高等瘦的黑夹克、板寸头青年男子，胸前还别着徽章。总编大人唯唯诺诺站在一旁。我的心脏顿时停跳了半拍。有关部门这就要插手了吗？

"我好了！"大张提了电脑包走出会议室，招呼那两个青年。

我连忙上前拦住他："你要去哪儿？"

"国家高能物理研究中心。"大张说，"他们又想起我了。"

"那这儿怎么办？"

"我们线上联系，别担心，有关龙的任何消息，《晨报》还会是首发。"

我凑近大张耳朵，压低声音问："你不是民科（民间科学爱好者与民间科学家）吗？主流学术圈怎能看得上你？"

大张笑："流落民间你就真当我民间科学家了？我在中心呼风唤雨的时候你是没看到。"他也拿出个徽章别在衣领上，看我傻愣愣的样子，拍拍我的肩膀，"这是盖革计数器，测量辐射强度的。我要忙起来了，运气好的话，晚上找你撸串，还是小羊圈胡同那家烤吧。"

"运气不好呢？"我乌鸦嘴。

"那就得通宵达旦守机房了。对了，中心已经联络了'繁星1号'——世界排名第一的超级计算机——一起破解龙形波。"大张吹了声口哨，"这可是个大事件，你小子就偷着乐吧。"

我还想说什么，大张已经在那两个青年的左右陪伴下，扬长而去了。

8

缺了大张的会议室有点冷清，爆料眼镜男留下电话和爆料视频后消失了，钦佩则赶赴目击点拍照。我终于能坐下来喘口气，喝茶、吃饭、打瞌睡，但一股子兴奋的情绪在我血管里窜动，让我没法子安稳待着，脑子里不断回放今天的经历。

我们在发现龙的 4 个小时后放出了第一条消息，标题必须耸人听闻："活龙在本市出现，绝对令你震惊的消息！"内容却要简单明了，强调参与性："真是活久见！你想不到大自然还会做出什么事情！一条真龙正潜入我市。如果你看到它的任何踪迹，都请告诉我们。你会得到红包奖励，以及与这条龙近距离接触的机会。"

这条消息看上去商业广告气息十足，不会引起大众的恐慌和惊诧，而且很给龙拉好感度。

20 分钟后，第二条消息以转发加评论第一条消息的形式放出："是什么样的龙说清楚。红包谁不想拿？但这要求准确些不难吧？我楼下卖的龙形馒头你要不？"

然后才发爆料眼镜男的叙述，以及他的手机图片。图片经过了处理，使那些噪点中模模糊糊出现了龙的影像。

接下来就看朋友圈的转发速度了，等待人民大众添砖加瓦，给这些消息插上飞翔的小翅膀。

整个上午，我和众同事边做传播流程，边做技术准备，边紧盯大众反馈，随时调整随时跟进。精神高度紧张，可也很爽——那种掌控引导舆论方向的快感，甚至超越男女之间的情事。

爆料眼镜男的"强调真实"此时起了作用，网友居然有耐心看完了他长达一分半的爆料视频。在这个视频传播率达到峰值的时候，第二个目击者出现了。这人丝毫没有爆料眼镜男的镇定，无论是文字还是语言都凌乱得一塌糊涂，实习生和我花了好几分钟才明白他的意思。他被吓坏了："为什么龙在地铁里？那么多人只有我看到了。我是不是有什么特殊之处，会不会变身，要承担拯救地球的任务吗？妈呀，好紧张！"

我叫实习生回答他："天将降大任于你，必须时刻准备着。"

龙在地铁里。

地铁车厢中挤满上班族，或打瞌睡或看手机或吃鸡蛋灌饼，只有一个人无所事事将目光看向车窗外。窗外是隧道铁灰色的墙壁，时不时出现一组色泽艳丽的广告。这个人试图背诵广告上的电话和网站，既锻炼记忆又打发时间。忽然，广告被一层灰色覆盖。灰色停留了一两秒，便没有了踪影。灰色再次覆盖上来，很长一条，隐隐的，有巴掌大的鳞片闪动。灰色尽头是一颗硕大的头颅轮廓，眼珠子黑得明亮清晰。这个人条件反射，立刻举起手机拍照。上传朋友圈时，他看到朋友圈中转发的《晨报》寻龙活动告示，哆嗦着再向窗外看，那灰色正在向前移动，如波浪微微起伏，分明是一条龙正蜿蜒飞行。

这就是第二个目击者的故事，他很幸运，不但得到了我们的第二现场目击奖金，还让我永远记住了他那带着兴奋和颤抖的独特声音。

龙出现在地铁 6 号线动物园站到市场站之间的地铁隧道中，离17 号线起点站郭家堡站直线距离 27 公里。龙在 2 个小时中才走了这么点路，挺奇怪的。

当时大张很担心龙会引发地铁事故。据他计算，组成龙的高频电磁波携带的能量虽然不强，但在电力网密布的地铁隧道中到处窜动，很难说不会发生意外。

还好，第三个目击位置在城市西南的水上公园，龙或者龙形波已经钻出了地铁。随后，目击报告就潮水般涌进报社。公布的电话、网站、移动终端，全部被或激动或怀疑或好奇的目击者占据了。

"幸好龙今天出现。"同业群里《每日快讯》的人对我开着嘲讽模式，"搁昨天四月一日，谁都不会理你。"这个群里的各路媒体精英都认定龙只是一个噱头，是老掉牙的历史灰尘，但不得不承认，我们应用巧妙。中午时，找龙这事儿就上了省级电视台的时事新闻，晚上还会在新闻评论里做专题。这是逼电视台也要满城找龙的节奏。

"我们会报道你们的这场闹剧。"《每日快讯》的人说，附赠我一套"鄙视"系列表情包。

呵呵，事实在那里，我不用多解释。我只回答他："我就喜欢看你不喜欢而又不得不和我一起并肩战斗的样子。"

我走到电子地图前，龙下一步会去哪里呢？G9、郭家堡站、动物园、水上公园……这些地方有什么共同点没有？为什么龙会在这里和那里出现？为什么……为什么……

"我要全市管道分布图、电网分布图、商业网点分布图、地铁线路规划图……"我冲实习生喊，一口气说了七八种城市信息图，实习生脸色都变了。我这才意识到这些事关城市生存的图纸别说他一个实习生，就算总编出马也搞不到。

"吴妮，赶紧给我想办法。"我急电求助。

吴妮那边手机信号不好，她用微信告诉我，她在省电视台准备直播，正和主编、新闻评论栏目导演、主持以及特邀嘉宾讨论直播内容。

"找大张，找他！"吴妮提醒我。

大张的电话更是干脆不通，微信也不回我。

钦佩忽然出现，他嫌传图太慢，索性亲自跑回来送照片。他已经拍摄了几个 G 的素材，拷贝了 17 位目击者的图像资料，自己也拍到了龙！

"太神奇了。前进，你应该到现场去看看。"钦佩将硬盘递给实习生，接过一杯茶，大饮一口，"好茶！"

"那是，明前茶，贵如金，何况是清明前的顾渚紫笋茶。我在家给你坐镇指挥，你才好前方冲锋陷阵。你去的这些地方，有什么共同点吗？"

"共同点？"钦佩思索着，"你是想找到一条规律，好预测龙的下一个出现地点？"

我打个响指，赶紧夸赞："答对了。有吗？"

"好像还真没有什么，公园、工厂、学校、医院，都有目击者，它……"钦佩忽然不说话，跑到电子地图前，伸手丈量长度。

我说："它的行动越来越慢，如果找得到规律，你可以等着它出现。"

"那样当然最好。要是能拍到它完成实体化的那一瞬间，"钦佩满脸憧憬，"我就死而无憾了。"

"必须啊，你必须得拍到。快想想那些地方有什么特别，一条龙不可能随随便便在城里溜达。快想！"我催促。

钦佩看着地图，我也看着地图，同时陷入一种无序的思维之中。

"变压器。"大张回复微信了，只有三个字。

9

G9 起点附近布满高压电塔，17 号线起点站附近布满高压电塔，动物园附近有大型变压器，水上公园附近有大型变压器……龙顺着电线流窜，变压器是它的最爱。它起初在高频区，随后又在低频区，波长频率始终不能稳定，它似乎是在吸收电能，又似乎是在通过对电网的盘查检查全市的能源供给状态。

这真是一条任性的龙。

但我们没法报道这条龙的科学属性。找龙在上了新闻评论后演变成了全城行动，所有小长假待在家里的人都响应媒体号召，拿了手机和平板电脑走到街上。这时候，报道龙的行踪已经失去了新闻价值，找龙演变成了一个娱乐事件，彻底脱离了我的工作范畴。

我的工作就只剩下给龙一个科学标签，可这不是我能掌控的工作节奏，得等上面给出权威说法。

所以，我依然去了小羊圈胡同的烤吧撸串，每晚8点去烤吧吃饭是我人生不多的乐趣之一。

大张没来。这在我意料之中。上面不会那么快就给龙一个合理的科学解释，还得让龙在城里飞舞一阵子。

肉串和烤馒头片刚端上，吴妮就来了，真是嗅觉高度发达的女人。她又累又饿，已经路人粉转黑，对龙心生厌烦。

"为什么是我第一个看到它了呢？我要是看不到它就不会找你，那你就不会想出找龙这个主意，那么我现在就能舒舒服服地躺水床上看电视剧了。"抱怨声中，吴妮已将盘中各种食物一扫而空，连个渣都没给我剩。

"因为你是女人，有着与生俱来的不可磨灭的好奇心。"

吴妮瞪大眼睛："前进，你真觉得龙没有做任何选择，随随便便就来到我们这座城市？你和我真的没有奇特的吸引龙之处？"

"真没有，亲。我们太普通。"我冷静分析，"至于龙，概率，亲，这是个概率问题。比如考虑整个时空的粒子分布，你有千分之一的概率多巴胺分泌加剧，从而爱上我。这个没有逻辑性可以推导。"

"扯淡。"吴妮干脆否定，"因果律在哪里？一定有什么参数改变了才会出现龙。"

"那就无法探究了。13 亿光年外的空间扰动我们才知道，要列出全时空参数，恐怕上帝都无能为力。"

"是吗？"吴妮的表情忽然变得诡异，目光穿过我的脸，看到我背后去，"呵呵，也许它知道。"

我回过头，5 米开外，东头"张记卤煮火烧"家的屋顶，霓虹灯与黑暗的交界处，一条龙正趴在瓦片上，大脑袋对着我。

这家伙头尾完全、须角分明，已经彻底实体化了。

2017 年 4 月 3 日　农历三月初七　宜祭祀　忌嫁娶　寒食节

10

"就是这样。"我说，"这就是我的亲身遭遇。昨天为这家伙从凌晨折腾到晚上，好心没好报，差点儿被它吓死。还害我进警察局。"

坐对面的李姓警官收起笔记本："我觉得你是故意的。"

"老李，熟归熟，你这样说小心我告你诽谤！"我强词夺理。

老李笑了，猫捉了老鼠一样的表情："得了吧，前进。我们去的时候只有被砸得乱七八糟的铺子，还有烂醉如泥的你，龙在哪我可是连根毛都没见到。"

"你不相信龙和我一起喝酒，然后它把烤吧搞得乱七八糟？"

"不相信。烤吧里的人说是你干的。你故意干的。"

"监控！你调监控一看不就清楚了？我没有酗酒闹事。当然烤吧不可能找龙赔偿，看在龙是稀罕物的份儿上，我负担店里一半的经济损失好了。"我大度地说。

老李忽然凑近我的脸，目光直勾勾地要撕开我的脸皮："监控上一片花白，没信号。前进啊前进，你想在局子里躲2天直接和我说，干吗要砸人家店呢？吃力不讨好的事情。"老李玩着手上的笔，"烤吧不打算追究你的责任。按治安条例，我只能扣留你到中午。你还是得出去面对。"

"我要面对啥呀我要？！老李你瞎扯什么啊，我怎么记得最起码要拘留5天？！"我急忙辩解。

老李不高兴，一拍桌子："你肚子里那点心思非要我说破？这昨天龙还是新鲜玩意儿，到今天就是危险品了。你想知道从你喝醉到现在这十五六个小时里都发生了什么事情吗？"

我捂住额头，不知道该说什么，大脑里瞬间全是一个个的空洞。

老李递给我一杯水，放缓语调："你也不容易，我理解。哪个做记者的不希望报个大新闻，可新闻报道出来了怎么收场？还有反转和论证调查呢？稍出一个篓子，同行就能咬死你。"

空洞里终于有思维开始流淌，我逮住一个思维点："《每日快讯》说什么了？"

"说你们伪造了目击记录。"老李说，"前进，你小子有个本事我特佩服。"

我凛然一惊："哪里哪里，您过奖了！"

"你有一种趋利避害的本能反应，特别快！"老李将我的手机扔还给我，"看看吧，昨晚上到现在都出了什么事。"

手机上一片红，未读消息和未接来电数量已经逼近 6 位数。

"你慢慢看！"老李拍拍我的肩膀，"看完了想明白了就出去吧。寒食节，局子里不备饭。"

"我可以不吃饭，减肥。"我说。外面闹成什么样我能想象，但我一点儿都不想掺和。每个新闻的收尾都很麻烦，这个尤其。还是让时间去冲淡一切吧。

老李懒得再做我的思想工作，开了门，哼着西皮流水走了。

他唱道："小子你躲警局享清静，眼见得城里乱纷纷。四处找龙无踪影，却原来是《晨报》编造的消息。我这边差人去打听，真真假假无人说得清……"

我揉揉太阳穴。真希望此时我躺在坟墓里，墓碑上什么也不刻。

我拨了吴妮的电话，她那边立刻接通，声音十分欢快："前进，你没事了？总编大人希望你能在局子里再坚持几个小时。"

"形势怎样？"

"现在还不明朗。支持派和反对派火力胶着。"吴妮说，"全市媒体正在站队。我们终于有了一个欢乐闹腾的清明节。"

"公众的反应我不感兴趣。我只关心龙。龙呢，它还在吗？"

"要是它在，我们就不用撕了；要是它不在，我们也不用撕了。"吴妮像在说绕口令，自己都绕不下去了，呵呵一乐，"总编大人会控制节奏，好给某些红眼的人最后一击。你只要别太早出来就好。"

11

昨天晚上，看到龙的瞬间，我的第一个本能，呵呵，和大多数人想都不想就举起手机拍照不同，我的第一个本能是——老子没看见啊，没看见啊没看见！

别人目击是一回事，我自己亲眼目击又是另一回事。我可不愿意自己是那个被无数遍询问，甚至会被心理医生验证是否说谎的目击者。当我就是"真实"的时候，我如何强调自己的中立立场？

所以我立刻就捧起烤吧的酒坛子喝个底朝天，并且以最夸张的方式打砸桌椅。烤吧老板此刻很哥们儿义气地袖手旁观，等我闹得差不多了，才拨"110"。

至于龙，一直趴在屋脊上，看着我浑身被酒浇透。我跌跌撞撞摔倒在地，一个酒坛子碎了，酒香四溢。龙抖动了一下，似乎是打了个喷嚏，便倏忽不见。

我被警察带往警察局，在安静的拘留室中呼呼大睡。吴妮立刻赶回报社，向总编汇报我的行为并做出公共对策。果然，不到半个小时，我闹酒被拘的消息就上了《每日快讯》头条。再过一个小时，《每日快讯》已经将我塑造成一个醉酒的品行不端的记者，靠编造新闻博取公众关注。当公众为我的言行争论激烈的时候，《每日快讯》又抛出重磅消息——眼镜男，在 17 号线起点站郭家堡第一个目击龙的人，发文申明他根本没有看到龙，他的爆料视频和爆料照片都是我们制造的，假的。

眼镜男的申明完成了我的形象塑造。但这样明目张胆的黑化引起了一部分公众的不满。我们的第二个目击者,就是说话抖得不行的那位老兄,一直等着龙再次召唤并派给他拯救世界的任务,勇敢地在网上发文,声称他对自己的目击负责,而我和《晨报》是更严谨负责的媒体。

于是公众舆论就分为两派:支持《晨报》造假的一派与反对"支持《晨报》造假"的一派。帖子满网乱飞,对骂、揭短、乱扯、表态,各种人赤膊上阵,用各种传播手段打了半个晚上后,才意识到要想分出胜负只需一个证据——龙。

那时已经是后半夜,距离龙在高速公路上被发现已过去整整 24 小时。就像人要睡眠一样,龙似乎也躲到什么地方睡觉去了,居然再也没有人发现它。

这不消说又是《晨报》造假的一大证据。《每日快讯》得意扬扬宣布结论:《晨报》费尽人力、物力编造"龙存在"这样离奇的新闻,无非是要获得热搜度,进而获取关注度和广告价值。《晨报》为了新闻,已经无底线了。

省电视台的早间新闻播放了《每日快讯》的结论,但新闻主持人并没有批评《晨报》,只是说等待《晨报》给公众一个说法。主持人要说法的话音还未落,晨曦之中,龙忽然跃出云层,顺着高压输电线欢快地飞舞,在一众上班族的欢呼声中扎进地铁口。

《晨报》没造假!但龙怎么能及时出现?并且无声无息就出现在地铁站口,一共现身二十一秒?这是真正的大自然奇迹,还是现代化的声光影魔术?

　　龙是出现了，但问题一点儿都没有得到解决。支持派和反对派继续厮杀。

　　直到我被李警官询问完毕，龙的存在依然扑朔迷离，没有人说得清楚。

　　总编大人从何而来反击的底气？

　　我打电话给总编。他可没有吴妮的好情绪，直接在电话中骂我："你这混蛋，你还真敢给我叶公好龙！龙是不是真的，你心里最清楚！我不管你什么理由，你都得给我待到下午3点半！"

　　龙在高速公路上，龙在地铁隧道中，龙趴在老屋的屋脊上，龙影渐渐清晰：角似鹿，头似牛，嘴似驴，眼似虾，耳似象，鳞似鱼，须似人，腹似蛇，足似凤。张牙舞爪，鳞片闪烁。只差腥味浓烈、叫声如牛这两条，否则就和传说中的龙不差毫分了。

　　等等，等等。没有味道，没有声音，来无踪去无影——这是地球上的生物做得到的吗？我抓住手机，脑海中翻江倒海，许多想法冒出来又被消灭，不成体系。抓耳挠腮半天，我终于给大张发出一条信息："那龙，到底还是信息状态的虚龙吧？"

12

　　下午4点，我走出警察局。天气很好，无风，微热，阳光灿烂。总编叫的专车早就候在大门口，司机彬彬有礼地把我让上车。

　　我坐好后，司机就问我："我正听广播，可以继续吗？"

　　"您继续，您继续。"我回答，"什么节目？我也听听。"

"在讲龙的事情。"司机说，"专家说可能是集体幻觉。"

"集体幻觉"？专家已经进入到心理学的讨论范畴了吗？三点半后，龙出现得更频繁了，而且经常同时在相距很远的几个地点现出鳞爪，这现象着实让各路专家伤脑筋。

"集体幻觉"也分两大门派。一是神秘派，指出最初看到龙的人，包括我，都是对神秘事物深信不疑的人，所以就产生了一些错觉，这些错觉经过媒体引导夸大，加上社会从众心理，于是就产生了见到龙的"集体幻觉"。这一派别所持论据就是到现在为止，所有目击者拍摄到的龙的影像，都可以用"非龙"因素来解释。

广播中，一位专家振振有词："这些影像可能是大气现象，如球状闪电、极光、幻日、幻月、爱尔摩火*、海市蜃楼、地光、流云；也可能是生物学因素，如人眼中的残留影像、眼睛的缺陷、对海洋湖泊中飞机倒影的错觉等；还有可能是光学因素，如照相机的内反射和显影的缺陷所造成的照片假象、窗户和眼镜的反光所引起的重叠影像等；人造物的因素也很重要——飞机灯光或反射阳光、重返大气层的人造卫星、点火后正在工作的火箭、气球、军事试验飞行器、云层中反射的探照灯光、照明弹、信号弹、信标灯、降落伞、秘密武器等。"

这话好耳熟。我打开手机上的搜索引擎——没法儿不熟，这是"UFO"词条中解释 UFO 现象的一段话。

---

* 雷暴天气条件下，当近地气层中的电势差超过三百万伏/米时，地面上各种尖端物如花草、树枝、建筑物尖顶都会产生微弱的放电现象。发生人眼可见的淡蓝色光，这种光晕被称为"爱尔摩火"。

"狗屁专家！"我忍不住骂。

"集体幻觉"的另一大派别是中毒派，他们将所有精神上的异常都归结为食品和环境。寒食节超市促销的青团成了怀疑重点——是不是雀麦草上的农药没有洗干净？糯米过期霉变？草汁和米粉的混合过程有没有添加什么化学药剂？豆沙、枣泥等馅料来源何处？包装青团的芦叶也要查一下，会不会是用其他植物的叶子替代的？总之，每个进食环节都必须一一检查。桃花粥、炸刀鱼、冷煎饼卷、生苦菜这些节日食物也都在怀疑之列。

既然说到了食品的安全性，中毒派就不能不说到环境污染、全球变暖——话题一下子发散千万里。

"寒食就不该当成节。介子推肯割肉给国王吃，却为了不接受国王赏赐，害母亲被烧死，这种人，纪念他什么？"司机忽然发言，吓我一跳。

"2600 年前的人，嗨，谁知道他当时怎么想。"我说。没骂介子推脑残已经算我好心情，我讨厌任何对父母不好的人。

"是那些拿介子推说事儿的人怎么想。"司机说，"其实我觉得，历史上未必有介子推这么个人。"

我吃惊不小，险些认为这司机是老李假扮，追着来点化我的。介子推早已消失在 2600 年前的山林中，对他从各种角度念念不忘的人，不过就是从各种角度拿他说事而已。龙虽然活在当下，但就不靠谱的程度而言，完全可以和介子推相提并论。这场"龙存不存在、为什么存在"的舆论战，争夺的其实是对未来历史的话语权，《晨报》和《每日快讯》不过是两种不同话语权的代表。这两大阵营谁好谁坏我不知道，我只知道若《晨报》败下阵来，我一定会被挂在电线杆子上示众，从今往后将与传媒圈无缘。

真是细思极恐，说现在情形凶险，到了生死关头都不为过。

所以一见到总编，我就直愣愣问他："大张究竟给了你什么底牌？"一直不回我信息的大张，关键时刻体现出他是有组织、有纪律的人，不肯随便说话了。

总编神色如常，将我让进办公室，关好门，这才说："前进，闹成现在这个样子，你后悔吗？"

"后悔？总编您这话从何说起？"我一时间丈二和尚摸不着头脑。"比如昨天凌晨，你对看到的影像嗤之以鼻。子不语怪力乱神，那就不会有这两天的乱象了。"

"我不理也会有别人理。只要它是客观存在，就会被公之于众。"我冷笑，"抢先机总好过跟人家屁股后面做捡漏似的采访。"

总编笑了："你果然是经得起考验的我报忠诚战士。"

我对这表扬嗤之以鼻："拉倒吧，我不跳槽是因为我太懒。对了，我得问清楚，这次关于龙的报道有多少奖金啊？我怎么也该是本月最多的吧？"

总编说："奖金肯定有。不过，你要先把事情有始有终地做完。"

"好哇。"我拉开椅子坐下，跷起二郎腿，拿起总编的茶杯，"您说怎么干我就怎么干。"

总编打开显示器，大张在里面抬起头来，向外看看，看到我说："前进，你的信息我收到了。信息状态的虚龙，这个描述很棒。你是直觉，还是计算出的结果？"

"直觉。男人的直觉。你这是在高能物理研究中心？"我嘲笑，背景太廉价了，"那些塑料桌椅也就是批发市场的货。"

"钱省下来买器材、引进人才。"大张不在意，"你看这视频对话的清晰度和同步性，就像我站在你面前一样。"

我心急如焚，闲扯不下去，直接问："你那边有什么研究结果了吗？有我们能公布的权威答案？"

大张点头："有了，主任告诉你。然后宣传部的马大姐会和你们一起制定公众知情方案。"

说罢，大张就让开身子，露出主任矮胖的身躯和满月样的大脸庞。

总编忽然起身，盯住屏幕。他的紧张情绪瞬间传染给了我，我也有些心神不宁。

主任发言："这条龙是极其罕见的自然现象。"

我挺直腰板。

主任继续说："这条龙，它时隐时现，来去无踪，虽然能被我们观察，却不能被我们观测。我们一旦靠近它，就会发现它的实体根本是不存在的，它本身仅仅只是一组微观粒子。它展现给公众看的实体，只是公众希望看到的样子，是一段全息影像。我这么说，你们能明白吗？"

总编懵懂："公众希望看到龙？"

"龙是一个大众符号。最容易得到大众的呼应认同。"主任回答。

"这么说它选择了'龙'这个符号，是有所图谋的，它有智慧！"我嚷了出来。《外星高等级文明假借龙形传递福音》——这个新闻标题看着就让人颤抖，《每日快讯》想打翻身仗等下辈子吧。

大张一旁摇头："智慧不好说，还需要进一步甄别判断。"

"我们只能确定，它是能够吸收外界能量、复制信息的高能粒子团，具有量子性，目前状态还不稳定，所以经常消失，又经常同时在异地出现。至于为什么选择龙，我们认为，很有可能和春节期间龙的形象频繁出现有关。"主任说话很谨慎，字斟句酌，"龙的信息量突然增大，这可能是它选择的标准。"

"它不可能无缘无故装龙玩儿。一定有动机。或许里面包含了很复杂的信息！说不准它是一封宇宙级的鸡毛信！"我抑制不住思维的发散，"主任，你们就没有发现什么吗？特别的东西，信号组成方式、频率、波长，宇宙文明用数学来说话，或者是最基本元素的结构？"

主任轻轻摆手，做了个"一无所有"的手势："我们的观测手段有限，以目前的认知水平，我们还没有特别的发现。"

"那需要我们做什么？"总编问。

"这条龙现在闹得满城风雨了。"主任说，"上面要求我们给公众一个说法，稳定公众情绪。明天是清明节，祭祀先祖的大日子，上面不希望龙破坏这个节日。"

"龙会吗？"我奇怪。

大张点头："不好说。看它现在乱窜的劲头儿，明天会窜到哪儿还真猜不准。"

"那你们打算怎么办？"我脑子里一下子进出五六种镇压，噢，不，是安抚龙的方案，但好像都不怎么容易操作。

"我们要把龙引导到指定的地点，把它暂时关起来，这样公众就不会怀疑和恐惧了，而且我们还能继续深入研究。也许，还会找到前进同志所说的那封鸡毛信。"主任举重若轻、不慌不忙说出他的计划，末了还拿我开涮。

我与总编面面相觑。科学家和媒体从业人员，究竟谁更疯狂？

主任装作没看见我们的怀疑眼色，认真地说："整体需要周密的安排。还有，你们不要逞一时之快，该什么时候发什么内容的通稿，听马大姐的。"

2017 年 4 月 4 日　农历三月初八　宜祭祀　忌破土清明节

13

马大姐虽然被叫作大姐，其实只有四十来岁，妆容精致，衣着得体，往那儿一站就是办公室职业女性的标杆。我觉得她到科研机构工作有点吃亏。

"给国家工作挺好。"马大姐心态阳光，"有主人翁的责任感。"她甚至鼓动吴妮："你看你才不到三十岁，累成什么样子了。我们中心工作没有同行恶性竞争，心情舒畅，待遇也不错。你要不要过来试试？"

我赶紧把吴妮拉到身后，转移话题："马大姐，龙肯定能来吗？"

马大姐信心十足："当然能来。没问题！"

此时是清明节上午 8 点钟。我、吴妮、钦佩带了一票同事准备直播捉龙。

大张和主任将捉龙地点选在郊外，距离龙第一次出现的 G9 高速公路 11 公里。那地方有个很应景的名字——伏龙坡。其实没坡，倒是有山、有湖、有森林农庄，环境好到不似人间。中国高能物理研究中心就在那里建了一个加速器。大张计划将龙诱入加速器，然后用高能粒子轰击，打散组成龙的粒子，解除龙的潜在威胁，并且从这一过程中了解这些粒子的性质。

"前天你说是龙形波，昨天又说是高能粒子团，它到底是什么？"我问大张。

"知道波粒二象性吗？"

"知道啊。"

"那你还问我？"大张笑，"详细陈述太复杂了，对你没那必要。"

我就这样被鄙视了，闷闷不乐地回到自己的阵地。阵地离加速器大门不远，地势高，前方开阔，视野特别好。

为了公平起见，《每日快讯》和省电视台也得到了不错的拍摄位置，其他传媒都只能转载。主任说这是出于安全考虑。伏龙坡方圆 10 公里都被封锁了，以免在捉龙的过程中误伤无辜。

我觉得大张的计划过于科幻，一个加速器要改变任务哪能这么顺利！前天发现龙，昨天制定方案，今天就着手实施，这速度不是一般的快，是太快了。

大张抹了下额头汗水："没办法，龙不等人，瞬息就会消失。"

我们派了一个人跟拍大张，有问题随时让他解答。不过，报社的网络传播平台没有昨天热闹，看样子昨天的纷争过多耗费了公众的八卦热情。

对此吴妮并不意外，她教育我："你想想今天什么日子？清明啊！我邻居六点就出门去扫墓了。谁还关心你的龙啊！"

"可是，如果大张他们成功了，那就是科学史上的大事件！"

"如果失败了呢？大张没告诉你失败会怎么样吗？"

我还真没问失败的后果。大张在我印象中，那就是绝不说大话、勤奋踏实的科研人员好榜样，我几次三番想做他专访，以树立民间科学家的正面典型，但都因他的研究领域实在离人民群众的生活太远而作罢。我从没想过大张会失败。

吴妮摇头："我今天真不该来。扫墓、踏青、植树，哪件事都比守在这儿等一条不靠谱的虚龙强。"

"既来之，则安之。"旁边的钦佩说，"坐这儿看风景都挺好。"

实习生已经摆好了野餐桌，各种冷食、水果、饮料铺得满满的。天气比昨天还好，万里晴空如洗，干净得发亮，没有云，没有风，阳光充足。四周杨柳新绿，桃李初芳，还有金黄色地毯般的一片片油菜花。

"是的，挺好，尤其是能和你在一起。吴妮，我们俩绝对好搭档，以后也在一起吧。"我温柔地说，频频向美人明送秋波。

吴妮笑了："好哇，等你告别出租房吧。我看东方名苑那小区就不错。离报社近，旁边还有地铁。"

我还要和吴妮胡扯，钦佩忽然"呀"一声跳起来，抓住相机冲到前面去了。

"来了吗？"吴妮紧张。

我摇头："主任那边没动静。他们的监测网连 10 公里外的电磁场轻微扰动都能捕捉到。"

"你说他们怎样诱捕龙来着？"吴妮问。

"'诱捕'两字我可没说过。"我强调，"大张他们采用高频电波，能量场满满，龙喜欢这个，它会来的。"

吴妮点头："肯定会。"她的目光中有些我不熟悉的地方，炽热而兴奋。她指指远处。

天空与大地汇聚之处，金色的油菜地上，一条银白色的大龙正蜿蜒爬升。它身形矫健、动作敏捷、姿态优美，在空中飞腾。空中仿佛有一条透明的长桥，让它如履平地、行走自如。

阳光照耀在它身上，它的鳞片反射阳光，渐渐变成了金色。华丽、璀璨、新鲜的金黄色。

我急忙呼唤大张："你看到了吧？那条龙，它……它来了。你没监测到？大张……大张你说话！"

耳机中一片嘈杂，声波无法转变为电波传送。网络信号中断，卫星信号中断，我们周围的电磁场乱成了一团。

龙离我们越来越近，越来越清晰。龙的爪下，涌出一缕缕、一片片洁白的云朵。云朵聚集滚动，时而像海的波浪，时而像夜的莲花。云在龙的身躯下翻卷，龙在云的簇拥下庄严前行。

人们呆望着天空，一动不动。《每日快讯》那边，甚至响起了哭泣声。

这般华丽的场景，可惜我们直播不出去。我不由得叹息。

吴妮尖叫，钦佩惊呼，我刚想说"你们别神经了"，一种巨大的压迫感劈头盖脸而来，将我重重按在椅子上。我挣扎着抬起头。

龙已经飞到了我面前。它足足有 10 米长，一米多粗细，鳞片微张，大眼如灯。它在呼吸，鼻腔中的气息喷在我脸上。它身上有青草和泥土的味道，腹部分明有心脏在有力跳动。它悬停在空中，龙须差一点就扫到了我的脸上。

龙的目光清澈，在它眼中是我渺小的身影。如此渺小的人类，怎么可能理解宇宙的奥秘？

我看着龙，忽然间眼眶湿润。我端起桌上的一盘清明饼，递到它嘴边。

我说："很好吃。你尝尝。"

几秒后，龙伸出舌头，将一块饼卷进口中。

吴妮悄悄走到我身旁，怯生生地伸出手，触碰龙角。

龙摆摆它巨大的头颅，仰天长啸。我被这声音震得耳膜疼痛。龙直直冲向天空，就像火箭发射，要飞跃进太空。

弧光闪动，从龙身上切过。一道道螺旋形光圈湮没了龙的身体。空气在颤抖，阳光在颤抖，光圈聚积成球状，随即炸裂。惊天动地的一声爆响，将我们震倒在地。一桌食物和桌子一起倒地，压在我身上。

过了一会儿，我拍拍头上的垃圾、尘土，向天上望去。

万里碧空无云，哪里还有龙的踪影。

14

一个小时后，通信恢复了。我见到了大张。

"你杀了它！"我愤怒，"它是彻底的真龙，它有血有肉，它在呼吸。我甚至感受到了它的思想！"

大张神色平静："诱龙失败后，只能放出高能粒子炮。我们无法承担龙活着的后果。"

我无言以对。

"往好里想。"大张宽慰我，"我们掌握了这条龙从量子化状态到生物化状态的所有数据，打开了人类认知的一扇窗户。以后，我们可能会从中受益。"他拍拍我的肩膀，"你这假期没白忙乎。"

我理清思路，可到底跟不上科学工作者的理性思维，只好冷笑："是啊，说不定每时每刻都有量子龙到达地球，只是它们中的绝大部分能量都太过微弱，我们检测、观察不到。"

大张点头："你说得有道理。"

我瞎扯呢，老兄。我喜欢那条会吃饼的龙。

手机响起，是短消息提示。我滑动屏幕。

一个陌生的头像留言：我还会回来的。

·思想实验室

1. 小说中前后反差最大的人物，莫过于报社报料人"大张"。他从一开始的民间科学家，后摇身一变成为国家高能物理研究中心的研究员，后续他对待那条神秘巨龙的态度也随之而变。作者为何会让他产生如此大的变化呢？是否也与作者想要表达的现实内涵相关呢？请仔细回顾文章，找出暗含的线索，写下你的看法。

2. 有人说，龙是原始人看见天空中的闪电而引发的奇妙联想；有人说，龙是人们将咆哮的山洪经过艺术加工而形成的生物化意象；有人说，龙是基于云、雨关系的一种功能性解释，反映了原始先民对想象中的司水之神的崇拜心理；还有人说，龙是图腾制氏族社会所使用过的一种族徽，对龙的崇拜实际上就是对蛇的敬畏。除了本文给出的科幻解读，你认为龙的形象是如何产生的呢？大家可以继续阅读更多相关资料，进行更深入的思考。

3. 推荐阅读海漄《龙骸》《飞天》以及分形橙子《潜龙在渊》，可以获得更多关于中国龙的幻想解读。

假手于人

慕明

随着科技的飞速发展，越来越多的职业消失在我们的视野中。作家申赋渔曾在《匠人》中历数家乡瓦匠、篾匠、扎灯匠、修锅匠等十余种匠人职业的消亡，我们也时常听闻人工智能会取代人类。那么，技术的进步是否必然导致传统的行当被逐渐取代？在未来，我们又是否可以借助科技的力量重新焕发传统行当的古老魅力？这样的未来，正是慕明在《假手于人》的想象中期望抵达的。

《假手于人》的故事发生在烟火气弥漫的成都老街。竹编匠人老唐醉心竹编四十余年，精通竹编一百八十法，但再精湛的技艺也跟不上时代的发展。工厂生产快速高效，而手艺人却在与时间的较量中败下阵来。手工艺传承之路，希望在何方？留美归来的神经科学家小关，攻坚手部活动的神经编码理论难题，但在技术之外，他缺乏"领域知识"的数据支撑。博士毕业后回国的他苦苦寻觅，是否能够突破技术壁垒，实现真正的感官技术联结？老一辈守本思想和新生代创新思维的冲突，传统手工艺与现代神经科学的融合，这一切的交织会产生怎样丰富的色彩，所有的答案都去《假手于人》中等你来开启。

在阅读《假手于人》之时，我们很容易忘记这是一篇科幻小说，成都老街的风物与人情为科幻小说包裹上了浓厚的温情，作品中满是成都浓浓的烟火气。正如作者慕明所介绍的："我妈妈是成都人，我出生在成都，后来在北京成长，美国生活，不过我每年都会回成都看外婆和其他亲人，也算是半个成都人。"正是因为慕明对成都有难忘而丰富的记忆，所以他才能在写作科幻故事的同时，还原成都细腻的生活，呈现人与城市的融洽关系。

《假手于人》中另外值得我们关注的亮点，是作品一新一旧的双线叙事。作者通过老唐和小关（"我"）的两条线索，一边展现老城中老手艺人对于老传统的坚守，一边聚焦新城里新生力量对于全新技术的运用。新旧双线的交错推进，反映了身在国外的作者对家乡、对父辈以及故土传统文化的情感思考。在故事里，老唐在小关面前展现竹编中划丝、推、提、压、捻、收口等技艺，口述附胎编织的经验体会，娴熟而准确。作者借小关和青筠的对话，道出新技术的难点在于用大脑模拟手对柔性的触觉，也道破竹编手艺的技术核心，这正和作者在附记中透露的写作参考资料一一对应。在作者的双线叙事中当中，我们一面为传统而惋惜，一面为技术的进步而欣喜。但小关所做的完美复制是否就能体现手工艺的精神？老唐和小关初次见面之时所说的"手工艺，是心灵的体现，心，可不是能随便机械化的"又包含着怎样的深思？这些问题的答案应当由各位读者来寻找。

· 正文

但其良工苦心，亦技艺之能事。至其厚薄深浅，浓淡疏密，适与后世赏鉴家之心力、目力针芥相投，是岂工匠之所能办乎？盖技也而进乎道矣。

——张岱《陶庵梦忆》

一

唐青筠进门的时候，老唐正弓着腰，剖竹青。炉头上的砂锅冒着些缥缈的热气，焖着的是香肠、豆角、白米。

"又回来这么晚？吃饭。"老唐抬眼，眉心皱紧，从镜框上方看唐青筠。姑娘齐耳短发，小吊带配牛仔裤，大耳机挂在脖子上，隐约听见叽里哇啦的人声。

"外头吃过了。"唐青筠甩了甩头发，往竹沙发上一躺，掏手机。手腕上的链子丁零当啷直响。

"外头的哪比得上家里的。多少吃点儿，香肠豆角箜饭。"老唐停了手中剖刀，对着黄色台灯，看篾片。去了竹黄的慈竹竹青，坚韧挺括，厚不过半寸，细细剖了八片，每一片都透得出灯下晚报上的字迹。

老唐这手取竹青的功夫，十六岁学成，今年是第四十一年。

唐青筠磨蹭着起身，松松地舀了小半碗豆角，一撮沾着花椒粒儿的米饭。

"怎么不吃香肠？"老唐掀开桌上倒扣的篾丝菜罩，露出一碟泡菜。

泡菜是月前老唐自己泡的，香肠也是去年冬天，老唐自己灌的。三十五斤精瘦肉，十五斤肥膘，一刀刀剁成丁，晒干的灯笼椒、朝天椒、青花椒，用研钵磨成细细的面，再用竹筷子的尖头，一点点灌进肠衣，挂在阳台上晾干。家里人少，吃得慢，挂久了的香肠表面蒙了一层灰，蒸好也是褐色的，比不上外面的红润油亮。可是老唐觉得，自家手工做的，味道总是比外面做的好一点。至于好在哪儿，他也说不上。

"唉，明年还是不要自己做了，累得要死。不想买外面的，就自己买肉，拿到菜场用机器灌嘛。"唐青筠一边挑着碗里的米，一边看手机，"现在都是电动的，绞肉，灌香肠，又快又好……"

"机器！啥子机器！"老唐胸口一闷，脑壳里像有什么东西刺了一下，手中拢好的篾片悠悠颤抖，哗的一下散在地下，想要站起来，人却忽地瘫在椅子上。

"爸！"唐青筠扔了筷子，"又头疼？"

老唐勉强点了点头，眉头皱得更紧，伸手要茶缸。唐青筠赶忙递上，老唐咕嘟咕嘟地喝了一气，直到豆大的汗珠顺着沟壑遍布的老脸滚下，才稍稍缓了过来。

"你还是早点儿去看一下，手上的活儿，放一下也没关系。"

唐青筠小声说。

"你莫管，我自己有数。"老唐蹲着，头也不抬，一根一根捡篾片。唐青筠默默扒饭，一时四下无声。

老唐家不爱看电视。几十年了，入夜后的声响，先是唐青筠写作业，纸笔滑动的沙沙声，后来是唐青筠练琴，溪水般的琤琤声，现在更多的，是唐青筠的键盘鼠标，噼里啪啦的敲击声。穿插在其中没变的，是老唐剖竹、制篾、编花、打磨的窸窣声。街上汽车呜里哇啦的喇叭声，巷子里小卖部公放的音乐声，都听得人心烦，只有人手和物件交融触碰的轻微声响，才能让他真正沉下来，仿佛一闭眼，就回到了老家，那片只有风动竹叶声的林间。

"放着别动。"哗哗流水声中，老唐回过神来，"姑娘家，弹琴的手，洗粗了要不得。"

"你的手可比我的金贵。"唐青筠拿着篾丝刷子刷碗，"竹编一百八十法，全在你唐师傅的手上，不比我弹琴的十几种指法厉害？"

"哎，老了。"老唐眉心微微舒展。十五岁学徒，二十岁出师，连师父也说，他唐洪是自己见过最有悟性的竹匠。那年月在老家，竹匠的日子也好过，乡下哪里不需要点竹器呢？侍弄田地需要竹耙、竹篮，晒谷子需要竹筛、竹簸箕，夏天挂竹帘睡竹席，冬天提竹手炉烤火。师父店门口的那副对子他还记得，"枝蔓皆成器，方圆却任心"，说的是竹器，也是竹匠。那时候，他觉得竹编真是门不错的手艺。手艺人，不偷不抢，本以为可以一辈子不愁，可没想到今天。

老唐看了看自己的手。竹编一百八十法，留下的是大大小小的裂口、擦伤、瘢痕。成都冬天阴冷，裂口生了冻疮，又痒又疼，涂什么药也不管用。可是让他心里像猫挠似的，却不是冻疮。

"爸，下周末，我想带小关来吃个饭。"唐青筠擦完桌子，搓了抹布，"就在楼下饭店吃，吃了上来喝个茶……"

老唐皱眉。

"好好好，来家吃。唐师傅的手艺。"没等他开口，唐青筠接过话，"反正他早就说过要看看。说不定，你还能收个徒弟呢。"

"徒弟？"老唐从鼻孔里哼了一声。从1977年进厂，二十多年，他带了多少徒弟？可是哪一个现在还做手艺活儿？更别说现在的年轻人，坐都坐不住，怎么做得了竹匠？就连自家姑娘，从小看他干活，没上过手，就是半点儿不会。徒弟？

夜深了。唐青筠回了房间。老唐仍在灯下，摆开了匀刀，却发愣。窗外，商业街上的人声依然喧闹，霓虹灯的光影时不时晃着老唐的眼。时代确实是变了，可心底，总是还有一块儿硬邦邦的东西。

有手艺走遍天下，没手艺寸步难行。竹子低贱，不比玉器银器，要挣得出生活，挣得出名气，全靠竹匠·双手。师父早就说过。机器再好，做不来好竹匠的细致手艺。这句却是老唐自己加的。

他就是不信。

二

六年前，当我第一次来到纽约时，从未想过自己在若干年后会落脚何方。这里似乎可以找到来自世界上任何角落的东西。我在鲁宾美术馆里抚摸来自喜马拉雅山区的毡毛挂毯，也在埃塞俄比亚移民开设的小餐厅里，徒手卷起布满蜂窝的酸味英吉拉饼。地铁里的人们形貌参差，时代广场上高高举起的手颜色各异。

在最开始的冲击渐渐平复后，我试图在不同的表象中寻找一种共通本质，并将这种提炼出来的本质再次作用于表象之上。这是我理解这个世界的方式，也是我的专业所在。

我在库朗研究所学习应用数学。

应用数学是关于抽象与归纳的学科。如果说纯数学的美感在于以简洁的体系创造出严格纯粹的模式，丝毫不受现实，甚至是物理世界本身的束缚，那么应用数学，如数学家哈代所说，恐怕是"丑陋"而"琐碎"的。我所追寻的不是一颗悬浮在虚空中的完美水晶，甚至也不是一种堪比于画家或者诗人的天才创造力，而是在细致的观察、深刻的思考之后，所产生的一种解释，一个模型，或者说是一个新的视角。在这种视角下，现实世界中最为平凡的万事万物，会呈现出难以想象的丰富层次以及奇妙规律。而理解或者掌握这些规律，对于认识乃至改变这个日新月异的世界的作用，无法估量。

第二年，我开始选择研究方向。在纽约，对于应用数学专业的学生来说，华尔街往往是最好的战场，那里离研究所不远，也位于市中心的繁华地带。瞬息万变的市场波动，丰富多样的投资组合，都需要数学的语言来精确描述。证券的定价理论通过随机微分方程模拟，股票的风险价值由蒙特卡洛法预测。我们在实验室中把玩的数学模型，放到几公里外全世界体量最大的金融市场上，就变成了实打实的高额风险与巨大收益。无数最聪明的大脑在这片战场上激烈厮杀，千百兆在光纤中飞速传导的数据被捕获、分析、建模。

不过，对我而言，那并不是最有趣的数据。

我选择的方向是大脑本身。

以数学抽象的视角来看，这在本质上与我的同学们并无太大差异。如果把金融市场看作一个巨大的脑，那么每一个交易决策的产生可以看作是单个神经元的一次发放，每一次信息的流动则类似于脉冲在突触间的传导，解读了某一种外界刺激在神经通路中的传导过程，也就解读了某一个新闻可能引发的市场震荡。

可是，在我看来，理解真正的大脑比理解金融市场更为困难，也更为有趣。

这并不仅仅是因为纽约证券市场的平均交易量不过每秒4万笔，而每秒通过大脑的信号达到上百万个，更重要的是，大脑并不是我们唯一的器官。

在库朗研究所的第一年，我选修了医学院的神经学基础课程。第一节课上，我看到一张很有意思的图。那是人类大脑的纵向剖面示意图，在每一个区域上方，画出了人体的其他器官。器官的比例并非按真实比例确定，而是对应着大脑中负责该部位运动与感官功能的区域的大小。这种图叫作皮质小人，是一种绘制人体的特殊方式。

于是，我看到了一只比整个下肢还要大的手。

我一直无法忘记那节课。那位老教授操着难懂的东欧口音告诉我，手是人类最精细、最复杂的器官。人手上有100万根神经纤维，任何其他动物都无法比拟。人也因此具备了最复杂、最特殊的功能，即手和脑的联系与互动。此外，人的手部有最精巧的19块小肌肉，使得其拥有了独一无二的活动自由度。

我伸出手，尝试一个一个舒展关节，再收紧，想象着在这平凡得不能再平凡的动作中，庞大的数据洪流以100米每秒的速度奔涌入脑，点亮一个个神经元，闪烁如星。

三

竹编厂是2003年改的制。说是改制，其实就是下岗，五百人的厂子，精简到不足一百，不管是干了一辈子的老师傅，还是入门没几年的小年轻，都走了人。老唐那时候已经做到了技术骨干，本以为这一刀挨不到自己头上，却没想到最后一刻，名额被人事部主任的亲戚顶了下去。

老伙计们后来说，要是早点儿拿两条娇子烟，提一瓶泸州酒，以他唐师傅的资历和本事，不至于留不下来。可是那时候，老唐还年轻，手艺人的脾性大，不愿意求人。更深的，是心底隐隐的傲气，就凭他的手艺，厂里哪个不称一句唐师傅？就是真的离了厂，还能饿死不成。可是，待到真看到厂门口那块挂了几十年的厂牌子换成了有限公司，推着他那辆老永久站在厂子门口，初秋的凉风吹着满街的梧桐树叶，也吹着身上洗得发白的竹布衬衫，哗啦啦地响起来，老唐的心里，还是一下子空了。那天他没有骑车，只是推着老永久，沿着府南河慢慢走回家。经过二环路的高架桥工地，他看着烟尘弥漫中高耸的塔吊，停下来发愣，恍然发现，不知从什么时候开始，老城已经变了这么多。

下岗的原因，老唐心里清楚。说是厂子效益不好，人员冗余，说到底，还是竹编做起来太费力。同样一个淘米的筲箕，竹编厂的熟练工人从编篾开始，要编上整整一天，塑料厂的流水线机器一开起来，几分钟就能做出一个。塑料的筲箕，孔洞粗疏，手感也比不上竹编的柔韧温润，可是又有多少人，宁愿多花几倍的钱，也要用竹编呢？更不要提，流水线的机器多开几个小时，产量就是翻番，而人熬到灯枯油尽，只会眼花得看不清指间的篾丝。虽然不情愿，老唐也不得不承认，机器虽然做不来精细竹编的复杂工艺，可是要论出产的速度，再熟练的竹匠也不及机器的万一。

老伙计们劝他说，如今，连蜀道上都有了火车飞机，几个小时就走过了以前要走一个月的路。而一天，几天，甚至几个月才做出一件器物的竹匠，又怎么赶得上越过越快的日子？属于他们的年月就这么忽地过去了，快得老唐都来不及反应。拿着买断工龄的几万块钱离了厂子，有人有些积蓄，也有些门路，跑起了摩的，开起了杂货铺。更多的人则是处处碰壁，赔光了钱，不得不到处打零工，看门、搓背、洗碗、卖菜。从前的竹匠，现在做什么的都有，还放不下篾片匀刀的，却只有一个老唐。

老唐拿了几万块钱，再加上二十多年攒下来的几万块，在送仙桥盘下了这爿小铺面，挂起了"成都竹编"的牌子。一挂，又是十七年。

老唐不再像在厂子里的时候那样，用粗丝，编筲箕、篮子、竹席这些家什了。能用塑料替代的，能用机器做得又快又好的，老唐也明白，人手拼不过。但是细丝不一样。

细丝竹编，是成都地区竹匠特有的手艺。老唐当年跟着乡下师父学的。厂子里做得少，但私下里手上勤练，心里一直没忘。如果说粗丝是竹编技巧中的底子，那么细丝就是宝塔上的尖尖。坚韧的竹篾，因为划成的丝太细，变得如丝线般松软无力，撑不住形状，非得用瓷制或者银制的茶壶、茶碗做胎，把竹丝附着其上编织，形成各种花样，所以也叫作有胎竹编。每一件器物，乃至每一寸表面的编法都不尽相同，全凭竹匠的经验和悟性调整。流水线上的机器，是怎么也做不来的。

离开师父这几十年，细丝竹编，会做的人寥寥无几，活儿能入得老唐眼的，没有一个。这就是老唐的底气。

可是，活儿虽然好，生意，却并没有想象的那么好。

送仙桥古玩市场的这爿小铺，缩在角落里。昏暗中的一盏灯，照着老唐。他正在做的是一套细丝竹编茶具，一厘米的表面，要容纳12支编篾。这是精档竹编的要求。

老唐还没有找到买主。距离上一件器物卖出去，已经过去了一个月。他闲了两天，实在难受，自己去荷花池批发市场，凑了一套白瓷薄胎。对老唐来说，做竹编，就像运动员打球，音乐家弹琴，一天不练，手生，心乱。

下岗那年，老唐也不是没想过做别的。可是思来想去，他能做的，又愿意做的，偏偏还是竹编。头几年，年年赔本，连青筠的补习费都要借钱。老婆也在那时跟他离了婚，他却仍然放不下，一手拉扯姑娘，一手继续做竹编，忙起来，就把孩子也放在店里。待到渐渐有了点名气，青筠也大了，日子稍微好过了点，老唐却恍然发现，自己已经老了。

脑壳中的刺痛又一次袭来。老唐紧闭着眼，咬牙忍着。等待疼痛过去，视线恍惚中，他看到手上正在编的竹丝宛若一张网。几十年了，是人在编网，也像是人在网中。

"嘀嘀——"

老唐皱眉，抬头。当初把店开在市场尽头，一是租金便宜，二也是图个清静。他自认酒香不怕巷子深，冷清点正好做活。今天哪来的喇叭声？

"师父，是我，李杰！"车窗摇下，里面的人摘了墨镜，一挥手，金表闪亮，"还认得吧？"

老唐张了张嘴，想应，却又没出声。他这个徒弟，聪明是聪明，在厂里时，就心思活络，坐不住。大热天的，老唐在汗流浃背地编箕，他跑前跑后，端上一杯冰镇盐汽水。问他，才发现，这小子不知什么时候在食堂偷偷弄了个冰柜，盐汽水一块钱一杯，每天挣的比工资还多。待到有了下岗的风声，这小子又是第一个离了厂，做什么机械销售去了。老唐自认早就没这个徒弟，可这一声师父一叫，话，说不出口。

"师父，您这地方可真是难找！"李杰进门，四下打量，随手拉了把竹椅坐下。"生意咋个样？"

"过得去。"老唐继续编篾。余光里，当年清瘦的小子已经隐隐有了啤酒肚，在挺括的西装里绷得紧紧的。自己披着的，可还是那件灰蓝色的老厂制服。

"就没想过做点儿别的？您这手艺，来我们公司当个顾问之类的，挂个衔，一个月也有……"

"我是手艺人。比不得你们生意人。"老唐头也不抬。

"手艺人，靠手艺吃饭，别想那么多别的，这可是您说的！我都记着呐。"李杰点了根烟，凑近看老唐编篾，"啧啧，细丝，您这手艺还是那么精，师父就是师父……"

"我可没教过你这个。"老唐放下篾，在烟雾里咳了两声，脑壳里又开始痛，"你有事？"

"嗨，没事儿不能来看看您嘛。"李杰赶忙掐了烟，"要说有事儿呢，也是有一点，我们公司……"

"我不去你们公司。"老唐的眉头皱得像老山核桃的皮。李杰之前就打过电话，说要聘他做顾问。可老唐怎么放得下竹编，还去摸那抢了他们工作的钢铁机器？他挂了李杰的电话两次，却没想这小子竟然找上门来。

就算三顾茅庐，他也不去。老唐打定了主意。

"不不，知道，知道。"李杰赔着笑，"我们公司年前打算赞助省里的非物质文化遗产邀请展，跟省文化厅合作的，这不，想到您了嘛。您又不接我电话，我只好过来找您了。"

"竹编可以？"老唐微微扬眉。

"当然，当然！师父您这细丝编的手艺，我真没见过第二个。"李杰见有戏，赶忙接上，"评选呢，主要看作品中手工技法的复杂性，您那竹编一百八十法，能亮出来的越多，越好。"

老唐没搭话，眉心却是一跳。这两年，头疼的老毛病，发作得越来越频，疼起来眼花手抖。疼，他能忍；苦，他也吃惯了。可一想到他几十年的手艺，可能要在老眼昏花中一点点从指尖上消失，他真是不甘心。老唐早就想着，趁自己还编得动，要用全部心力，做出一件真正的竹编精品，往后就是人没了，东西也还在。李杰恰好说中了他的心事。

"那师父您考虑考虑？三个半月，有事情，给我打电话。"李杰戴上墨镜，跨出小铺面，又回头，"我可等您！"

老唐点了点头，心里已经在盘算到底要做什么。待到汽车启动的声音消失了好久，他才猛然想起，明天青筠要带小关回家吃饭，菜还没准备，赶紧跨上车，往菜市场去。赶在收摊前挑了两根青笋，一把菜薹，又斩了半只卤鸭子，切了一块里脊，挂在车把手上，他慢悠悠地骑回家，没来由地，哼起了戏。

　　闲来时吟诗饮酒抚瑶琴，闷来时靠松坐石观山景，元直兄
　长亭走马作引进，刘先帝三顾茅庐迎孔明……

四

在纽约的第五年，我头一次感觉到力不从心。

在过去的二十多年里，无论是学习，考试，还是社会活动，我都能很快地找到其中真正重要的东西，用比别人少很多的精力，达到事半功倍的效果。有人说这是天赋，但是在我看来，这不过是对纷繁事物进行抽象思考，总结规律并加以应用。就像数学本身。

但是那一次，我差点儿碰了壁。

我的课题是手部活动的神经编码理论。与从生理学，认知科学的角度研究人类大脑的传统手段不同，计算神经科学的武器是数学与计算。将神经元的行为、突触的行为，乃至神经元网络的行为进行数据分析，为皮层神经工作机制建立数学模型。在实验室里，我不用喂养小鼠或者猴子，在它们的运动皮层下插入电极，也不用给被试志愿者发放冗长的问卷。我面对的，是数据本身，我要解决的，则是模型和程序问题。

就像金融市场的量化分析师一样，只不过我们对这个市场还几乎一无所知。以经典物理学作为参照系，比起对外部世界的数学化，在对人类大脑的数学化上，我们甚至还没有产生这个领域的伽利略，更不要提牛顿和爱因斯坦。这让人兴奋而焦虑。

我的数据来源于心理系合作小组。被试者依照指示进行手部活动，核磁共振扫描并记录数据。我则试图把手部的动作和神经系统中的响应信号对应，抽象关键特征，推断决策过程，系统化整个流程，把这一切编成算法，让人类指尖上的简单动作，在复杂的信号模型中复现。

这比我以为的要难很多。每秒百万级别的信号中，识别出控制手部精细动作的信号，就像大海捞针。我试过各种滤波算法，也试过脉冲排序，然而效果不佳。

我找到导师寻求建议。他听了我的陈述，并没说太多，只是邀我去喝咖啡。

"你很聪明，也很努力，关。"导师是意大利后裔，著名学者，思路颇有些天马行空，不过对咖啡和科研的感觉都很敏锐，我诚惶诚恐，等他接着说。

"不过，在研究中，聪明只是一方面。尤其是这个领域。"他放下杯子，"聪明，或者说是洞察力，思维能力，这些都可以称之为天赋。天赋可贵且必不可少，但是如果要解决的是实际问题，往往还需要经验，或者说，领域知识。"

"领域知识？"我瞪大眼睛，仔细思索。

"它能让我们对隐含结构的理解更为深刻。"他拍拍我的肩膀，"放松一下，我给你放个假。另外，信号的问题，肌肉神经信号可能比中枢神经信号简单得多。"

我很快弄明白了信号的处理技巧。可是领域知识依然让我犯难。尽管现在我可以提取出稳定的肌肉神经脉冲，但是数据的显著性太低，我仍然无法建立完备自洽的模型领域知识。我漫无目的地翻着《纽约时报》，脑中的后台程序仍然在竭力思考。直到一段文字抓住了我散漫的目光。

> 据活跃于英国德文郡的伯恩斯回忆，观察曼索佩编织鲱斗就像是"看一场舞蹈表演，没有任何多余的动作"。除了传统手工艺产品的流失，很早以前就已然匿迹的，是一些更加深刻的东西……
>
> ——《特稿：消逝中的编织传统》

我忽然站起身。无数的回忆影像纷纷袭来，我在宿舍里来来回回地踱着步，直到天色昏暗，腹中饥肠辘辘。我下楼去，在常去的小吃店里要了一碗兰州拉面。矮小健壮的墨西哥裔小伙子熟练地抻面、甩面、上劲，在大洋彼岸流存百年的手艺，以及其他一些更重要的东西，如今在异国街头，以发明者未曾想象的方式重现。

一年后我顺利毕业，带着计算模型和原型机告别导师。他微笑着与我握手。

我将飞往成都。

五

小关中午上了门。提着个果篮，站在门口，十月底，头上还汗涔涔的。老唐眼看着青筠领他进屋，又是拿拖鞋，又是倒茶水，小伙子只是咕噜噜喝水，说不出什么话，竟跟自己年轻时有点像。

老唐也没什么话说，只是从厨房一盘盘地端出菜。绿的青笋，紫的菜苔，粉的肉片，红彤彤油亮亮的鸭子，当然也少不了片得飞薄的自家香肠。小关是南方人，老唐没放什么辣。

"爸，小关是美国回来的，跟你讲过的。之前在纽约读博士，现在在电子科大教书。可是他们那儿最年轻的教授呢。"青筠见没人说话，一边夹菜，一边搭腔。

"没有，没有。"小关正扒饭，忙解释，"回国也没多久，还在努力做出点儿成绩……不像伯父您，青筠跟我讲过，您的竹编手艺，那可是……那可是……"

老唐看着小伙子面皮发红的模样，越发像自己年轻的时候，心里渐渐有了点儿说不出的滋味，"我老了，不说了。你在科大，教啥子？"

"哦，我是搞神经科学的。"小关忽然来了精神，说话也不磕巴了，"这么说吧，您可以想想，普通人从小光是学键盘打字，就得花很长时间，更不要说种种复杂的专项操作了。我研究的新一代人机交互技术，基于神经科学，就是为了解决这一问题，更好地，让机器……"

老唐的眉头又皱了起来。唐青筠紧着使眼色，悄悄掐了小关一下，小关这才像想起了什么，赶紧刹车："当然，手工有的时候还是不可替代的。老舍先生曾说过，我们在大的工业上必须采取机械方法，在小工业上则须保存我们的手工。像您做的……做的竹编，就难以替代。手工艺，是……是心灵的体现，心，可不是能随便机械化的。"

"这话说得不错。"老唐眉心稍松，夹了一筷子菜薹。"听青筠说，你对竹编，有兴趣？"

"有兴趣，有兴趣。"小关摘下眼镜，擦了擦汗。

吃完饭，老唐先摆开匀刀。将一毫米厚的细篾，通过匀刀，划成厚度仅为一两根头发丝、宽度也只有四五根发丝的竹丝。

"这叫划丝。匀刀上下宽度不一，没有刻度，全凭手控制，达到厚薄均匀。每一根丝的横截面，都得面积一样。"

老唐接着拿了做骨架的竹径丝，附在白瓷薄胎上，再拿起一根更细的盘丝。手起丝落，推提压捻，竹丝就变成了细密软滑的薄薄一层，紧紧贴在了瓷胎上。

"提，压，捻，竹编的基本手法。无论是划丝，还是编织，人手上的力道控制都非常难。力气大了，薄胎易碎易变形，力气小了，竹丝间隙松散。附胎编织，没有定法，每一寸都不一样，全凭经验和手感。你仔细瞧瞧这编成的模样，机器，可比不了。"

老唐指了指编了一半的瓷杯，小关却好像没听见，只是直愣愣地盯着老唐的手。

"我叫你看看编成的。"老唐重复了一遍，不知怎的，打从他划丝开始，小关就有点奇怪。

"哦，是，是。"小关拿了瓷杯，却还是心不在焉，不知道在想什么。老唐心下有点不痛快，说什么对竹编感兴趣，怕是只为了讨他开心，青筠竟然也信了他。当下不再多说，自顾自地做起活儿来。李杰说的那件事，老唐心里已经大概有了个样子。待到青筠拉着小关去自己房间，叮叮咚咚地弹起琴来，他已经快忘了这事。

"爸，吃晚饭了。"抬起头来的时候，天色已是全黑。青筠端了一碗面进来。"你呀，真是的，人家走的时候，跟你打招呼，你都听不见。"

"就走了?"老唐恍然,有点儿不好意思,却不知道该说什么,"哦。"

"人家还送了礼呢。"唐青筠递上一串手串。白中泛黄的苦楝子,品相细腻,大小齐整,凑近闻,有微微的清苦气。"人家特意选的,说是冬天戴了,能防冻疮。知道你是手艺人,最宝贝那双手。"

"看不出来,还挺有心。"老唐接了手串,试试,大小正合适,心里又软了几分。他也知道,还真能收个女婿当徒弟不成?一天挣不了百十块,怕是真有徒弟想当他女婿,他还舍不得青筠受苦。小伙子虽然有点书呆子气,看起来人还老实,和青筠相处的时间也不短,真能成,他也算放下了一件事。

至于眼下的另一件事,他也得加紧。老唐慢慢转着手串上的珠子,苦楝子隐隐发青。

六

一直以来,向别人解释我到底在做什么都有些困难,这种感觉在离开研究所后尤其明显。比起发射火箭,或者改造稻米,我所做的事情不仅不够直观,而且有时看起来——简单得令人难以置信。

"就是这个?"青筠第一次看到演示时,睁大了眼睛。屏幕上的可视化演示是三维重建的手部模型,正在从一堆物品中捡起一张薄薄的信用卡。

"这曾经是一个博士生五年的课题。但是好不容易可以捡起信用卡之后,把信用卡换成橡皮球,模型又无从下手了。"我微笑,"你可能想不到,预测遥远的小行星的运动,比预测一个简单物体被模型手推过桌子的运动要容易得多。"

"工厂里的机器手,不是早就可以进行流水线操作了嘛。"青筠不太相信,"唉,我爸也是因为这个……"

"严格控制的工作条件下,机器手的确表现得不错。但是现实世界不是一条可以预测的装配线。在工厂大门之外,无数物体和环境的相互作用,对人来讲轻而易举,几乎无须思考,但对机器来讲,极其困难。你觉得是为什么呢?"

"嗯?"

她眉头微蹙,修长的手指轻轻敲打着桌面,不经意间做着扫弦的动作。

"是因为你的手很软。"我轻轻拉起她的手。

"哎。"青筠红了脸,甩开手,"还以为你要讲什么……"

"柔性。触觉。手指可以根据物体的表面情况发生变化,及时调整,这是与我们所生活的世界进行互动最古老也最高效的方式。虽然人类发明了数不胜数的工具,但是,最好的机器人专家说,这个世界还是为人手设计的。"

她迷惑不解地看着我,又看看自己的手,收紧又舒张。我也曾经一样。没有研究的经验,没有真正的对比,不会意识到,触觉,灵活柔软的手指,是多么独特而珍贵的进化产物。

更不会意识到附加在上面的另一层巨大财富。

"你听过杞人忧天的故事吧。"我换了个话题。

"瞎担心嘛。"她撇了撇嘴。

"如果真正深究，经典力学，地球科学，大气科学——现代科学的许多领域几乎都能从这样一个看似无须解释的平常问题中产生出来。而现在，我们要做的事情也类似，只不过这一次，需要深刻理解，构建起一整套全新认识体系的对象，不是天空星辰，而是我们自己……"

她依然一脸茫然。我没再说下去。在第一面时，我就记住了她那双拨弄琴弦的手。但是，那个新的图景，即使是如她这般聪慧，也无法很快领会，更别说她的父亲。

尽管与导师完全不同，他的目光仍然让我无比紧张。那里面蕴含着一种我所没有的力量，也许那就是领域知识。

虽然他可能把我当作一个想要夺走他饭碗的叛徒——在某种程度上也的确如此，但是这绝非是最终目的。甚至，比起完成计划，我更希望他能够真正理解那个目的。

我们需要时间。

七

转眼就是冬至。街上走走，倒还不觉得冷，在屋里坐久了，冰凉的湿气钻入骨缝，浸得关节生疼。可老唐不装暖气，甚至连电热炉都没开。他怕开了屋里干燥，竹丝失了水分变脆。那件活儿已经完成了一多半，按进度，将将赶得上年前的邀请展，可不能因为这个耽误。

老唐哈了口热气，搓了搓手。今年手上的冻疮似乎是少了些，那串苦楝子已经被他养得包上了浆，温润趁手，摘不下来了。想着成都冬天，有吃羊肉汤的讲究，他披上棉衣，出了门。学校应该还没放假。

在菜市场称了两斤带骨羊腿肉，照例挂在车把手上，想起上次小关来家吃饭，菜薹没动几下，青笋倒是夹了不少，又挑了根青笋。切了滚刀块，在酽酽的汤里煮得软软糯糯，吃起来安逸。又想起来青筠说，小关是南方人，爱吃甜，就往文殊院骑去。那边的糕点铺子卖了几十年的桃酥、玫瑰糕、绿豆糕，青筠小时候一哭着要找妈妈，老唐就拿点心哄她。如今青筠大了，爱美，怕胖，不吃了，去糕点铺子的路，老唐却从来没有忘记。

称好一盒什锦点心，在后座上系牢，老唐慢慢骑。文殊院这一带，他也是好久没过来了。以前院墙外破破烂烂的小巷，如今建成了仿古民俗街，粉白的墙，赭石色的顶，红的黄的店招插得满满当当，在阴沉的冬日里，显得挺热闹。游客和本地人熙熙攘攘，看起来，生意不错。

老唐在街口下了车，往里望。刚下岗那几年，文殊坊也刚刚建成，正在招商，也有人劝他，把送仙桥的铺面抵出去，在这边弄个门脸。那时候，一个月的租金是3 000元，是送仙桥那边的3倍还多，他思来想去，还是没有来。一是生意着实不好，他怕入不敷出，二来，也是怕这边人多嘈杂，做不了活。待到后来，眼看着送仙桥那边的人越来越少，街面越来越荒，再想到文殊坊来，租金却已经涨到了 1 万元以上。先前搬来的几户做特色手工艺品的匠人，带着点儿惋惜，又带着点儿得意告诉他，现在客流量大了，光是卖绣了熊猫的蜀绣手帕，勾了三国脸谱的川剧面具，就足够赚回租金，还能盈余不少。老唐听了，心里不是滋味，却说不出什么。想想自己这几十年来，从学竹编开始的一个个选择，当时都是自认考虑周全，下定了决心，可是回头看，若要让他再选一次，他还真不知道会不会那样做。

老唐愣了一会儿，重新推了车，慢慢走。街上如今不仅有手工艺品店面，还有各种高档餐厅，茶楼，早就不是当年吃凉粉的那个搭着竹棚的小摊的模样。穿着打扮入时的年轻男女穿梭来往，站在他们中间，老唐觉得，自己才像是个游客。

沿街，一扇镶着金边的黑漆雕花木门打开，走出一个西装笔挺的中年男子，与身边的人亲热寒暄着。老唐忽然觉得眼熟。仔细一看，正是李杰。他没看见老唐，正边聊，边往街边停着的奥迪车走。那扇门后，隐约是个绿意葱茏的高级会所。像老家的竹林一样青翠、幽静，如今，却只在老唐进不去的门里才有了。想到这里，他心里又一闷。

"李总，那多谢您！"李杰身边的人说，声音不大，但有点耳熟。

"关教授客气了，跟您这样的青年才俊合作，是我们的荣幸！"李杰满脸堆笑，老唐突然一愣，隔着来往的人流，远远地，看清了李杰身边的人，居然是小关。小伙子穿了件深灰色的呢子大衣，半框眼镜，虽然看起来斯斯文文，但跟李杰有说有笑的样子，跟那个在自家饭桌上脸色通红的小伙子，竟完全不像。

眼看着小关上了李杰的车，引擎发动，往自己这边开过来，老唐赶紧转过脸，心里却是一团乱麻。小关怎么和李杰认识？他们看起来很熟络，他说他做什么人机交互，难道是跟李杰做的什么机械仪器相关？可是他为什么又要看竹编？莫非……莫非……青筠，青筠知不知道？难道青筠……

老唐不敢深想，只是跨上老永久，使劲儿往家骑。他好久没有骑得这么快了，到家脱了衣服，才发现毛背心里都是汗。坐下来，看着做了一半的竹编，心脏还是怦怦跳个不停。做了几十年竹编了，他本来是最能静下心的，可是现在，心里的乱，他收不住。

"爸，我回来了。"青筠开门，"呦，买了这么多菜！哇，还有文殊院的点心！老爸——"

青筠过来，圈住了老唐的脖子："要请准女婿吃饭，可比给我做饭上心多了，老爸可真是——"

"别瞎说！"老唐打断，"啥子准女婿！谁说的！"

"怎么了？"青筠睁大眼睛，"上次，你不是见了，我还以为……"

"你知道啥子！不行！"老唐突然生了气，"成天衣服也不好好穿，都认识些啥子人——"

"人家怎么了？人家堂堂大学教授，哪里配不上你这个竹匠的女儿了！"青筠松开老唐，退后一步，也生了气，"我平时都顺着你，都什么年代了，为了你做手艺活儿，家里电暖炉都不开，平时说话也得小心翼翼，你倒……你倒……"说着说着，眼圈一红，

"就连妈妈也受不了你……"

"别提你妈！"老唐猛地站起来，汗水涔涔而下，"竹匠，你倒是看不上你做竹匠的爸了——"忽然间，脑壳中的疼痛再一次攫住了他，让他跌倒在圈椅里。

疼痛似乎比以往的都来得剧烈，来得长久。仿佛有无数根细小的竹丝扎入脑髓，老唐想像以往那样忍过去，可视线与意识都渐渐模糊。

"爸！爸！"失去知觉前，他只听见青筠带着哭腔的叫喊。

八

那顿饭终究没有吃成。老唐被送进了急救室。他在急救室里待了几个小时，然后被转到普通病房，待了四天，全身上下都被检查了个遍。大病房里，人来人往，医生的谈话声，各种仪器的哔哔声，病人的呻吟声，还有家属焦虑的询问声，哭叫声，让老唐在昏昏沉沉中，也不安稳。好不容易等到夜里熄了灯，安静了点，又传来了隔壁床的鼾声。

青筠每天早上拿着保温桶装了鸡汁抄手来，中午是骨汤米线，却不告诉老唐，他到底得了什么病。削苹果时，老唐刚问了半句，就看见她红了眼睛，也就不再提。他也清楚，虽然还做得动手上的活儿，人毕竟老了，就连机器用久了，还得定期擦油养护，人身上用了好几十年的零件，哪能有不坏的，只看是哪一天。这两年，头疼得越来越厉害，他隐隐地就感觉不好，可是为什么不早点儿来看，他也说不清。

父女俩面对面，各有各的心事，一时间谁也说不出话，直到医生进来。

"怎么样，考虑好了吗？我们还是建议先手术，再放化疗。"医生挺年轻，胸口挂着的名牌上写着神经外科。"当然了，手术的困难性和风险，我之前也提过了……"

"医生，是什么病？"

"病人还不知道？"医生一愣，"脑胶质瘤，就是……"正要解释，看了眼青筠，又没说。"算了，你们再沟通一下，考虑好。当然，如果实在想要保守治疗，也不是不可以，毕竟病人年纪也比较大了，病灶状况又特别复杂。"

"这治好，要花多少钱？"

"医保能报销大部分。不过……"医生不知怎的，也吞吞吐吐起来，"其他情况，你们再沟通沟通。"

医生走了。老唐看着青筠，没说话，只是等着。姑娘早就紧咬着嘴唇，终于忍不住，掉下泪来。断断续续的抽噎声中，老唐渐渐听明白，自己时不时就会头疼，晕倒，是因为自己脑子里长了个瘤子。现在医疗科技虽然发达，但是面对这种病，也无能为力。像他这种年龄和状况，五年内的预后生存率，只有10%，平均的预后生存时间，不到两年。

几个数字，听得老唐心里一阵一阵抽紧。青筠早就流泪流得没了力气："爸，你……你别着急……"她把纸巾团了一团又一团，"我，我带你去北……北京，上海……再……再看看别的……"

"算了。"老唐也惊讶，自己竟然能这么平静。"生老病死，没得办法的事。"

"爸……不，不行……"青筠睁大眼睛，眼眶里的泪，兀自往下掉，"一定……一定有办法的……"

老唐没说话，只是伸了手，顺了顺女儿的头发。青筠的头发好，又黑，又亮，又厚。青筠小时候，他用这双竹匠的手，天天给她编头发。公主头、马尾辫、鱼骨辫、麻花辫，好多人都不信，小姑娘是爸爸带的。如今青筠早就比他长得高了，也有十几年，不再要他编头发了。

"先回家吧。手上的活儿，我想做完。"

"爸……"

"先回家。就这么点要求，还不行？"老唐故意提高了腔调，发了脾气，"在这儿住着有啥子用？"声音，却比以前弱了几分。

青筠终于还是拗不过老唐。

老唐几乎是刚到家，就拿起了那件做了大半的竹编。医院里待了好几天，他手痒得不行。第二层的盘丝已经快做完了，正是收口的关键时刻。细丝竹编的收口，又叫打锁，讲究藏头，就是切除多余的竹丝，再在打锁的位置刷上一层薄薄的牛皮胶。切的手法也有学问，不能切少，露出一丝一毫的丝头，又不能切多，让整个结构散了型。老唐用了小锉刀，一点点修着端头，感觉身体里的精气神，好像又回来了似的。

进了腊月，老唐手上的活儿，渐渐成了样子，他一颗吊着的心，也大半放进了肚子里。邀请展，是省里的专家，送上去公开评审，老唐不知道别人会做什么，也不在意，更没有给李杰打电话。他觉得只要把自己手上的活儿做好，拿出去，肯定有人赏识。

青筠曾吞吞吐吐地说，小关想来看看他，他没应声。那天在文殊坊的事儿，他也没跟青筠讲，虽然没想明白，但心里是有个疙瘩。不过眼下，他想不了那么多。

离开展还有三天的时候，老唐终于完了工。他细细检查了一遍，很满意，不过，真行不行，还得看展览那天。他挺有信心。

老唐披了大衣，出了门。几个月来，他第一次，有了去茶馆的心情，于是调转车把，往浣花溪那边去。如今茶楼变成了高档消费，以往常去的那些安静的，都装修一新，改用了高档的茶叶，晚上就变成了酒吧，没人再喝老三花。人多的那几个公园里，他又听不惯搓麻将的嘈杂。

老唐在小院子里坐下的时候，正好难得地出了太阳。冬日下午的阳光，透过梧桐树叶的缝隙，斑驳地洒下来，老唐就闭了眼，躺在了竹椅里。台上的一把老胡琴吱吱呀呀地响着，他几乎要睡着了。

"老唐！好久没来咯！"

老唐睁眼，见是茶馆老板，端着一盖碗从长嘴的大铜壶里倒出来的三花茶，放在他桌上："还在做竹编？"

"是。"

"青筠也好久没来咯，还想你们有啥子事情。"青筠有时候也在这里弹琴。登台的时候，换下牛仔裤，摘了耳环手链，穿上一袭豆青色的曳地长裙，低眉素眼，一派清简。弹起琴来，指尖翻飞，琴声如水。听青筠说，小关就是在这里和她认识的。老唐也懂，不要说喝茶的客人，看见青筠弹琴，就连老唐自己，也要暗暗赞叹几句。

"年轻人，忙。"想起小关，老唐还是有点儿不爽快，可是摸着手上的苦楝子串，也说不出什么。

"耍朋友去了？我就说嘛，青筠那个人品样貌，琴弹得好，又孝顺，你也不要太管到人家咯。"茶馆老板剥了个芦柑，散出些许清甜，"孩子们都大咯。你那些老观念喃……"

老唐从喉咙里咳了两声，老板也就没往下说。台上的胡琴拉着的是一出《哭桃园》，老琴师咿咿呀呀，正讲到张飞得了关羽死讯，日夜兼程，赶到成都，求刘备点兵，马踏东吴。二人相会于城外，抱头痛哭。

大哥，你都老了啊！

台上一句唱词，又搅得老唐的心，乱了。他坐不住了，骑了车回家，进门，就听见青筠的屋里，叮叮咚咚地，响着琴声。

老唐坐下又站起来，来来回回地踱了几步，还是下了决心，敲了敲青筠的门。琴声在响，门没开。

"青筠，青筠，跟你说点事。"老唐开口，可门里依然只有琴声。

老唐有点儿气，又有点儿着急，伸手去拧门把手。

门没锁。

"咋个不开门？"老唐质问，忽然，愣在了原地。

屋里没人。那把黑檀木古筝上，一根根丝弦却跳个不停，流泻乐音。靠近看，是青筠弹琴时绑在手指上的玳瑁指甲片，兀自撩拨着弦，像是有一个隐形人，在用一双无形的手弹琴。

"这……这……"老唐感觉天旋地转，双腿一软，撞在筝体的共鸣箱上，轰的一响。

"爸！你怎么进来了！"乐声断了，青筠从门外跑进来。

"这……这是……"老唐的手抖得像筛子，做竹编几十年，他的手，第一次抖得这么厉害。

青筠咬着嘴唇，想说什么，还是摇了摇头，扶起老唐，"赶紧去歇着，这个……一时半会儿说不清。"

九

青筠好久没来找我。微信里，得知她爸爸住了院。数据更新频次减少，不过仍然稳定。我提出去看看，但是听她吞吞吐吐的样子，也没勉强。

我不是没有过犹豫。

在研究所时，楼上就是心理系实验动物的饲养间。其中最珍贵的是三只藏酋猴，从小培养，一只几万美元。它们一周实验四次，每次四个小时，看来时间不长，但是每次都会被固定住双手双脚，电极插入脑皮层下。每隔几个月，动物实验的反对者会在大楼外举牌抗议，并非完全的无理取闹。它们为实验而生，也为实验而死，脑皮层长期接触电极，大部分猴子都会在几年后死于感染并发症。

尽管原型机是非侵入式的轻量级皮肤接触传感器，采集肌肉神经信号，并不会造成什么实际性的损伤，但是在忽视被试者的意愿上，我和心理系的同事们并没什么两样。

另一点则是李杰。我并不排斥横向的资金来源，但是他的行事手段往往出乎意料。也许这就是商场上的游戏规则，我也曾听在华尔街工作的同学们谈起过不少传说。我试图理解、融入这种规则——这比发现数据的规则简单得多，当作是建立新图景的修行一课。

我设想的并不只是一篇论文，一件产品，或者是一种理论。一个庞大而全新的视角，必然需要容纳各个不太明亮的角落。

只是希望，不要牺牲太多。

青筠来找我那天，我正在进行模型的校正拟合。她还没坐下，就已经要哭出来。胶质瘤，神经，断断续续中，我听了个大概。

"你也是搞神经的，就……就没什么办法？"她望着我，我却不知道该说什么。

"我做的是计算……"我苦笑，"提取，抽象，数学建模，与其说是应用技术，不如说是一种理解的手段。就像牛顿总结物理三定律，把外部世界机械化，我只是把内部世界……"

"可是，可是，人家的人工智能……下围棋，都能打赢世界冠军，你做的，到底有什么用？"

我哑然。没想到即使做了应用数学，仍然会遇到这个老问题。我想起哈代说，最美的数学应当没有一点在现实世界的应用，我曾经笑他固执，现在却心有戚戚。即使我可以利用数学手段，建立理解人类自我和世界的新框架，这个在他看来已经过于"有用"的应用，放在现实生活中，还是会掉入一个稍浅的无用性的陷阱。

其实我并不太在意，笛卡尔在发明直角坐标系、爱因斯坦在发现相对论的时候并不会考虑它的用途，新的视角、新的方法本身已经足够让人兴奋震颤，这是一层富饶的基底，其上必然会有无数现在难以想象的花果生长出来。但我不知道，现在，该怎么面对她。

"……站在更高的位置，人类的感知系统，包括手与脑的连接，可以看作人与外界交往的另一层接口。"我费力地寻找词语，"和人与人之间的文字，图像一样……也和人与机器间的键盘，鼠标一样。而我做的，就是把这一层接口数学化、一般化，最终，可以摆脱这些接口，实现……实现……"

"就像武侠小说里的，意念操作……气宗？"她略微开朗，但很快又低沉，"可是……现在……"

我轻轻拍着她的后背，没再说话。屏幕上的模型闪烁不止。

青筠走后，我沉思良久，拨了电话。

十

老唐没有力气去想明白是怎么回事。头又开始疼，一阵比一阵紧，像是催着命。可他说什么也不去医院，一缸一缸地喝着酽茶，硬撑。做竹编，藏头打锁最见功夫，做什么事，不是行百里，半九十？明天就是邀请展，再怎么着，他得把这件事做完。

已是腊月初，夜长昼短。天刚擦亮，老唐就带着包了又包的作品，出了门。难得地没有骑那辆老永久，青筠给他叫了车。怀里的东西不大，他抱着上了车，仍然紧紧抓牢，丝毫不敢放。

"这么早，就去崇州？"司机看了看裹着旧棉衣的老唐，"做啥子去呐？"

"参展。"老唐摸着怀里的东西，"手工艺展。"

"哦，手工艺，手工艺。"司机点点头，"你说手工艺，又费时间，又费马达……"

"大事小事，总是要有人去做。"老唐不想闲谈，打断。

"这么说也是嘛。"司机点了点头，"根据人的能力决定嘛。那像高科技人才嘛，肯定就要做高档的事情咯，是不是。像我，别的干不来，认路，开车，熟得很，那就开出租。你呢，就做手工艺。辛苦是辛苦了点……"

老唐没再接话，只是任着车子在三两颗残星下，悄无声息地驶离老城。几十年了，他从家乡十里八乡都小有名气的年轻竹匠，到了厂里人人都称一声师傅的老唐，再到现在。他自认手下的活儿是越发精进，可是这周围的人和事，却像自己脑子里的那个瘤子，越发让他糊涂。

车开了一个小时，到了崇州下面的一个镇上。这地方离老唐的老家不远，下了车，就是一片竹园。许久没在清晨的竹林里散步了，天光渐渐亮了，越来越稀薄的露气中，老唐摸着慈竹青翠冰凉的竹节，听着微风吹过竹叶的沙沙声，溪水流过田畦的潺潺声，心里慢慢静了。

展厅在竹林深处，是一座环形廊房。据说，是上海来的大学教授建的，工件好多是厂房里用机器预制的，搭建只用了几十天，还得了国际上的建筑奖。老唐在廊房里转了转，层层叠叠的小青砖，让他想起了老家的老宅子，可看那些簇新的钢木结构，擦得锃亮的大落地窗，又觉得有点儿不习惯。透过窗，院子里的绿树，廊房另一边的田野、青山，都一层一层地在视线中展开，像是一幅画，确实比黑黢黢的老宅里通透，可就是这通透，让他心里不那么舒坦。

展览在十点正式开始。蜀锦蜀绣，铺展开来，色彩斑斓，亮得晃眼。雕嵌填彩的漆艺，典雅富丽，异常华贵。还有银花丝、糖画、年画、剪纸、印染，来自少数民族地区的彝绣、羌绣、唐卡。相比之下，竹编工艺的一角，显得有些黯淡。专家评审们一个个入场，品评，老唐握着个保温杯，等在自己作品面前，心里也渐渐紧张了起来。

竹编类的展品不少，奖项则只有一个。老唐的目光跟着专家，他们第一件看的，是一幢一尺来高的竹编望江楼。四层的楼阁，下面两层四方飞檐，上面两层八角攒尖，每层的屋脊、雀替上的禽兽泥塑和人物雕刻都依型编了出来。在粗丝编里，也算是顶级的手艺了。老唐心里点了点头。

第二件，是一幅一尺高、三尺宽的竹编书法。这是细丝编，竹面细如丝、光如绸、平如纸。竹面上不用墨，光用不同颜色的竹丝，编出蝇头小楷，是岳飞草书的《前出师表》。老唐不大懂书法，但也看得出，字迹远观如电掣雷奔，龙飞凤舞，细视则铁画银勾，顿挫抑扬，笔画的轻与重，笔势的徐与疾，都一一编出来了。专家们也啧啧称赏。

又看过了第三件，第四件，第五件。终于走到老唐这儿，他将展品亮出来，却只是一只直径不足半尺的竹篮，中间鼓，两头细，内里衬着白瓷胎。

拿起竹篮，才发现，表面上以堆丝和砌丝手法，堆出了苏东坡的折枝墨竹。远看表面无一物，近看才能辨得出。又随着光线位置的不同，投下不同的阴影轮廓，比原来的画，更生动。

"不错，不错。"专家放下篮子，"有胎竹编里的精品。下一个是……"

"等一下，还有。"老唐拦住了专家，紧接着，手指肚在篮底轻轻一推，一挑，竟然把竹篮里嵌着的白瓷胎，取了出来。

"哟，有胎竹编，却能取胎，取了，还能定住形状，这可不简单！"

专家来了兴趣，要拿过竹篮，再仔细看看。

"别急。"老唐一手提了竹篮，另一手，做出了一个谁也没想到的举动。

他拿起早已拧开的杯子，将杯里的水，连同水里的一尾小金鱼，倒进了竹篮。

篮子滴水未漏，红色的小金鱼，在竹篮里悠然摆尾，清澈的涟漪下，是一根根细如发，密如绸的竹丝，却比绸缎更致密，连水也渗不过去。

"好个竹篮打水！"围观的人们喝了个满堂彩，老唐也露出了少见的笑。他是骄傲，这篮子虽小，却花了他毕生巧思，用了三层极薄的竹丝嵌套，每一层的编法都不同，这才承住了水。有了这篮子，即使他找不到徒弟来学竹编，即使他可能没有几年好活了，光是这件篮子，也不枉他做了一辈子的竹匠。

"哎，老师傅，那边儿那件，也是你做的，还是你徒弟做的？"心满意足中，老唐突然听到一句问，愣了。

没来得及放下篮子，他就奔了过去。待到跟前，他的手又抖了起来，水珠四下迸溅。

一个一模一样的竹篮子，篮子里，也游着一尾小金鱼。老唐颤抖着捧起篮子，仔细看，盘丝，分层，堆花，藏头，竟跟自己手作的分毫不差。就像……就像流水线上的机器做的，可是……可是这细丝竹编，这他费尽心血研究出来的编法，机器是什么时候学会？他们到底要干什么？

老唐颤抖着抬头，目光在人群里搜索。他看到了，他们遮遮掩掩，不敢往他这边看，可他一眼就认出了那两个身影。

李杰，小关。

"造孽，造孽！"老唐气急，想大步往前追，却踩到脚下的水渍滑倒，跌在地上，脑袋里又剧烈地疼了起来。

"师父！师父！"李杰的声音嗡嗡响，震得他脑仁生疼，可他还是慢慢闭了眼。这一次，他觉得，自己可能醒不来了。

十一

无论是博士毕业答辩，还是申报课题陈述，我都从来没有像现在这么紧张过。

李杰在跟主刀医生谈着什么，听不太清。青筠在角落里睡着了，鼻尖还微微发红。这几天她睡得太少，哭得太多。我在旁边坐下，将大衣盖到她身上，从她手中，轻轻拿过那串手串。串珠已经从中间拆开，分成了两半，露出里面一组闪着绿色荧光的芯片。

原型机截取神经中枢发送到手指神经末端的运动信号，并且把信息无线传输至终端。这有点像是用窃听器来窃听中央神经系统，可以在无需摄像头的情况下追踪，并记录双手的精细活动。在过去的三个月里，唐师傅的手和竹丝之间的每一次的推、提、压、捻，都被记录下来。更重要的是，附着于其上的每一个细微的神经冲动，都被采集，抽象，用以构建模型。

一个拥有 20 个信号自由度的，比任何现有人工技术都更为灵活、更为强大的运动模型，来源于几乎被遗忘的地方。

人类大脑的可塑性极强。就像皮质小人所展示的，长期使用的感官，在脑皮质中所占区域面积就越大，神经信号的控制，也就越精细。而且，比起单一维度的运动模型，20 个维度的信号结合在一起，尤其需要日复一日的大量练习，才能建立一个真正灵活、精细的运动框架，一个能和外界环境进行随心所欲交互的接口。

唐师傅此时躺在病床上，昏迷不醒。他也许不知道，在与外界，尤其是精密交互这个层面上，他比我们所有人的认识，都多了一些维度。

抱着古老手艺不放并非一己固执。他想要留住的可能是传统生活方式，但对我而言，是传统手工艺中积攒了几千年的庞大知识量，以及与之关联的大脑运作模式。那些经由集体和个人代代传承的，在漫长的自然演化和文化传承中得以开发的人类潜能，也将变成在晶体沟壑中无尽跳跃的脉冲信号，是人们今后将赖以前行的珍贵遗产和领域知识。

而我做的，就是将其从口耳相传的古老桎梏中解放出来。提取，建模，数学化，一般化。中枢神经到手指神经末端的信号传导需要时间，原型机甚至可以在手指做出实际动作之前就捕捉到神经信号。

关键不在手，而在脑。我对重构脑的部分有信心，但是，将重构的脑，放到另外一双手上，是应用。用同样的竹丝，打造一只一模一样的竹篮并不太难，而将操作应用于活生生的大脑上，则是巨大的挑战。我已经做了我能做的，可是……

"关教授？"李杰打断了我的思绪，"咱们准备一下，开始吧。"

"李总，您说实话……到底有多大把握？"

他看了看我。

"关教授，我在他身边学徒五年，认识他二十一年。说实话……我不是信您，是信他。"

我点点头，心跳速度慢慢回落。

手术室内空无一人，无影灯熄灭。黑暗中亮起全息成像，填充了整个房间，唐师傅的脑体展现眼前。蓝色的神经丛林间，一团红色胶质瘤粘连纠缠。狰狞的肿瘤裹住纤细的蓝色细枝，不管是放疗、化疗，都很难彻底清除，极易伤到本来健康的脑神经。即使没伤及正常神经，因为清除不彻底，复发率也极高。我凝视着这颗巨大的脑，仿佛看见蓝色渐渐黯淡，赶忙眨眨眼。

主刀医生在导航室内调出界面，两根细小的银色纤维渐渐出现在脑区中间。挥手放大局部，纤维尖端，是一只机械手，五指细长浑圆。

我咽了口唾沫。

主刀医生调整了角度，开始发送一个个指令。我忽然看到那双布满皱纹和裂口的，剖篾编竹的手，又在悬浮的大脑影像里活了过来。剖除粘连，捻开结点，在细软无力的神经纤维间穿梭前进，在紧紧贴合的大脑皮层间自由游走。每一个操作都因形就势，每一寸力道都恰到好处。瘤体如同藏头打锁时的竹丝一般被精细切除，不伤及完好的结构，也不漏掉一丝一毫。在那双巧手之下，险恶的红色一点点、一片片慢慢消失，而手的真正主人看不到这一切，仍然睡得深沉。

"爸……"青筠不知何时醒了，望着那双急速翻飞的手，那个闪着荧光的脑，喃喃唤着。

"没事，要相信爸爸。"我握住她的手，轻轻说。

十二

睁开眼的时候，老唐的眼前白茫茫一片。他费了点力气，才渐渐分辨出那是雪白的屋顶。淡绿色的墙，深绿色的窗帘，身上盖着被子，屋里开了空调，暖烘烘的，还有仪器时不时地哔嚓响。他这是在医院。

过去了多久？老唐试着想，最后的记忆，是在邀请展时，自己摔在地上。那时，他感觉脑子的痛比骨头的痛要剧烈百倍，可是现在，他的脚腕上还打着绷带，动弹不得，脑仁里的痛，却好像没那么厉害了。

"爸！你醒了！"青筠进了病房，一脸惊喜，奔到床前，"感觉怎么样？"

"我这是……"老唐试着动弹手指，好像没什么异常，可是感觉缺了点儿什么。抬眼，那串戴惯了的苦楝子，正搁在床头柜上。他第一次发现，在象牙白色的串珠中间，透出了莹莹的绿光。

老唐又有点儿晕了，头却没痛。他伸手去按以往疼得厉害的脑壳，摸上去，竟然光溜溜的。

"这……"老唐吓了一跳，赶紧摸头，留了多年地中海发型，从头顶到耳根，剃得干干净净，还有一道细细的缝合疤。

"手术已经做啦，医生说了，从来没有这么成功的案例！所有的瘤块都被清理干净了！"青筠抑制不住语气中的兴奋，"这次啊，真是要谢谢李总，还有……"

"李杰？跟他有什么关系？"老唐吃了一惊。

"李总的公司，就是开发精细机械仪器的，给你做手术的，就是他们的微创手术机器。"

"可是不是说，那个什么瘤，不管是人，还是机器，都做不来？"老唐忽然发现，手术完了，自己的思路好像也清楚了不少。

"是，可是这次，幸亏有了……"青筠的脸有点红，转头看着门外，"还不快进来……"

进来的是小关。他依然时时地擦着汗，可老唐感觉到了，看似腼腆的小伙子，做了比他知道的，多得多。

小关解释了事情经过。老唐没听懂太多，只是像看戏法一样，看着平板电脑上的演示，戴着手环的实验者，可以操纵屏幕上的小人翻转、跳跃，手本身却只有极微的抖动。比手更重要的，是人的脑子，是心，小关说。他不怎么明白，可是觉得，说的似乎不错。

最后，还是靠了这些机器，拣回一条命。

"唉。"老唐一声叹，心里长久以来那块硬硬的东西，好像暖气房里的冰，终于还是化了，"老了，真是老了。"

"不，不，您没老。您是自己救了自己，而且……也救了我。"小关说，眼里闪着些光。

"老爸啊，你就当收了个徒弟噻，而且，这徒弟能摆弄的，可不光是竹丝咯！"青筠端了碗粥，送到老唐手上。

老唐看了看女儿，又看了看年轻人，没说话，只是慢慢舀了粥。粥还微温，花生的香，红枣的甜，芋头的糯，芸豆的软，入口挺舒服。这才想起，已经过了腊八节了。

十三

成都冬日的空气里，弥漫着一种特有的温润气息。像是锅盔、卤菜和腊味的混合，却无油烟气，大概是经过了蜀地雨水的刷洗。晦暗的天色里，青翠的芭蕉叶尖滑下雨滴，红褐色的香肠挂在阳台上。

我放下筷子，将两只酒杯再斟满。

"这一杯,敬您,敬手艺。"

"手艺。这几天,我一直在想,手艺到底是什么?"唐师傅没举杯,面色已经微微泛红。

我心头一跳:"您觉得?"

"刚刚跟我师父学手艺那时候,师父说,竹匠的心境要沉,要几年,两只手才能配合娴熟,心与手才能合一。"他抿了口酒,"虽然不晓得你讲的那些,可是这句话,我是懂的。现在的人,做不来,其实,就是沉不住心。手艺,没有啥子难的,就是要心静。心静,才能灵,才能手巧。"

"说得好,最可贵的,就是您这颗心。"我一仰脖,喝干杯中酒。

"初六,就走?"

"嗯。"

我点点头。"我们要走遍全国,全世界,找手,找心。"

一年前,我独自从纽约出发。而一年后,我将和青筠一起,再次从成都出发。从北京故宫的古钟表修缮师傅,到云南西双版纳雨林里的油纸伞匠,从扬州广陵派千年传承的古琴琴师,到福建平潭几近绝迹的海柳刻工,一一寻访,记录下他们的指间技艺。甚至,我们还将寻访法国南部的多尔多涅的螺旋编织手艺、美国南卡罗来纳黑人继承自西非祖先的缠卷技巧等来自世界各地的传统手工艺,并为之建模、分析、标记。我们要建成一座连接了人的手、脑和无数种器物的庞大数据库,并永久地保存在网络中,即使再过千百年,所有的手作之物都已化为尘土,承载了漫长文明和演化历史的

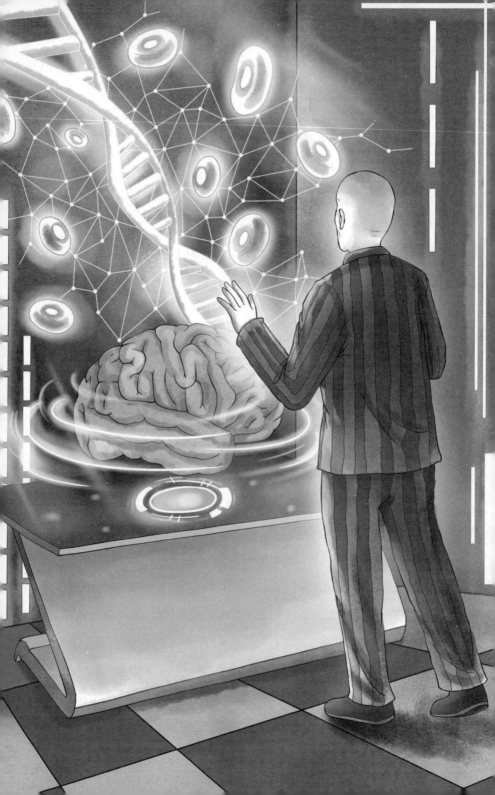

人类手艺、领域知识，也仍然鲜活，可能存在于血肉之躯里，也可能存在于金属与电路搭成的身体中。

再往后，我们会继续找耳、找眼、找鼻、找舌。我们将以数学和计算的手段重新定义所有感官，定义人和世界相互理解、相互交融的接口。这将成为与物理世界相平行、相补充的一个新的覆层。某种程度上，这将是人类所能认识到的唯一的世界，我们也将成为不再受大自然赋予我们的肉体所束缚的真正的人类。千百万年的自然演化之后，我们终于可以按照自己的方式，选择前行的轨道。

那并不遥远。我怀着隐秘的激动，期待着那一天的到来。

"小关，"他放下了杯子，望着我，声音有些含混，"你说，那以后的人，真的……还需要手吗？"

我一愣，笑了笑，没说话，斟上酒，我静静等着他。他沉默良久，若有所悟，端起酒，两人碰杯，浮一大白。

十四

正月十五那天下午，老唐又来到茶馆。因为脚腕上还有点不方便，所以没骑车。小院里没什么人，几株虬结的老蜡梅，倒是挂了半开的花苞，黑褐色的枝干上，点缀着些鹅黄。老唐找了张树下的竹椅，照例是一杯三花茶。

邀请展的结果公布了。老唐的竹编得了二等奖，放在以前，他肯定又要生会儿闷气，可是，现在的他，不是太在乎了。

李杰在初五来拜了年，提了大包小包，又是道歉又是道谢，说是他们的手术机器升级后，又有了他这个成功病例，订单已经排到了下一年的春节。老唐没拿他塞在红包里的顾问费，只是留下了那个机器手的等比放大模型，十根连接的金属爪，封在三寸高的透明硬化玻璃里，怎么看，也不像自己的手。

青筠和小关在家过了年，初六，就一起出门去了。那天晚上他们谈了很多，也喝了很多。一觉醒来，他感到，好像有什么东西隐隐变了，但究竟是什么，却说不清。

"老唐！元宵节咯！"茶馆老板端了茶水过来，"今年奇怪咯，咋个今天跑过来？你不是每年这个时候，都在屋头包汤圆儿的嘛？啥子玫瑰馅儿，芝麻馅儿，水磨粉……"

"今年不包了，晚上买点吃，算咯。"老唐抿了口茶，"人少，省点儿事。"

"怪咯，你咋个不自己手包喃？"

"机器包的，也还是方便。"

"哎哟，难得，难得。来，喝茶，慢慢喝，慢慢喝！"

台上，老胡琴拉着的是《八阵图》。陆逊刚刚火烧了七百里连营，烟火不住，追击刘备至鱼腹浦，却在诸葛亮布下的八卦阵中迷了路。微风吹过，蜡梅的花香幽幽飘散，有一点花瓣落在半阖的茶碗中。老唐听着听着，睡着了。

梦中，他好像进入了一片暮色中的苍莽竹林，风吹过，绿浪连绵起伏。远处有白墙黑瓦，灯火明灭，诱他前往，可不管往哪边走，都有竹子节外生枝，挡了路。手，却紧贴身体，动弹不得。电光石火中，老唐忽然了悟，心中抽竹刀出鞘，意念里劈削如泥，片刻间，砍出一条路。手，仍未动，身畔，却有竹叶翻腾，竹枝倾覆。他仰天吟啸，大步徐行，虎虎生风。

附记：文中可以实现意念控制的非侵入式神经接口技术参考了纽约初创公司 CTRL-labs 的相关研究。竹编特点参考了成都瓷胎竹编、云南宜良竹编、湖南会同竹编等技法特征。

·思想实验室

1. 在小说开始的时候，老唐曾经表示，"时代确实是变了，可心底，总是还有一块儿硬邦邦的东西。"当老唐从病房中醒来以后，故事中如此说道："老唐一声叹，心里长久以来那块硬硬的东西，好像暖气房里的冰，终于还是化了。"老唐内心的坚冰是指什么？到底因何而化解？为何能够化解却要叹息？写下你的思考。

2. 小说的最后，小关准备和唐青筠"走遍全国，全世界，找手，找心"，美好的未来即将到来，但是老唐却仍默默无言。他向小关提问："你说，那以后的人，真的……还需要手吗？"你会如何解答？请你查阅资料，展开合理想象，以"十年后远行归来的小关"的身份，回答老唐的这个问题。

3. 2022 年，由文化和旅游部等十个部门发布的《关于传统工艺高质量传承发展的通知》中特别提出"支持（传统工艺企业）全面掌握并运用传统工艺核心技艺和关键技术，在保持传统配方和工序的基础上，鼓励运用现代生产技术和管理方式，提高生产效率。"所谓现代生产技术，不但有前三次科技革命成果的支撑，又获得了以人工智能、大数据、生物工程、量子工程等为代表的第四次科技革命的新思维和新工艺。此种背景下，手工艺与现代生产技术的结合如何实现？如何坚持守正创新，正确把握保护与利用、传统与创新的关系？

4.作者慕明一直在努力将传统历史文化与科学幻想相融合。除了本文之外，她在《宛转环》《铸梦》《风起华西》等作品中还有更加深入的思考，建议你再拓展阅读这些作品。

匣中祠堂

陈楸帆

陈楸帆创作的《匣中祠堂》讲述的是潮汕手工金漆木雕传人在是坚持传统还是技术创新方面和父亲争论不休。在父亲去世之后，儿子通过父亲生前留下的信件，抵达了一个超乎想象的虚拟世界。这里有父亲设计的祠堂，里边是各种家族传承的手工技艺。和父亲的虚拟形象对话后"我"恍然大悟，原先认为父亲是守旧的，现在才明白技术与传统不是非此即彼的二元对立，还可以相互包容和促进。借由父亲的提醒，兄弟三人最终让传统产业焕发全新光彩，超越以往的荣光。

科幻作家陈楸帆的科幻作品中，一直都有浓厚的区域文化思考。读者虽然不熟悉潮汕文化，但可以在他的创作中感受到他对于潮汕文化的深刻理解。这篇《匣中祠堂》，故事中的潮汕金漆木雕凭借其栩栩如生的雕刻工艺，让成年后的"我"依然能够想起儿时触摸的记忆。借由小说中父亲的讲述，我们明白了作者对传统工艺的看法：每件作品都是一个故事，每个故事也是一段传说。

这些在父亲看来最适合"讲古学古"的艺术载体，其实就是文化传承的印记，通过超越手工艺的创造，达成使文化源远流长的使命。这是故事里的父亲和"我"对传统手工金漆木雕坚守与再创造的初衷。也是作者不断进行"寻根"，不断了解潮汕族群的迁徙史、全球开枝散叶的华侨文化、宗祠及巫傩仪式的动力，更是潮汕地区从百年开埠到经济特区，再到如今的历史积淀成果。

《匣中祠堂》的另一大亮点，是小说对虚拟和现实的深入思考。故事里，原先是"我"试图创新，未曾想却是父亲走得更远。"我"陷在追求速效、批量生产的桎梏里，反倒是父亲率先跳出这样的框架，认定真实感官的互动才是最有意义的存在。陈楸帆一直以书写赛博朋克题材而著称，但在本文中，他借由小说中的父亲之口，让当今身处数字化浪潮中的我们去关注现实，去走出虚拟的世界，拥抱现实的生活。就像小说结尾所说的一样，"也许是时候从这个匣子里出去了"。我们借由幻想抵达无法去往的彼端，我们还可以拥抱现实，回归最珍贵最美好的生活。

·正文

"黄先生有话要说。"

听到这句话，所有人都腾地起身，那台护理机器却不紧不慢地转向我，蓝色屏幕闪烁着拟人化的表情符，我不确定我对上面的表情理解正确。

"只对你。"

我深吸了口气，众人的目光扎在我前胸后背，像泥鳅般生生要钻进胸腔里。我知道他们在想什么，只是我现在没有力气反击，一点儿也没有。

曾经像老虎那么威风的那个人，现在就躺在我面前，像纸糊的人儿般，只剩下皱皱巴巴的空壳。我不敢用力呼吸，怕一使劲就会把那具空壳吹跑。空气中弥漫一股无法掩盖的腐坏味道，自动喷雾系统每隔15秒就发出猫打喷嚏般的声响，提醒着我，整个房间的时空已变得如此缓慢而黏滞。我静静地等着，等待着这个弥留之人的话语，同时害怕，从胃里往嗓子眼翻涌的恐慌。记忆中，我俩的对话往往是以一方训斥一方沉默而告终，我害怕这一次，陷入无尽沉默的将不再是我，而是父亲。

"奴啊，你来啦……"父亲毫无预兆地开声，他的口音变得陌生，带着某种遥远的南方泥土气息，那是我所不曾熟悉的，毕竟我们家族已经离开潮汕故土这么多年了，而我也在虚拟世界里疏远家人，游荡了那么久。

"……我时候到了，有一件事想拜托你，也只有你……"

"瞎说什么呢爸，等你好了，我们陪你一起……"

"别骗我了，阿爸又不傻。说起来也奇怪，人老了，小时候的事情却越来越清楚，你还记得我跟你说过的，在我七岁那年，我阿爸，也就是你阿公，带我去祠堂拜祖的事情吗……"

前些年机器颠覆了许多传统行业，我们的手工金漆木雕生意也难免受冲击，为了引入新技术，我和父亲不止一次吵到翻脸，彼此许久互不搭理，他甚至暗中安排其他人做好接班准备，这些我都知道。我不明白这会儿他把我叫到床前，究竟想跟我说什么。

"……我们坐了好久的车，颠得我屁股疼，终于到了黄氏祠堂，那里可真是大，前面一个池塘，好聚财，大门口一对石狮，左雄右雌，好生威武，厝顶上游龙戏凤，飞禽走兽，还站满了各路文武神仙……"

我静静听父亲描绘着那未曾谋面的神秘建筑，脑子里出现的却是迪斯尼花车嘉年华般的嬉闹景象。我摇摇头，现在不是想这个的时候。

"……寝堂上摆满了列祖列宗的牌位，阿爸要我跪下磕头，我不肯，我说我都不认识他们，为什么要我跪，阿爸就打我，我就哭……"

父亲的声音越来越虚弱，像是一个即将吐光空气的气球，瘪瘪地耷拉着，不断沉下去，沉下去。我俯身靠近他，那股腐坏的味道更重了。

"……那已经是八十年前的事了，以前不觉得，现在懂了，叶落是要归根的……奴啊，我希望你以后能常去祠堂看我，毕竟以后，你就是一家之主了……"

他的脑子已经不清楚了，我一边答应着，一边找紧急按钮。父亲上次回乡省亲都是几十年前了，祠堂里怎么会有他的牌位，黄氏祠堂远在千里之外，我又如何常去，至于一家之主，就更是个笑话，现在为了争继承权几家都快打起来了。可这个关口，遗嘱的事情我是万万说不出口。

"答应我，一定要去……"

"好，阿爸，我一定去。"

那具人形气球里的最后一丝空气被某股力量挤了出来，腐坏味突然消失了，自动喷雾系统又打了个喷嚏，医护人员带着机器冲了进来，我木立在旁，等待一个早已下达的判决。

处理完后事的第三天，我才发现父亲留给我的红色信封，里面只有一张小小的卡片，上面印着一行访问地址和一个从未见过的logo。

这行 IPv6 地址花了我一些功夫才找到适配的接入设备，一个白匣子，这是玩家私下对它的称呼。这是一种进阶版的虚拟现实装置，它能扫描你的神经感知模式，通过算法混合成某种可控的神经信号输入，因而更加真实，但也更可怕，你不知道它将如何改变你的认知，无论是对这个世界，还是对你自己。

父亲是怎么跟这种时髦玩意儿扯上关系的，我完全摸不着头脑。我对他的印象，还停留在声嘶力竭地训斥我数典忘祖，竟然想用机器来取代传统手工艺人的时候，他喘着粗气，双目圆睁，脸色赤红，像条马上就要喷出火来的龙。

那条龙现在躺在六尺深的地下，装在小小的木匣子里，只有黑暗和泥土与他做伴。

我没有犹豫太久，承诺只是其一，更多的还有好奇。我戴上白匣子，拉下柔性眼罩，接入那个地址，瞳膜识别我的身份，登入界面，看来早已有人帮我注册了账号。

一片白茫茫的雾气，什么也看不见，过了好一会儿，一个缥缈的女声在耳侧响起："黄先生，我们监测到默认旅程速度与您的神经模式不匹配，请问是否切换到快速版？"

我明白过来，父亲迟缓的身影一闪而过，我可没有时间浪费在老年迪斯科上。

"确认。"

突然重力方向发生了变化，我惊恐地蹲下身，双手贴地，才勉强保持住平衡，眼前的云雾逐渐散去，我发现自己置身万米高空，下方是一块龟甲状的村落，肌理分明，山水环绕，那些青灰色的屋脊迅速放大，朝我扑将过来，这种坠落感如此真实，我不由闭紧双眼，努力不叫出声。

坠落停止了，我睁开眼，眼前是一片开阔的广场，随着我的视线移动，一些物体的亮度提升，从背景中凸显出来，同时那个女声友好地介绍背景信息，作为首次到访客人的优待。

毫无疑问，这就是父亲临终前所记挂的那个地方，那方波光潋滟的水塘、官马拴、照壁上用彩瓷镶嵌出的梅花鹿、麒麟和展翅欲飞的仙鹤，灰白色大理石门框门斗，黑漆楠木牌匾上写着四个金光大字"黄氏宗祠"，还有屋脊、檐角上下姿态生动的各色陶瓷生物和神灵雕像，都让我大开眼界。

原来父亲所说的并不是虚构或夸大，这一切都是真实存在的。

可这并没有打消我的疑惑，谁出于什么目的，不惜成本地将这一切复制到了虚拟空间？如果说这就是一直拖拽着父亲无法迈进新世界的套索，那么现在，似乎老一辈们选择用一种背叛传统的方式来继承传统。父亲希望我到这里来，是想我变成他吗？规规矩矩地守着祖先们的价值观与生活方式，然后眼睁睁地看着整个家族滑入泥沼吗？

我怀揣着问题走进大门，路过前天井，看着阳光透过中堂格栅门，在地面投下条形码般的光斑，又路过后天井，一切以一种对称、循环、秩序井然的方式呈现，如同我父亲所习惯的时代。那个时代已经烟消云散了。

我所坚持的改革方案，是引进具身学习机器人，它们能够与人类金漆木雕师傅的肌肉神经信号进行接驳同步，如同最传统的拜师学艺方式，依样画葫芦，机械臂跟随着师傅精细巧妙的手部动作，雕刻着虚拟空间里的数字木料，而所有的材料力学数值都完全拟真到小数点后四位。再加上 GANs 对抗模型，只需要非常小的数据集便可以训练出非常成熟的机器木匠，不会疲惫，无须休假，甚至在空间感知和运动精度上要比人类高上两个数量级。我想不出任何理由拒绝这种改变。

可父亲却始终不愿意正面这个时代。

终于来到了祠堂的核心——寝堂，又称上厅。巨大的红色木架朝上生长着，如阿兹特克金字塔般消失在天空的远端，却又以一种不可能的空间感停留在房屋结构内部，上面如同图书馆般齐整摆满了樟木刻制的祖宗牌位，按照辈分次序由远而近。我想起了父亲的嘱托，开始细细寻找他的名字。视线扫过之处，那些黄姓祖先的名字便发出金光，有达官显贵，也有庶民村夫，但此刻他们是平等的，都是这庞大记忆共同体中的一个符号。

我找到了父亲的名字，久久凝视，心中默念着"爸，我来看你了"。

导览女声突然响起："黄先生，是否进入激活模式？"

"激活？"

"请您跪在跪拜垫上，双手合十，三叩头。"

"什么鬼……"

我跪在地上，目瞪口呆地看着父亲从牌位上挤了出来，就像阿拉丁挤出灯嘴。他似乎有点不太适应，摇摇晃晃地摆布自己的胳膊腿，我这才看出这是个数字建模 AI，而且是年轻十岁的父亲形象。

"奴啊，你米啦。"连口音和那种迟滞感都完全一样，他们究竟在这上面花了多少钱。

"对，对啊。"我竟然别扭得叫不出一声阿爸。

"我知道你一定会来的，你不像他们几个，你脑子活，学东西快，好奇心强。"

这几条放在以往都是父亲批判我的罪名。看来同样的邀请也发给了我的其他几个哥哥，他们都是家族企业继承权的有力争夺者。虽然年纪跟我差不了几岁，可他们都坚定地站在父亲那边，认为传统的手工工艺不能丢，否则就是背叛了这门艺术，背叛了老祖宗世世代代流传下来的文化，就差在我额头纹上"叛徒"两个大字然后逐出家门了。

"你一定会想，这究竟是怎么回事。"看来不管我回不回应，程序都会照着脚本往下走，"三十年前，马先生开始了全球范围内的潮汕祠堂数字化工程，没错，就是那个马先生，他老家的祠堂可是够架势。他认为祠堂就像我们现在用的即时通信工具，在不同世代，不同地域的同宗亲族之间，起着无可替代的连接作用。可很多年轻人对祠堂的印象已经淡漠了，他希望借助技术，让祠堂焕发新的能量。"

"可你不是……反对用新技术来改造传统文化吗？"我终于忍不住。

"奴啊，有些话，我说或不说，或者怎么说，都需要慎之又慎，而你不一样，你是新一代，不用瞻前顾后……"

"现在说这些是不是有点太迟了，按照长幼辈序，怎么也轮不到我，而你已经、已经……"不得不承认，这个 AI 的语音交流模块做得很自然，以至于我下意识间将对父亲的感情投射了上去，我始终说不出那个字眼。

"我已经死了，没错。"年轻版的父亲露出豁达的笑容，就像他生前的样子，"可是，你们还活着，你们才是未来。告诉我，为什么你想要用机器替代人？"

"所有人都在用机器，它们更快更稳定，成本还低，如果我们不跟随，市场就会被机器生产的木雕所侵蚀，到时候我们就连汤都没得喝了。"

"人类都移民太空了，3D 打印都这么普及了，你觉得今天，人们为什么还想要金漆木雕，是因为它们便宜？轻便？结实？还是好看？"

这个问题问住了我。尽管从小耳濡目染，可酷爱数字艺术的我并没有真正思考过这样一种具象化的工艺形式为什么会流传至今，它背后的文化符号意义以及审美结构究竟是怎么样的。

"我猜……也许是怀旧吧。"我怯怯地说出猜测。

"哼，你就是太聪明了，总是用脑子想，却不愿意亲身去看去感受。瞧……"

顺着他的手势，我望向那些大理石冬瓜柱，再往上是多年生的杉木大梁和子孙梁，而装点在柱头、横梁、斗拱、梁枋、梁柱、门楣之间的，就是黄家最引以为傲的金漆木雕。这种据传源自唐朝的工艺以木雕为基础，鬃之以金，吸收中国画散点透视的技法，能够将不同时空的人和事物组合在同一画面，通过多层次的镂雕技艺，亦虚亦实，来龙去脉，在方寸之间容纳天地。

我正纳闷父亲究竟要我看的是何物，只见那些木雕竟然活了过来，螃蟹沿着蟹笼循环往返蔓爬，惊飞了枝头的喜鹊，八仙过海走了个之字型，遇见了正要上梁山泊的好汉，桃源三结义的兄弟出了门，两侧候着的是三迁的孟母和逐日的夸父，好一场穿越时空的大乱炖。我看着出了神，仿佛回到了父亲给我讲古的遥远童年。

"……您的意思是，金漆木雕也是一种历史的共时性叙事？"

"要我说，那就是讲古（故事）学古最好的方式，你还记不记得你小时候，躺在木雕床上，用手指沿着床头的雕花，咿咿呀呀学说话……"

我当然记得，那种坚硬冰凉的木质手感，还有凹凸不平的复杂花纹，构成了我童年对外部世界最初步的认知。那些精致的曲面与弧线引领着我的手指，穿过不同时代的人物与故事，无论虚构与否，都深深地印刻在我的记忆中，闪烁着金色的光芒。

我开始有点明白父亲的意思了。

"就像你一直想用的什么身机器人，如果没有附上工匠的身，就是丢了工艺的魂。现在的人啊，都太沉迷于虚拟，都快忘了自己还长着一副臭皮囊了。"

我心想你一个虚拟人物发这番感慨合适吗。

"所以您不反对用技术？"

"技术用得好，是如虎添翼，画龙点睛，用得不好就是糟蹋先人东西，我之前为什么不答应你，就是怕你没想清楚，步子迈得太大，"父亲停顿了一下。"或者不够大。"

"不够大？"

"只顾着用机器的皮毛，瓶子里装的还是老酒。你真正该做的，是让金漆木雕从内到外地重生，让它变成一种新的时尚。"

父亲的话一下戳中了我。我原先的提议是用机器学习木雕技艺，在三年内完全替代人类手工艺人，实现纯机器化批量生产。可如果剥去了人的记忆和情感，还会有人愿意为这些没有灵魂的物件买单吗？最后只会走进一条靠低价竞争的死胡同。像父亲所说的，我们要做的，应该是结合机器和人类的优势，创造出全新的符合当代生活方式的金漆木雕产品，不管形态变化多大，可魂依然在那里。

"我开始有点懂了，可是哥哥们那边……"

"回头看看你走过的路。"

"嗯？"我回过头，目光穿透后天井、中堂、前天井，一直可以望到牌坊外闪闪发光的池塘，可我的大脑告诉我有什么地方不太对劲。

"你发现什么了吗？"

"如果整个祠堂是在一个水平面上，我是看不到那么远的，也就是说……"

"祠堂有三进，前天井到中堂，后天井到寝堂，每一进依次增高四级阶梯，大约是两尺有余三尺不到的坡度，步步高啊。"

"您的意思是？"

"人不能光看眼前，更要看到远方，站得高，才能望得远。你的哥哥们早就同意了你是振兴黄氏木雕最合适的人选，他们都会无条件地支持你。"

像是什么东西一下子堵住喉咙，我突然无法顺畅言语，原来父亲早已把一切安排得明明白白，可我却还在错怪他老朽守旧。

"为什么……为什么您不早告诉我这些……"

"我也得有机会啊，你那么久都不回家，不跟我联系，我还真的戴着匣子到游戏世界里到处去找你吗……"父亲还是那么淡然微笑着，"其实，我也没想到，日子来得这么快，我也好想再和你多说几句……"

"阿爸……"

我扭过头，望向那片波光粼粼的池塘水面，却忘了虚拟的父亲看不见我真实的泪水。当我再次回头时，父亲的化身却已经消失在漫山遍野的牌位间。他的任务结束了，而我的使命才刚刚开始。

在黄氏宗祠的虚拟上厅前，我和哥哥们同时跪拜，三叩首，等待着父亲再次现身。

"奴啊，你来啦。"一切与第一次见面毫无二致，那个略显滑稽的老人摇晃着臃肿身体出现在我们面前。哥哥们显然对此心理准备不够充分，一时间不知道该如何应对是好。为了说服他们一同前来拜这趟荒谬的年，可是费了我不少口舌。

"阿爸，过年啦，我们来看你了，还带了礼物！"我把手一挥，试图打消尴尬。

一方乌红发亮的虚拟木匣悬浮在黄氏宗祠水塘的上空，倒影微微上下颤动，如同我此刻的心情。为了达到预期视觉效果，我把比例尺调节成1：1000，所以从上厅的位置望去，那个木匣差不多有半个足球场那么大，刻意低调的外壳只有几道弧线型的缝隙透漏出金光，让人不禁好奇里面包藏着什么样的奇观。

"我知道你一定会来的，你不像他们……"

"爸，你先看看我们做的东西好不好。"我赶紧把话岔开，这个AI智力水平像是六月天气飘忽不定，直叫人着急。

"好好好……"

我们兄弟三人表情凝重，各自伸出右手，搭在一起，激发出一道金光，穿过前后天井和中堂，直奔水塘上的木匣而去，沿途激起各种瓷塑的设定动作，仙鹤扑翅，麒麟奋蹄，神仙与妖怪敲锣打鼓，煞是热闹。我心里暗暗夸赞了外包的 PR 团队，做戏做全套，既然来了，就要保证最好的呈现效果，无论是对自己人，还是对外人。

金光击中木匣，荡漾出一圈圈立体光纹，向四面八方消散开去。理查·施特劳斯的《查拉图斯特拉如是说》与潮汕英歌舞的 Howie Lee 混音版从天边传来，响彻云霄，神秘主义的崇高感与世俗生活的喧闹节奏被以一种抽纱技法复杂地分解，再重新交织成杜比全景声，通过虚拟直播传递到三十万订阅者头上白匣子适配的骨传导耳机中。这是仪式不可或缺的一部分，而他们将感同身受。

木匣缓缓打开，如同开启了一个新的时代。

这是一件机器与人类共同打造的艺术品，从形式上仿佛是鲁布·哥德堡机械与鲁班锁的杂交品种，精美绝伦的金漆木雕零件以正常人类难以想象的复杂空间结构榫卯咬合，但只要你以正确的角度和顺序拨弄那些零件，它们便会以一种戏剧性的方式自动上演一场关于时空的舞台剧，就在这小小木匣的方寸之间，全然无需任何外部能量的驱动。这全仰仗于机器的功劳。

更为美妙的是，我把从父亲那里得到的启发融入进去，每一个木匣都是在讲述一个故事，从古到今，从神话到科技，从抽象的观念到具象的美学，机器无法在这些看似毫不关联的元素之间建立联系，无论是概念上的还是视觉上的，而人类的大脑却可以。在我们眼前的这个匣子展现的，就是从嫦娥奔月到建立月球基地的故事，叙事简洁凝练，形象符号的转化生动而富有美感。

加入直播的订阅数字还在不断攀升中。

只要玩通一个木匣，你就能了解一段历史，掌握一种概念，感受一个故事，甚至体验一种新的文化。但最重要的是，这个沉甸甸的匣子需要你用真实的身体去互动，用手指去触摸，用鼻子去嗅闻，从不同的角度去体会它的妙处，它会成为你身体记忆的一部分，就像父亲让我明白的那样。这是属于人类独有的经验，机器或数字尚无法取而代之。

你甚至可以订制关于你家族故事的匣子，然后把匣子传递给你爱的人，你所关心的人，让记忆一直流传下去，无论他们是在潮汕，在加州，在火星，还是在太空深处。它就是一个个具体而微的能在手中把玩的祠堂。

而今天，借着大年三十这场虚拟宗祠里的拜年直播，我用一场匣子里的狂欢，把产品理念传递给了八十，不，一百万人，而他们又将像核裂变般继续播撒能量。

父亲不知到什么时候飘到了我们中间，把手搭在我们肩上，可我毫无感觉。他点点头，还是用那种习惯的含蓄口吻表示赞赏。

"还可以嘛，没给黄家丢脸，名字想好了吗？"

我看了看两个哥哥："还在讨论，我想的是，一定要有个潮字。"

父亲陷入了沉思，我不知道是算法真的花了更长的处理时间，还是语气停顿所带来的错觉。

"有引力的地方就有潮水，有潮水的地方就有生命，就会生生不息，繁荣昌盛。有潮好，潮好……"

父亲的话被一阵轰轰烈烈的鞭炮声所打断，匣子已经完成了整个开启的过程，金光灿灿地展示着那段人类飞天的历史，这是我童年记忆中春节所应该有的样子，代表着一年全新的开始，充满希望与乐观。这么多年后，我却依然只能在虚拟祠堂里寻找这种感觉。

我突然急切地想回到另一个现实，去拥抱我的家人们，哪怕他们并不是那么讨人欢喜，至少我还有身体，能够去感受这个世界的不完美。

也许是时候从这个匣子里出去了。

· 思想实验室

1.《匣中祠堂》所讲述的潮汕手工金漆木雕传人父与子之间的冲突，根源实则是传统与现代、虚拟与现实之间的矛盾。想要利用机器人进行现代化生产的"我"与坚持传统手艺的父亲之间的矛盾是在怎样的情况下化解的呢？在"我"第一次进入到父亲构建的电子祠堂之前，文章又从哪些细节暗示了父亲对于现代化技术的认可？请你还原这一场父子冲突和解的经过。

2. 文中的技术传人说："可如果剥去了人的记忆和情感，还会有人愿意为这些没有灵魂的物件买单吗？最后只会走进一条靠低价竞争的死胡同。"同样是运用现代技术，引进具身学习机器人进行肌肉神经信号接驳同步生产金漆木雕与虚拟空间中的还原金漆木雕有何差别？手工艺术值得传承的精神内核究竟是什么？请在文中找到问题的答案，认真思考，拓展你对艺术的认知。

3. 从现实生活到虚拟空间，这是"赛博朋克"主题科幻作品所聚焦的领域。作者陈楸帆则长于描写"中国特色科幻现实主义"，在营造充足科幻质感的同时，赋予作品无比真实的现实映照。从《荒潮》(2013)到《巴鳞》(2015)，再到这篇《匣中祠堂》(2019)，在一路延续的创作中，我们得以窥见作者为创造富有中国特色科幻作品所做的努力以及他自身的理想主义情怀。建议有兴趣的同学拓展阅读陈楸帆的其他作品。

4. 作者陈楸帆认为一些民间习俗中沉淀着追求阴阳互济、天人合一等东方哲思，它们能更有效地把一代代人的情感与价值观连接起来，对社群的延续、文化的传承都非常有价值，在作品中融入中国人的宇宙观、世界观，会给中国科幻带来更宽广的创作前景。在你看来，现实生活中有哪些民间习俗真正需要保护和传承？你的评判民间习俗是否需要保护和传承的标准是什么？

济南的冬天

王元

  科幻作家王元所书写的《济南的冬天》从一场暴雪灾难之后开始讲起。故事里的冬天有科幻世界里多年未曾停止的暴雪，也有现实生活中济南特有的地铁建设与泉水保护之间的冲突。地铁泉道工大鹰明白，地铁建设为的是出行的便捷，但是泉水保护则能够留下属于老城的文化记忆。他做出的选择是两相支持，自己再为泉水保护多下点力气。可在女儿小鱼看来，保留着枯竭多年的泉水，就是多此一举的守旧。

  在现实生活中，古都济南的地铁建设就因泉水问题而多次搁置，在故事中的雪灾背景之下，现实的矛盾显现得更为尖锐。一边是父亲和女儿的新旧思想冲突，另一边是十余年后万千市民期待的趵突泉喷涌测试引发地铁危机。父女二人的矛盾可否化解？泉水和地铁是否能够和平共生？雪灾发生之后的个人命运与济南社会的现实变迁，集结在作者王元的真挚叙述里，被娓娓道来。

  《济南的冬天》中最独特的亮点是文中地道的济南风物。"拉呱"（济南话，"闲聊"的意思）、"滋润两口"（济南话，"喝两口酒"的意思）、"忽而马约"（济南话，"敷衍了事"的意思）……灾难后的城市正在重建，这些俚俗的济南方言穿插在每个遭遇灾难的人们的诉说中，于无形中不断消弭着读者和科幻背景之间的距离。

作品中地道的济南风物还包括曾经明湖楼的糖醋鲤鱼，大明湖新鲜
打捞的春季蒲菜，晶莹剔透、甜蜜诱人的水晶藕，还有超意兴楼下
的把子肉——大鹰踢完球，就惦记着来这么一口……记忆在美食的
回味中不断酝酿加深，科幻故事里的灾难氛围被丰厚的生活气息不
断拉近，同时带给人们启示：无论未来几经变换，坚持用心生活始
终不变。

在风物之外，《济南的冬天》同样关心着这片土地上的人情。
大鹰与女儿之间的亲情，老宽和大鹰之间的工友情，还有大鹰在
文章中不断回忆妻子的哀愁心情……灾难的背景之下情感的脉脉流
动，让我们看见所有人的携手互助。所有的情感汇聚在一起，既像
是在印证老舍先生笔下济南的温情，也像是在映照我们正身处的当
下：中国人民面对疫情常态化的世界，共同携手，共渡难关。

故事里展现的风物和人情背后，体现的其实是作者对中国未来
城市发展的关注。《五块石传奇》《假手于人》里有成都，《济南的
风筝》《济南的冬天》的故事发生地则是在济南。越来越多的年轻
科幻作者将科幻的想象从宇宙万疆拉回到了身边的世界，让读者不
仅能从故事的变化里窥见现代中国一座城市的发展，也能从不同科
幻作家对相同传统文化的思考中，再次发现当代中国和未来中国结
合在一起的科幻之美。

·正文

对于一个在北平住惯的人，像我，冬天要是不刮风，便觉得是奇迹；济南的冬天是没有风声的。对于一个刚由伦敦回来的人，像我，冬天要能看得见日光，便觉得是怪事；济南的冬天是响晴的。

——老舍《济南的冬天》

时间差不多了，小鱼穿上羽绒服，戴上帽子，勒上口罩，全副武装。经由干冷的楼道过渡，门外的天寒地冻就没那么张牙舞爪。雪还在不停地下，门口一片厚重的绒白，没有踩踏过的痕迹。下午还有憋不住的孩童外出玩耍，但他们留在雪地上的作品早就被后续的雪花抚平、淹没。小区路灯亮了，漫入光柱的雪花翩跹出好看的摇摆。此刻，周末傍晚，多适合一家人围坐在餐桌旁，喝一碗热汤，聊几句家常，然而她不得不出门，为了父亲。

街上行人寥寥，大多是刚刚从地铁站出来，或者跟小鱼一样准备搭乘地铁。领秀城地铁站口位于中央公园东区，她走过去要花十几分钟。白天还有摆渡车，缓慢而从容地穿梭在各个小区和出入站口，这个点也停运了。雪花很快把她粉刷成白色，融入天地之间，一百步之外，几乎看不到她的移动。万幸路上没有汽车，只能看到间或驶过一辆推土机，推着积雪负重而行；车身也被大雪覆盖，就像一座滑行的雪丘。

小鱼写过一篇推土机司机的报道——编入"雪崩"之后流行起来的工种系列，他们就像之前存在过的洒水车司机，但他们的作用更为迫切，不洒水也不会影响正常出行，不铲雪换来的就是此路不通。这项工作对他们的驾驶技术没有过硬的要求，更不需要风驰电掣，相反，这考验一个人的耐心。采访结果显示，超过的八成推土车司机（他们自嘲为推机）都提到了寂寞。在以时速十千米的行驶途中，面对漫天风雪，统一而单调的色板，时间久了，就像是在海面航行，不辨东西，不知早晚。这时候必须听点声音，跟家人朋友或者同事说说话，或者打开收音机，制造一些背景音，否则就会觉得自己已经死去，成为一个无家可归的游魂。

"人活着嘛，就要搞出一点动静，就像咱们的泉水，一直在地下没人看见，必须涌出来，才能成为景观。"小鱼还记得一位年长"推机"的总结，"只可惜，现在泉水都枯了。你们这些'雪一代'没见过好光景，那时候的黑虎泉活力十足，我每天早上都要去打一桶泉水，煮茶最香了。哎，都是地铁闹的。"他没有把问题归咎于雪灾（或者导致雪灾的自然和人为因素），而是地铁。人们都是如此，忽略始作俑者，揪着最直接的肇事者不放。

小鱼想不明白，这些人为什么对几眼泉那么珍重，更有甚者，到今天还在宣扬地铁破坏泉脉的言论。都是地铁闹的？没有地铁，人们将寸步难行。情怀？活着才能讲情怀，死去就只剩缅怀了。

行人逐渐多起来，靠近地铁站了。

小鱼小跑几步，分开厚重的塑胶门帘，一头扎进入口。她清理干净身上的积雪才下楼梯，不像有些人一边走一边抖落积雪，搞得台阶始终湿漉泥泞。"雪崩"之前，总有行人闯红灯，也不见得有什么要紧的事，习惯使然。这批人的坏毛病也在与时俱进，或者过继给他们的下一代。有机会一定组个稿，狠狠披露这些人的丑恶嘴脸。说起来都是不起眼的小事，可地球不就是这么沦陷的吗？"雪崩"酿成并非一朝一夕。想到这里，小鱼竟然有一种幸灾乐祸的感觉，随即又为自己的器量感到悲哀。这或许就是跑社会新闻的记者的通病。

> 在西门外的桥上，便看见一溪活水，清浅，鲜洁，由南向北流着。这就是由趵突泉流出来的。设若没有这泉，济南定会失去一半的美。
>
> ——老舍《趵突泉》

总有人问他，为什么叫这个名字，或者，谁给你取的名字，真有意思。

真有意思读起来需要厘清重音，有时候是真有意思，有时候就挺没意思。一个代号而已，何必那么在意。大鹰开始还跟人解释，后来懒得细说，再有人问起，干脆怼回去："我为什么不能叫大鹰？"没有突如其来的愤怒，人们往往只能看到表面。大鹰一贯给自己张贴温柔的标签，待人接物都没得说，大半辈子营造出良好口碑，不管同行，还是邻居，提到大鹰都竖大拇指，东家长西家短参差不齐，但没一个人在背后嚼他舌头。他也搞不清楚，为什么最近变得暴躁，好像心里有一团晃动的火焰，一点微风都禁不起。他想起之前看过一篇报道，为什么家长总是喜欢打孩子？文章鞭辟入里，抓住家长细腻而慌乱的心情——没人天生就是虐待狂，更何况对亲生骨肉下手，别人碰都不能碰一下，自己动起手来却不知轻重。这些家长坦言，孩子总是犯同一个错误，屡教不改，久而久之就埋伏下一种针对性情绪，一旦孩子触到痛点，条件反射一般给小孩后背赏一巴掌、屁股光临一脚。大鹰最瞧不起这种人，打孩子算什么本事，他从来没有收拾过女儿，最严厉的教训就是假模假式地板着脸。想到女儿，大鹰心里荡起一圈幸福的涟漪，脸上的神色继而舒展。

"嘿，想什么好事呢？"老宽拍灭安全帽上的灯，站在大鹰对面，立定之后，卸下鼓鼓囊囊的背包，活动肩膀。

"没事。"

"我掐指一算，"老宽抬高右手，大拇指煞有介事在其他几根手指上戳戳点点，"你想女人了。"

"对。"大鹰把"女人"错听成"女儿"，心里想着什么，所见所听都会受到感染。等他反应过来极力找回："不对。赶紧干活。"

"有什么不好意思的。这是正常现象，不想才坏事呢。说正经的，你媳妇走了这么多年，不盘算再踅摸一个？需要的话，我让你嫂子帮忙物色。"老宽挤眉弄眼。

"操不着的心。"

"得，狗咬吕洞宾。"

"别拉呱（济南话，"闲聊"的意思）了，赶紧巡查吧，还有一个月就要进行首次泉涌测试。全济南都盼着这一天呢。"

"要我说就是多此一举，泉道我们都来回多少次了，没有一千也有八百吧，不差今晚这一遭。这不过是走走形式，不用太认真，遛两眼得了。大周末的，领导都在家歇腿，让我们出来跑路。要我说，咱俩早点收工，去我那滋润两口（济南话，"喝两口酒"的意思）。你把这玩意放下吧，背着说话不嫌累啊。"老宽说着就要下大鹰的背包。

"你别忽而马约（济南话，"敷衍了事"的意思）的，人们等这一天等了十几年，千万不敢出乱子。"大鹰反而紧了紧背带。这是一种改良版的枪式发泡胶设备，包内装发泡胶溶液，背包一侧有一根枪管，类似老式农药喷雾器。发泡胶是一种依靠湿气固化的聚氨酯弹性密封发泡材料，主要用于建筑门窗边缝、构件伸缩缝及孔洞处的填充、密封、粘结，应用于泉道，则是弥补岩石之间的缝隙，防止压力外泄。

"谁等十几年？"老宽有点急了。

"我。"

"可以，你冷赛（济南话，"真有意思"的意思，此处是反话）！"老宽竖起拇指，随即用这只手拍亮脑顶的灯，强光打在大鹰脸上，他拧过脖子闪避。老宽拎起背包，转身走了，没几步闪进一个岩溶洞穴，光束被截断，只能听见"咯噔咯噔"的脚步声。老宽走远了，大鹰才动身，一时不能全身心投入检查。

扪心自问，像他这样等待十几年的人到底有多少？他不知道。本地媒体不久前做过一次民意调查——不是正儿八经的统计，就是一些街访，准确地说，地铁访问，街上可摸不到这么多人——"非常期待"和"劳民伤财"都有人站队，但支持最多的一条是"有些高兴，但不至于喜出望外"。这至少说明，此次受访者对于泉水复涌的态度不是那么高涨。也难怪，受访者多是"雪一代"，他们对于泉水没有那么深刻的感情，也没有直接接触，只是从长辈的口中听说，就像"雪崩"之前，外省外市的小学生从课本里面得知趵突泉一样，顶多是一种向往，形不成依赖；殊不知，泉水曾与长辈息息相关。这种相关不仅仅是饮用和观赏，更无关旅游的创收，而是一种生活习惯。济南雅称"泉城"，枯了泉，可不成。如果济南是一篇文章，趵突泉就是中心思想，不管怎么落笔都要绕到这上面。

> 假若单单是有阳光，那也算不了出奇。请闭上眼睛想：一个老城，有山有水，全在天底下晒着阳光，暖和安适地睡着，只等春风来把它们唤醒，这是不是个理想的境界？
>
> ——老舍《济南的冬天》

地上的济南了无生机，地下的济南人满为患，尤其是贯穿市中心的 1 号线，高峰期错过几班车再正常不过。事实上，名正言顺的 1 号线位于济南西部，途经长清区、市中区和槐荫区，跟最繁华的历下区毫不沾边。这条线路早在 2019 年 4 月就正式运营，是一条高架与地下相间的线路，由于沿线站点位置都非常偏僻，被调侃为"一条郊区通往郊区的地铁"和"巧妙地避开了所有拥堵路段的线路"。

为了今晚的活动，小鱼出门前特地查阅济南地铁的相关资料，掌握一些历史原因。资料（"雪崩"之后，许多事情和事物都成为历史，只能在资料中永生，幸运的是，资料保存的形式和内容应有尽有）写明，济南西部地质条件相对较好，离泉水核心区较远。简单来说，就是为了保泉。济南曾因为七十二眼泉闻名遐迩，也因为七十二眼泉"投鼠忌器"，迟迟未能兴建地铁。一旦在市区修地铁，势必会破坏地下水位，泉水停涌的并发症紧随其后。保泉派和地铁派曾为此争论不休。小鱼着实不明白，城市发展难道抵不过那些陈旧酸腐的荣誉吗？不过一切都成为了历史，"雪崩"之后，活着比怎么活着更加迫在眉睫。没几年，济南城区就遍布四通八达的地铁，再也不会被其他省会嘲笑基建落后。济南规划地铁1号线那会儿，只剩银川、西宁、拉萨、海口四个省会还没有开始建设地铁。杭州、南京笑话也就忍了，连石家庄都来揶揄；石家庄有啥啊，不就是有几条铁路吗，既缺少自然景观，又没有文化底蕴，有趵突泉吗？有千佛山吗？有大明湖吗？

人们将领秀城通往动物园这条"雪崩"之后最先修通的线路称为"新1号线"。这个名称得到官方认可，一方面，不管从哪方面考量，这都是济南最核心的一条线路；另一方面寓意灾后的重建和崛起，坚强而乐观的济南人民迎来新生。十几年叫下来，"新1号线"也就不新了，最初的1号线成为默认的"郊区线路"。只有济南土著才熟悉这些常识，外地人常常搞错，就像初次听到经四纬一和经七纬二，还以为在下象棋。这也是一种济南特色，用经纬来命名路和街，不像其他城市，清一色的中山路、裕华路、和平路，红旗大街、友谊大街、建设大街。资料里面提到，济南的经路是东西走向、纬路是南北走向，跟地理概念的经纬线的方向相反。济南的经纬路跟经纬线也没关系，跟商埠一脉相承。清政府设计商埠后，济南经济开始蓬勃发展，特别是纺织业非常发达，古时织物里有"长者为经、短者为纬"的说法，所以清政府就将商埠区域内东西方向的道路以"经"命名，从北铁路为限的"经一路"向南依次排列；南北方向的道路以"纬"命名，从东十王殿的"纬一路"依次向西排列，正好经纬路垂直相交。资料里还写了，最开始叫"马路"，也不是"经路"。现在的经一路称为大马路，依次排开称为二马路、三马路。小鱼便觉得无聊了，不愿深入了解。关键是，知道这些有什么用呢？就像父母给小孩取名，思前想后，求卜问卦，自己觉得诚意十足，别人听来还不就是那么回事，谁会去深究，听你解释呢？倒是有人问过小鱼，为什么叫这个名字。她也不知道具体原因，可能返璞归真吧。

地铁站内暖和，但不至于热，城市建设者们对于能量的使用非常苛刻，谁知道这场雪什么时候停呢？以前大手大脚惯了，现在必须节衣缩食，能关闭的场所都关闭，能停止的活动都停止。"东荷西柳"（"东荷西柳"即济南奥体中心：六万人体育场在西边，呈"柳叶"造型；体育馆、网球中心、游泳中心在东边，呈"荷花"造型，分别取自济南市树和市花）也凋谢了，开发成蔬菜大棚。这些代表性的建筑曾与济南的古韵遥相辉映，如今沦为菜园子，是一种妥协，也是一种决心。活着才能创造奇迹，没有这个前提，一切都是纸上谈兵。

小鱼终于挤上第三趟列车，幸运的是，经过两站地乘客更迭，她寻到一个空座。今天是周末，没有所谓的下班晚高峰，车厢内的乘客却不见少。往常这个点搭乘地铁，人们脸上都显露出疲惫，今天不同，许多人都兴高采烈，像去赴一场盛大的宴会，年纪越大，兴奋的劲头越是铆得丰满。离她不远就站着一个老人，看上去就跟初次相亲似的，放光的眼睛之中还夹带些许羞赧。小鱼想给她让座，无奈被人群隔断。两个人必须互换位置才能成全美德，就跟置换反应一样，一个进去，一个出来，旁边再没有多余的空间。跟她差不多大的年轻人还是漠然为主，要么闭着眼睛假寐，要么干脆戴上"Vision"，沉潜到虚拟游戏中放飞自我。"雪崩"之前的资料里有不少讽刺这个题材的作品、图片或者绘画、小品以及短剧，那时候的人们乘坐地铁不能离开手机，放眼望去，男女老少，没有一个例外，手机成了手的外延，身体的一部分。时代在进步，进步的主要是科技，人们的行为总是滑行在舒适的惯性之中。

"济大东校区站到了，下车的朋友请提前换到门口位置，从右侧门下车。"

小鱼打了一个哈欠，眼角余光扫到一团黑物，定睛观看却是一条黑色拉布拉多，它艰难地钻入车厢，后面跟着一位戴着"Vision"的女孩。女孩打扮时尚而且凉爽，上半身还算保暖，披了一件印有时下潮牌商标的针织开衫，下半身只是用一条堪堪过膝的毛呢短裙包裹，足蹬一双棕色翻毛雪地靴，露出半截小腿。女孩居住的小区一定建了直通地铁的栈道，类似飞机的登机廊桥，将她温暖舒适的家跟地铁无缝连接，否则在地面上待两分钟，保准她两根纤细的腿冻成冰棍。飞机、廊桥，又是只能在资料里相遇的词汇，"雪崩"之后，飞机基本告别天空，不仅仅是能见度的问题，气温、风向、风力等等都不宜飞行。通往大洋彼岸的时间在短暂缩短之后被无限拉长。女孩的淡蓝色头发是干的，没有纠结的迹象，可以佐证小鱼前面的猜测。女孩上车之后跟旁边坐着的中年男子交流了几句，开始听不清，后来双方猛地提高音调，能够判断两人之间爆发了一场争执。

这再正常不过，现在的人们都有些心浮气躁，早起还好，到了下午，积蓄多时的怨怒就会徘徊在临界点，稍微一个不注意就能引爆。她专门做过一篇家长体罚子女的报道，统计显示傍晚是一天当中最容易动怒的时刻。争吵的内容也缺乏新意，女孩上车就让旁边的男人让座，男人不允，大意是女孩既不是孕妇也没有残疾，凭什么让座。女孩说男人就应该为女人让座，这是一种默认而通用的社会法则。男人却搬出女人们惯用的男女平等，据理力争。女孩急了，指责男人不尊重女性。男人反诘，女孩自始至终戴着"Vision"讲话，不尊重人。又说，女孩往车上带狗，给原本就不富裕的公共空间添堵。女孩突然哭了，眼泪从目镜下面缓缓淌出，惹人心疼。男人的反应让这件事情变得微妙，他竟然也跟着哭了。这下，一篇报道捏合成型。小鱼掏出手机拍了几张照片（她的举动没有引起注意，周围拍照录像的乘客大有人在），现在，她掌握了这则新闻的生杀大权，她可以把女孩写成女权主义，也能把男人写成社会渣滓，全凭她的心情。

这为她本来不情愿的出行带来一丝慰藉，一举两得总是让人觉得物有所值。

> 泉池是差不多见方的，三个泉口偏西，北边便是条小溪，流向西门去。看那三个大泉，一年四季，昼夜不停，老那么翻滚。
>
> ——老舍《趵突泉》

老宽的话在理，弄得他心里痒痒的，但痒了，挠一挠就行，没必要治疗。一个人的心很大，可以熙来攘往很多人，一个人的心很小，只能安营扎寨一段情。若要引进其他故事，必须将之前的内存腾空，就像化学上讲的置换反应。大鹰化学不好，担心置换不成功，反而来一个分解或者化合反应，弄得双方不欢而散，索性单身。也挺好的。

结婚以后，"雪崩"之前，大鹰常常为踢球的事跟妻子闹矛盾，也不是闹矛盾，毕竟踢球又不是抽烟喝酒，既不铺张浪费，还能锻炼身体，妻子也支持他，只是大鹰把足球标榜得过于离谱，那种真挚而强烈的感情，让妻子吃醋。等到夏天，中超比赛开打，鲁能每个主场大鹰都要到场助威，不是坐在看台上闲云野鹤，而是全程唱跳，一场比赛下来，比运动员流的汗都多，嗓子不喊哑了，还会遭到领队责骂，质疑你出工不出力，质疑你不是忠诚的鲁蜜。鲁能现役球员就是他的超级巨星们，他了解每个人的身高体重和技术特点，最喜欢刘彬彬和三哥。刘彬彬是鲁能青训出品的典范，又有速度又有脚下（刘彬彬之前，他最喜欢王永珀，号称中国小胖【三哥，指鲁能俱乐部中场球员蒿俊闵；鲁尼外号小胖，中国小胖即是中国鲁尼】），三哥更不用说了，说是国内中场翘楚不过分吧。大鹰甚至还动过把女儿送到鲁能足球学校的念头，如果没有这场意外。

逢鲁能周六比赛，大鹰就跟朋友周日踢球，反之亦然。单身的时候，他的周末都扔在球场。结婚之后也猖狂过一段时间，后来妻子拟了明文规定，每周只能出去活动一次，大鹰就改变策略，下午三点到五点踢球，完事正好看球。女儿出生之后，大鹰收敛了一个多月；一个月不碰球，感觉浑身都锈住了。大鹰平时抠门，但舍得花钱买足球装备（球衣、球袜、护腿板、各种型号的球鞋一应俱全）和鲁能比赛的年票。足球对大鹰谈不上信仰，但绝对是一个精神支柱，一想到周末能在球场上攻城掠寨，大鹰就觉得幸福。这种幸福与生俱来，就好像他对泉水的感情一样。如今，大雪封天，足球联赛早就停办，整个济南市也只有三四家室内体育馆开放着五人制足球场，收费之高让人咋舌。大鹰没有这个闲钱，也没有这份心思再去踢球。如今看到足球，大鹰首先联想到妻子皱起的眼眉。他之前对足球爱得多深，现在就有多痛。

大鹰之前想不明白，妻子怎么就不理解自己呢？不就是踢个足球，一周一次，又不过分，为什么总是有意无意施压和打压？妻子不在这十几年，他才缓慢了解，爱是无私的，爱也是自私的，她只不过想让大鹰多陪陪自己。在一起的真谛不就是在一起吗？住在一起，吃在一起，睡在一起，活在一起。在一起本身就是感情修行。

在一起触手可得，在一起遥不可及。

不能多想，往事就跟漩涡一样，一旦跳进去，打着旋儿就给抽到水底，半晌才能凫上来缓口气。他浮出水面，一身湿漉漉的回忆。地下泉道装有照明灯，但是瓦力有限，只是起到提醒的作用，真正照明还是需要安全帽上面的强光灯。大鹰把灯光笔直向前铺出，仔细检查。泉道之内静得出奇，脚步声又因回声作用被放大，他能清晰捕捉到鞋底跟地面的咬合跟厮杀，以及地铁呼啸而过的声音。

头顶就是"新1号线"的大明湖站。大明湖这三个字又把刚上岸的大鹰拉回水中。

妻子是河北邯郸人，大鹰还记得跟她第一次约会在大明湖，两个人乘船到湖心，大鹰跟妻子表白，说的都是偶像剧里的话，什么不答应就跳下去，作势站在船边。妻子忙说答应。事后妻子跟大鹰说，他沾了名字的光，她当时还没想好要不要跟大鹰交往，事发突然，妻子喊的是他的名字，而不是同意。后来在一起了，想的也是先试试，不行就散，没想到一路摸爬滚打，还在同一条船上；闹过几次分手，但都有惊无险。

表白结束，大鹰掌心全是汗，当初考驾照科目三都没这么紧张，大鹰心里美得不行。两人划到岸边，大鹰先跳上来，再扶妻子，中午就在明湖楼狠狠破费一顿，点的都是招牌，一条糖醋鲤鱼，一例奶汤蒲菜，一盘水晶藕。

"奶汤蒲菜多吃点，别的地方和别的时候都吃不到。蒲菜从大明湖采摘，每年春天才有，过季就不鲜了。"这话不假，两个人就在明湖楼铺张了一次，以后约会，每逢饭点都被大鹰安排在超意兴，两碗米饭，两块把子肉就交代了。大鹰总是给自己定标准，没在一起之前，在明湖楼消费物有所值，开始处对象了，再去明湖楼就是浪费。超意兴多好啊，用餐方便，物美价廉。妻子经常拿这事唠叨他，说他看起来老实，心里头猫腻着许多弯弯道道。大鹰就计划碰一个纪念日或者节假日把女儿交给父母，再带妻子去明湖楼奢侈一把。几次蓄谋已久，最后不了了之；想象是一回事，付诸行动则是另一回事。最后好不容易给自己定了一个死线，"雪崩"却不请自来，并且带走妻子，计划胎死腹中，再无重见天日的可能。明湖楼还在营业，但"雪崩"之后的大明湖早已被冻得结结实实，改成溜冰场，这成为"雪崩"之后，为数不多的户外娱乐，深得民心。

湖水中再无法孕育蒲菜。

济南也没有春天了。

地面上的世界银装素裹，地面下才能寻觅一丝生机。泉道曲折缠绕，不辨东西，大鹰就像迷宫中的白鼠一样兜兜转转。若是没有经验和指引，进去之后断无走出的可能。大鹰参与了济南地下泉道铺设工程，他熟悉所有的线条和转弯胜过自己的掌纹。每次进入泉道，他都有一种游子归乡的舒坦。

大鹰检查完自己的线路，从就近的西渴马村机井口爬出。为了便于检查，泉道内设一些竖井，类似直梯，跟就近地铁站互通，不过只对检修人员开放。大鹰没有去占那个便宜，多走了几里路，从机井口出来。机井口经过扩建改造，打磨成一个直径约十米的圆柱体，每隔两米建有一层隔离平台，井壁内侧附着许多气口，届时顶层的隔离平台锁死，这些气口就会鼓出强劲的风，为机井加压。来到地面之上，大鹰冒着风雪折回刚才多走的路程。几里路，在泉道之中十来分钟就能走完，地面之上磨蹭了半个多小时。大鹰走到地铁站，边下楼梯边扑拉（济南话，"用手拍打"的意思）身上的落雪。今天周末，又是傍晚时分，坐车的人不多，大鹰上去就捡到一个空位。他坐下来，掏出手机，把检查报告发送到公司内网。他以为老宽那边肯定还没结束，却发现两个小时之前，老宽就已经提交。

他觉得下午的表现有些不近人情，老宽的初衷毕竟是为他着想，他不领情就算了，还掰了老宽几句。想给老宽留言，道歉的话又说不出来，反复斟酌了几行字，最后一一删除，准备放下手机，却收到老宽的信息：今天放过你了。明天啊，明天下了班，公司楼下超意兴，我备酒你请客。

> 最妙的是下点小雪呀。看吧，山上的矮松越发的青黑，树尖上顶着一髻儿白花，好像日本看护妇。山尖全白了，给蓝天镶上一道银边。山坡上，有的地方雪厚点，有的地方草色还露着，这样，一道儿白，一道儿暗黄，给山们穿上一件带水纹的花衣；看着看着，这件花衣好像被风儿吹动，叫你希望看见一点更美的山的肌肤。等到快日落的时候，微黄的阳光斜射在山腰上，那点薄雪好像忽然害了羞，微微露出点粉色。就是下小雪吧，济南是受不住大雪的，那些小山太秀气！
>
> ——老舍《济南的冬天》

　　小鱼后悔出门前没有把那半个面包吃掉，噼里啪啦用无线键盘打完新闻稿，肚子就开始咕咕直叫。她现在只能寄希望于晚上的赏泉不要太久，结束之后，能在趵突泉旁边的超意兴饱餐一顿。想起来，似乎很久都没去超意兴了。

　　以前上学那会儿，爸爸交了班总是先去学校接她，父女俩一起去超意兴。其乐融融的就餐环境和美味可口的把子肉让她对父亲的抱怨暂时告退。别的同学家长不等放学就早早擎着伞在学校门口等候，只有父亲每次都晚十几分钟，半个小时，每当这个时候，她都会无比怀念妈妈。一个孩子对母爱的饥渴让她过早成熟了，同龄人还在想方设法撒娇，她已经习惯通过阅读打发无聊，就是那些书籍把她推到记者的岗位。

　　啊，把子肉，想得嘴角都化出了涎水，她瘪了瘪嘴，吞咽一口唾沫。为分散注意力，小鱼把目光放逐到车厢，那位老人精神矍铄，反衬着一旁的年轻人脸色苍白；女孩仍然戴着"Vision"蹲在地上哭，狗不断用脑袋蹭她的胳膊，仿佛安抚；中年男人也在哭，声音之响亮，比女孩有过之而无不及。人们已经跟她一样从围观者的身份恢复成了陌路人，不再为他们的争吵和眼泪奉献关注。

　　视线转了一圈，思绪还是回到从前，可能是马上就要跟父亲相聚——算起来，距离上次不欢而散，他们已经两个多月都没有见面，见了面说些什么呢，要不要先道个歉？道歉说什么呢？总不能说对不起吧，这不是自尊心作祟的问题，问题是她根本不觉得自己做错。她脑子里都是与父亲相关的记忆，记忆中的父亲除了迟到，其他方面堪称模范。随着年龄增长，小鱼逐渐明白父亲为她牺牲很多，包括不再婚娶。他担心她无法管一个素未谋面的女人叫妈妈，这多伤她的心啊，想想都疼。其实，"雪崩"之后，许多支离破碎的家庭抱团取暖，一位失去妻子的丈夫，一位失去丈夫的妻子，他们为了更好地活下去，组建成新的家庭。小鱼做过一系列跟踪报道，这样的组合过得都还不错，可能是体验过失去挚爱的伤痛，便学会了温柔相待。

记忆中的父亲总是微微笑着，做什么都很带劲，生龙活虎的，像毛头小子，不像她那样因为思念在"雪崩"之中逝去的母亲日常愁眉不展，就好像，他已经把母亲忘记，这真让她难堪。她还记得高考结束，父亲终于跟其他家长站在一起，一边用力挥舞着大手，一边在人群中大声呼喊她的名字。

"走，我带你吃顿好的。"父亲拉着她的手说。小鱼以为又是超意兴，所谓好的不过是多加两块把子肉。没想到父亲带她来到大明湖。小鱼没有见过水波荡漾的大明湖，也不知道夏雨荷的传说，大明湖三个字进入她的脑袋，折射出的第一印象就是溜冰场。她不知道溜冰场能有什么好吃的。

"呶，到了。这是全济南最有排场的饭店，整座大明湖都是她的食客。"父亲还是跟往常一样活力十足，"我今天请了半天假，就为你一出门就能看到我。"

"是啊，"父亲拿这件事邀功，小鱼却不以为然，"你再不来我就毕业了。"

"毕业了，好好庆祝一回。"父亲毫不介意，还在为小鱼描绘着丰盛的午餐。松鼠鱼一定要尝一尝，再来一盆奶汤蒲菜，可惜现在蒲菜没有野生的了，都是鱼缸栽培，炸藕合也不错，还有烤鸭。小鱼终于被他的形容吊起了胃口，两个人从大明湖地铁站出来，走到明湖楼，却被告知，用餐名额已满。即使立刻预订，也只能约到下个星期。父亲跟服务员软磨硬泡，对方毫不松口，后来又想着高价买取他人的号码，但没人愿意转让。父亲不信邪，就拉着小鱼在门口等位，可偏偏又遇上停电。"雪崩"之后，电力供应本来就吃紧，不时还有线路被大雪压塌，停电几乎成了家常便饭。父亲竟然慌了，那么大一个人，像孩子一样紧张，仿佛打碎了暖水壶，害怕父母责备。最后还是小鱼提议，其实超意兴挺好的。两个人只好转战超意兴。那是小鱼第一次在父亲晴朗了几年的脸上看到阴云。

"你知道这家快餐连锁为什么叫超意兴吗？"父亲在饭桌上云破日出，不等小鱼配合，兀自说道，"咱老济南最初有家快餐连锁店叫意兴，非常火爆，这家店就想着超过意兴。没想到，意兴阑珊了，超意兴却越做越大。"

小鱼不知道这段掌故，一直以为超意兴的名字是理所当然的存在，就像超市或者超级英雄，突然蹦出一个意兴，有些猝不及防。

"涨知识了吧，"父亲吃了一口把子肉说道，"以前体育馆门口有一个推着小车卖把子肉的，那味道，啧啧，百转千回啊。不是'东荷西柳'，是省体育中心，以前鲁能的主场。那时候可盼着看完比赛，在门口吃上一块把子肉了。可惜，都没了。"

"这不算知识，也没什么可惜。"

"怎么不算呢？现在不算，等到几十年，几百年之后就是了。"

"没人会记住这些零碎的细节，根本没有被记忆的价值。"

"这些都是济南的标签啊，就像千佛山、大明湖、趵突泉。"

"趵突泉早就没有泉涌了，市政部门每年还要花费许多人力物力，保护泉水不上冻，有这些闲钱，多建几座大棚不好吗？"提到趵突泉，小鱼就像条件反射一样生气，"别说什么历史价值了，未来都快没有了，要历史还有什么用？"

"你怎么能这么说趵突泉呢？"父亲不像小鱼那样高声，而是压着嗓子，仿佛自语。

"你怎么能这么说趵突泉呢？"记忆中的声音突然在现实中响起，小鱼一时有些恍惚，深吸几口气，捶了捶脑壳，才意识到自己正坐着1号线，向趵突泉进发。说这话的正是那位老人，而她指责的对象则是一旁的年轻人。他们在讨论趵突泉试喷的事情。这个话题经过几天发酵，已经登上全国的热搜。对于年轻人来说，就是一个热搜而已，不就是喷泉吗？有什么可看的，人造的室内喷泉比这好看多了，五颜六色，还有音乐，人工智能高级算法什么的，能喷出各种图案。老人听到他们的不屑，进行制止和教育："趵突泉可是济南的魂啊。你们难道不是去看趵突泉的吗？"

"大冷天的，谁去？"

"就是，"同伴附和，"要我说，这就是浪费公共资源。"

"你们回去问问父母，看看他们也这么说吗？"

"我不去，也不问，挺无聊的。肯定没什么人会去。"

"我，"老人语气坚定，"我会去！"

"我也是来看趵突泉的，"女孩站起来，摘下"Vision"，她有一双漂亮的眼睛，却失了聚焦，"但是我看不见了。"

"我也是，"中年男人说，"我辞了工作，从外地赶回来，坐了两天两夜火车，今早又坐错1号线，生怕赶不上。姑娘，对不起，我真的太累了，心也乱。而且，我不知道你的眼睛……"他说着站起来，把姑娘往座位上让。

"是我不对。我跟家里人怄气，偷偷跑出来看泉，心情不好，找您撒气了，"姑娘说，"我从小跟着姥姥姥爷长大，姥爷总是给我读老舍先生的《趵突泉》。他们两位都不在了，我就想替他们'看'一眼，结果爸妈不准我出门，怕人多，有什么闪失。看不见，听一听泉水也好。"

"你还能听见啊。"老人说着拿出一张照片，是那种老相机冲洗的胶卷照片，可见年份久远，上面是两个年轻男女，穿着古董一般的旧式服装，略带紧张地依偎在一起，他们身前正是正在喷涌的趵突泉。

"这是您？"中年男人问道。

"旁边是我老伴，'雪崩'时走了。"

就在这时，列车遭遇毫无征兆的猛烈撞击，整个车厢好像被一只大手甩了出去，小鱼身不由己地向前扑倒，本来就拥挤的人群更是乱作一团。原本安静的车厢突然人声鼎沸，到处都是呼号，没有组织语言，都是语气助词，仿佛一家人正在用餐，闯入一只人立的黑熊。车厢里面爆发出一阵又一阵惊慌的嘈杂声，像是不断掀起的浪潮，把人们扑打在地上。年轻的人们都没有经验，最先乱了阵脚，年长之人大声呼喊，让他们抓紧扶手，不要跑动。他们经历过"雪崩"的考验，有些人甚至经历过"7·18特大暴雨"的洗礼，在突如其来的灾难面前，虽谈不上镇定自若，起码心里有数，人不都是被这么摔打着才能成长吗？人们纷纷掏出手机，打开闪光灯，慢慢平稳下来。撞击来得快，去得也迅疾，车厢内照明系统被破坏，小鱼只听见嘹亮且尖锐的制动声音。地铁迫停了。

不管发生什么，这都是一个大新闻。

> 冬天更好，泉上起了一片热气，白而轻软在深绿的长的水藻上飘荡着，不由你不想起一种似乎神秘的境界。
>
> ——老舍《趵突泉》

泉道串联了济南地下大量的岩溶洞穴、落水洞和岩溶裂隙，这些天然形成的洞穴与暗河为地表水、雨季洪水的渗透，岩溶水的赋存、运移、排泄创造了条件；正是这些委身在地下的沟壑成就了济南泉城的美名。地铁的建设不可避免地破坏这些通道，同时造成地下水位下降，济南城内数百只泉眼都停止泉涌。多少年了，济南市主城区修建地铁的提议一直没有成行，"雪崩"之后，顾及不了许多，每天都在下雪，没有地铁，人们寸步难行。推土机不停地做功也只能治标不治本。大鹰参与了地铁的修建，这本来就是一份工作，可他总觉得对泉水有愧，好像是他掘断了泉脉。所以，当泉道工程开始招募，他踊跃报名，成为一名泉道工。

泉道就是在地铁之下布一条四通八达的管路，将城区一百多孔泉眼并联起来，简单说，就跟下水道一样，泉眼就是一个个窨井，另有老君井、涝坡庄机井、白土岗机井和西渴马村机井四口机井，机井的作用是补水和加压；除此之外，还增设了许多竖井，便于检查和维修。泉道利用再简单不过的中学物理知识点——连通器原理，注水之后，泉道中的水面基本持平（考虑到部分管道水压不同，水位很难维持绝对的等高），关闭竖井，通过四个机井口增压，只要压强足够大，就能造成泉涌。

说起来简单，真正施工却不容易，这并不是像挖下水道一样，只需要按照图纸上的线路挖开一条土坑，修建泉道首先要探明地下泉水的流向，施工过程中还要避开岩溶洞穴和裂缝。济南市有趵突泉、黑虎泉、珍珠泉和五龙潭四大泉群，通过向机井投放示踪物，搞清地下泉群的水源补给通道，之后的任务就是将这个已经干涸的天然通道开拓成人工泉道。

经过两年多攻坚，泉道终于修通，并决定月底在趵突泉进行首次试喷。大鹰特想去现场观摩，但是不行，他必须在岗位待命，一旦有意外发生，他必须第一时间下井。这种感觉就像女儿要出嫁，他却不能到婚礼现场，虽然遗憾，但更多是祝福。

"能有什么意外？"老宽说，他终于把大鹰拉到他家，两个人就着卤煮对饮，"我们已经检查那么多遍，上个周末又加班视察一次。不会有意外的，冷稳。"

"你说我怎么就修不来你这种没心没肺的脾气。"

"要我说，你就是太难捱（济南话，"执着"的意思）了，咱们俩在一起出工两年多，我从没见过你迟到早退。说好听点，这叫敬业，坦白来讲，就是缺魂。我们不过是一颗小钉子，缺了我们，照样能打出整套家具。"

"你从哪儿淘来这种驴唇不对马嘴的民谚？"

"这是老话。你不是爱讲究什么传承吗，传承这些啊。这才是文化，底蕴。"

老宽在暗指泉道，他从来没把这个当成多么神圣的事业，就是一份工作。不是所有人都像大鹰那样，对泉水有着深厚的依赖，且不说那些"雪一代"，大把大把同龄人，甚至更年长者，也不觉得心疼。泉水没了就没了，碍不着吃，碍不着穿，看一眼能怎样呢？精神就饱满了？灵魂就升华了？他们还觉得不要再在这些不吃大劲（济南话，"不重要"的意思）的事情上浪费能源，谁知道这场大雪什么时候才能停呢？或者，会不会停呢？大鹰从不跟他们争执，这本身也不是一个道理，而是一种感情，你要怎么说清一种感情呢？他只知道泉水停涌之后，总觉得心里少点什么，空落落的，灰扑扑的，不充实，不明朗。

酒过半巡，老宽媳妇推门进来，手里还拉着一个跟她差不多年纪的妇女。妇女打量了大鹰一眼，轻轻颔首。老宽媳妇就把她安排在大鹰对面坐下。"我跟老宽出去办点事，你们俩'灾后重建'一下。"大鹰才明白，原来老宽给他安排了一场相亲。"别担心，我们俩一时半会儿回不来。"

"赶紧拔腚（济南话，"滚"的意思，亲朋好友间的戏语）吧。"大鹰笑骂一句。

女人属马，比他大一岁，"雪崩"之前是小学老师，"雪崩"之后辞职去了一家服装加工厂，大鹰问她原因，她解释自己以前是班主任，一个班五十三名学生，走了大半，她站在讲台上，看着空出来的座位，总觉得那里还坐着她的学生，好几次点名让人回答问题，都是同学提醒她，老师，××已经不在了。班上曾有两个重名的女孩，其中一个没了，一个还在，她总是把活着的女孩错认为死去的学生，精神感到极度崩溃。

"你听一听，'不在了'，世上没有比这更伤人的话。"女老师说着掉了泪。大鹰连忙从茶几上抄起抽纸，扯了两张递到女老师手中。不经意间，两只手碰触了。都是四十开外的男女，谁不清楚谁的结构呢？可是就这一次指尖的相遇，让他们都涨红了脸。女老师突然又握住大鹰的手，用力而温情地紧紧攥住："你的情况，宽嫂都跟我说过，我不看条件，就看人。我觉得你人不错。你如果不嫌弃，我们搭个帮吧。我身体好，还能生。等我们有了一儿半女，日子就过得踏实了。"

"千万别这么说，"大鹰抽出手，"我散漫惯了，一时没有准备。"

"准备啥呢？咱们又不走形式化的仪式，搬到一块就是一家人。"

"心理上没有准备。"

"我能明白，不是心理上没有准备，而是心中没有位置，你还惦念着亡人，这是痴心。有痴心的人，活得都累。我不是急着推销自己，只是十几年来不敢起夜，醒了也假眜着，不怕你笑话，有了便意也憋着，我害怕起来之后看见那一床的空空荡荡。我男人睡觉打呼，我听着鼾声就觉得踏实。现在房间里安静得能听见雪落的声音，我就心慌。"

大鹰抓住了女老师的手："趵突泉马上就要试喷了，到时候请你来看。"

"这算是约会吗？"

"不算，"大鹰嘿嘿笑了，"试喷的时候，我得在井下值岗。看完之后，我请你去明湖楼，这是约会。"

"那你得提前排号。"女老师说。

"放心吧，我有经验。"

这些天，大鹰自己也说不清楚，有事没事嘴上抿着一抹笑，老宽看见了，笑话他，之前铁了心孤独终老的是他，跟女老师见了一面就背信弃义的也是他。大鹰当然知道这是玩笑，远谈不上背信弃义，这又不是搞婚外恋或者偷情，他可以大大方方地跟女老师谈一场恋爱。他知道妻子一定会原谅自己，那句话怎么说来着，如果她泉下有知，也会为他撺掇一门亲事。泉下有知的泉是黄泉，大鹰也能联想到趵突泉。那天他们在大明湖吃了饭，就来到趵突泉游玩。那时候趵突泉还活泼着，那时候济南还没有进入冬天。大鹰唯一的心坎就是女儿。他不知怎么跟女儿解释。女儿还那么小，怎么解释她才能体会大鹰这十几年背着的愧疚与孤单呢？大鹰叹口气，又有些犹豫，想着试喷那天跟女老师说声抱歉，别耽误了她的感情和时间，又有些不甘。他矛盾起来，一会儿觉得自己面目可憎，之前口口声声说着忠贞，对亡妻和女儿的爱坚如磐石，现在又想着跟女老师处处，这不就等于从鲁能的球迷背叛成国安的粉丝吗？这两支队伍可是多少年的死敌。国安的助威口号是"国安，国安，北京国安"。每次作客山东，鲁能球迷就喊"龟安，龟安，北京龟安"。

更有甚者，有球迷用鲁能的围巾遛着毛绒玩具龟讥损国安。你让他扒下橙色战袍，披上绿色，这不是打自己的脸吗——一会儿又觉得委屈，委屈不是说对亡妻的爱尸位素餐，让他失去亲近其他女人的权利，而是他在女老师倾诉的一瞬间与她形成某种通感，继而同盟，他们都被孤单折磨怕了。人毕竟是群居动物，灾难时期，抱团取暖近乎本能。两个想法两种立场，针锋相对你来我往。他意识到，迈过这道坎，未来的人生将会大不同，天寒地冻的日子里，也有了一星暖意。

明天试喷，一切都等这件大事结束再说。这绝对是他人生当中的一件大事，他还记得当年趵突泉停涌之后偷偷躲在被窝里抹了眼泪，如今枯竭十几年再度复喷，再也没有比这更值得庆祝的大事。那些他人生当中经历过的大事，香港回归、澳门回归、北京奥运，是让他觉得自己跟祖国同呼吸、共命运，也足够盛大和华彩，但跟他总归有一段距离，不像趵突泉这么亲近，与他的生活息息相关。他遗憾不能站在人群中，跟他们一起感受这个激动人心的时刻，但他同时也感到无比骄傲，他站在地下提供保证，跟泉水缔结为一体。

晚上，他梦见妻子和女儿，半夜醒来，眼眶湿了。

替我们看一眼趵突泉吧，替我们度过余生吧。

各就位。

大鹰跟一众同事背着发泡胶背包和氧气瓶，穿着潜水衣下了竖井，以防万一。老宽也下了竖井，跟大鹰通信，依然在拿女老师跟他打趣，说老师亲手给他做了一件衣服，等一会儿试喷结束，送给他一个惊喜。大鹰连忙喊他不要剧透，都说了还有什么惊喜。老宽意味深长地说："说不定还有其他惊喜呢？"

"别说这些了，"大鹰说，"上次泉道检查没出问题吧，你比我还快两个小时。不知道为什么，我心里总是慌。"

"你心不在焉，干起活来当然落后。你就是硌磨，我敢保证，没有任何问题。"

"你都转了吗？"

"转了。"

"确定？"

"确定。"

大鹰并不确定，还想再凿实一点，信息台那边切入一条群通知："所有泉道工注意，所有泉道工注意，因为电力故障，造成'新1号'线信号输入/输出事故，导致下行区间1999号车和2006号车即将相撞，相撞地接近302号竖井，请距离最近的泉道工立即赶到现场，将发泡胶全部喷出，可以起到缓冲作用。"

"收到。"大鹰就在302号竖井值岗。

　　古老的济南，城里那么狭窄，城外又那么宽敞，山坡上卧着些小村庄，小村庄的房顶上卧着点雪，对，这是张小水墨画，也许是唐代的名手画的吧。

　　　　　　　　　　　　　　　　　——老舍《济南的冬天》

这是一个大新闻。

停电，撞击，可以想见一定是大雪造成的破坏。黑暗之中，小鱼掏出手机，打开手电筒，又用摄像头记录。车厢成了黑暗的宇宙背景，每一个闪光灯就是一颗星。她在现场，将得到第一手资料，这才是千载难逢的机会，回去随便写一写都能成为头条、热搜，她的事业将会从此蒸蒸日上。

应急照明灯亮起，为她的记录提供了良好的光线，小小的手机屏幕中，人们已经随着撞击结束，逐渐淡定下来，但谁也不知道撞击是否还会再次降临，她看见有人在扒地铁门，想要逃出去，有人因为惯性摔在地上，生死未卜；她看见中年男子紧紧抱住盲人女孩，把她安置在长椅上，脱了衣服，垫在她的脑后，那只拉布拉多犬不住地用舌头舔舐女孩的脸；她看见老奶奶不顾一切在地上爬行，在众人脚下寻找那张合影。

"下面播报一起紧急广播，此次列车刚刚遭遇了一次撞击，但是危险已经解除，列车目前正在缓慢而平稳地运行，马上就会到达'趵突泉站'，请大家不要惊慌，有序排队下车。医护人员也已经集结到位。"

这则广播为乘客心中注入一针安定剂，人们很快自发地寻找周围伤员，进行包扎和急救。小鱼不算严格意义上的"雪一代"，"雪崩"之际她已经四岁，是妈妈用身体保护了她的身体，用生命兑换了她的生命，"雪崩"在她看来只是一个遥远的代号和漫天飞雪，就像"7·18"也只是一个日期和倾盆大雨，这是她人生第一次亲身经历公共灾难。她看着刚才还漠然的人群，被灾难紧紧团结在一起，不禁自责。她可以站在这里，录制一条独家新闻，但她更愿意跟他们站在一起。她放下手机，加入人群。什么新闻也不重要了，记者的身份暂时隐退到一位公民的身后。还好撞击并不严重，伤亡多来自乘客之间的拥挤和踩踏。她突然想起父亲，想起初中那年毕业考试，父亲带她去明湖楼吃饭未果，转战超意兴。在父亲眼中，超意兴已经不仅仅是一块招牌，更像是一种生活方式，就跟趵突泉一样。这些平实朴素的物件因为长久陪伴而与人们产生难以割舍的感情。父亲只是一名普通的地铁职工，嘴笨，说不过她，也说不出什么大道理，但她此刻分明听出了父亲当年的中心思想：怀揣历史，才能拥抱未来。

她开始想要快点见到父亲，跟他一起去看看趵突泉。

> 济南有"四面荷花三面柳，一城山色半城湖"的美誉，固有72名泉闻名天下，而趵突泉是72名泉之首。
>
> ——老舍《趵突泉》

大鹰呼了一口气，感觉浑身的筋骨都在颤抖，扑簌簌落了一地。刚刚发生的一幕却好似隔了一个世纪，竟然有些恍惚和失真，又仿佛一场梦。他从竖井走特殊通道，来到站台，将背包内所有发泡胶射出，随即快速离开现场。信息台传来消息，因为他及时做出的补救措施，撞击得到有效缓冲，否则后果不堪设想。他没想过这辈子还有机会当一次英雄，回味起来只有后怕，他当时脑子一片空白，就像他刚刚学习踢球，面对守门员的单刀，他只需要轻轻推一个远角就能得分，却抡起大腿一脚踢飞，那一刻，他的脑子也是空白。人们都说足球是激情的运动，或者用速度生吃，或者用身体对抗，其实真正的行家都是用脑子踢球，越是冷静，把握机会的能力越强。这是大鹰多年踢球看球得到的感悟，不知道何时才能再一次奔跑在绿茵场上。

他回到工作岗位上，救险只能算是一个小插曲。

"嘿，大鹰，冷赛啊，"老宽跟他建立通讯，"至少二等功吧？"

"咱们又不是士兵，不兴论功行赏，我就是做了每一个济南市民都会做的事情。"

"别谦虚了，等过了明天，电视报纸网络一宣传，你就是拯救济南的超级英雄，女老师一定对你五体投地。"老宽越说越没影，但大鹰听了受用。时势造英雄，说得真对。战争是时势，灾难也是时势。若说英雄，他觉得泉道工，所有参与泉水重建工作的人们才是真正的英雄，是他们拯救了济南，这座美丽的泉城快要苏醒了。接下来就是等待。距离泉涌还有一刻钟，趵突泉景区一定人头攒动，就像以前那样吧。多好啊，"雪崩"之后，趵突泉一度关门停业，即使后来整顿开张，也是门可罗雀，再也不复当年游客摩肩接踵的盛况。虽然他看不到这一幕，但打心眼里高兴。大鹰这样想着，笑容又爬到了嘴角，笑得荣幸而踏实。

"老君井机井通道关闭，一切正常。"

"涝坡庄机井通道关闭，一切正常。"

"白土岗机井通道关闭，一切正常。"

"西渴马村机井通道关闭，一切正常。"

"所有竖井通道关闭，一切正常。"

"开始加压，一切正常。"

激动人心的时刻就要来了，作为参与者，这件事比刚才的英雄壮举更值得他骄傲。一切正常，这四个字成为他这辈子听过最美丽的措辞。他闭上眼睛，就像音乐家沉醉在音乐里，摇头晃脑，余音绕梁。警报就是在这时响起，惊醒了他的美梦。

测压结果显示，302 号机井附近的井壁出现一道裂缝，许是因为列车撞击。这本来不是什么大事，大鹰一分钟之内就能赶到现场，但是发泡胶刚才已经用完，只好调度其他机井的管道工赶来补缺。距离最近的机井就是老宽负责，他赶过来至少需要二十分钟，这样就会耽误泉涌。没人在意吧，即使一切正常，泉涌也可能延迟，甚至不涌，前来观看的人也都有这个觉悟，毕竟谁也不敢对迷宫般的泉道打包票，更何况还有刚才的事故垫底，没人会责怪他们。只是，大鹰心里过不去，他想着，如果他站在亭中，目不转睛地盯着水池，规定时间到了，结果水面毫无波澜，这该多么泄气，就算稍后泉涌，也失去了第一瞬间的兴奋。就像足球比赛引入VAR（即 Video Assistant Referee 的缩写，意为"视频助理裁判"）之后，球员进球都不能立刻庆祝，球迷也得候着，等 VAR 确认之后才能爆发出响彻云霄的呐喊，这一耽搁，让足球最具魅力的色彩蒙尘。鲁能吃过不少 VAR 的亏，有时候激情庆祝完，发现进球无效，那种失落比失恋还让人难受。他太明白这种情绪，人们十几年等的就是这一刻。

"我申请出井，下泉道。"大鹰汇报。

"胡闹，你还有发泡胶吗？"

"应该还有剩余。我下去看看裂缝，如果运气好，或许能

堵上。"

"好吧，注意安全。"

"收到。"大鹰立刻从机井出来，下到泉道里面，按照地图索引找到裂缝。缝隙大概长两米，宽三十厘米，刚好够一个人侧身而过。大鹰摘下背包用力晃动，对着裂缝喷射，发泡胶迅速膨胀，眼看大功告成，却突然"售罄"。如果大鹰没有下来也就算了，如果发泡胶早就用完也就算了，眼下就差拳头大小的一个孔洞，他不能就这么算了。他仿佛看见岸边上那一双双期待的眼睛，看见妻子和女儿，看见老宽也看见女老师。老宽说过，他们就是一颗螺丝钉，关键时刻，一颗螺丝钉也能发挥无可取代的作用。

"气压正在加大，立刻从泉道退出。"通信器传来指示。

大鹰摘下氧气瓶，塞进缺口，他看看手表，离约定的泉涌时间只剩下一分钟。他已经没有时间赶回机井，他决定留在这里，跟信息台汇报："一切正常。"

这就是冬天的济南。

——老舍《济南的冬天》

小鱼跟随众人一走出"趵突泉站"，就看见父亲站在出口向她招手。因为刚才的事故，地铁只能出不能入，父亲站立的位置已经是最靠近她的地方。父亲是一名地铁司机，他比在场所有人都明白刚才的事故意味着什么，他差点以为就要失去女儿。他紧紧抱住小鱼，冰凉的眼泪和雪花一起落进她的脖领。

"我差点以为你不在了。我差点以为你不在了……"父亲不住地重复这句话，不肯松手，好像担心一放开，她就会像风筝一样飞远。

"爸，我在这儿。"小鱼拍拍父亲的后肩，"我们去看趵突泉吧。"

他们挤在人群中。

小鱼看见列车上的中年人、女孩和奶奶，他们都屏住呼吸，望着平静的水面。上岁数的人居多，年轻人也不少。有几个满头银发的老人，在家人搀扶下站稳，有几对情侣，用力握着彼此的手，也有单蹦来的，一个中年妇女紧紧抱着一件男性上衣，她是带着死去的爱人一起来了吗？

所有人，此刻都有一个共同的名字：济南。

"爸爸，为什么叫我小鱼呢？"

"希望你像一条小鱼，爸爸妈妈就是供养你的泉水。"小鱼紧紧握住父亲的手。这么多年，她知道母亲是被"雪崩"夺走生命的，但她不记恨"雪崩"，这场灾难太巨大了，让她无法下口，她也不记恨父亲，她记恨自己，如果母亲不是为了保护她，一定能活下来，跟父亲一起，还能再生一个孩子。母亲死了，父亲比她更痛苦。没错，她失去了母亲，而他失去了妻子，但他们还拥有彼此。他是父亲啊，必须坚强地活着。父亲不断安慰她，用一种积极的方式感染她。

看啊，一个小小的气泡从水底升起，冒出水面。

又一个。

趵突泉活了，济南活了。

她完全陶醉在美丽的泉水上了，呆呆的望着泉水，忘了一切。

（摘自老舍散文《趵突泉》，原文为"我完全陶醉在美丽的泉水上了，呆呆的望着泉水，忘了一切"）

·思想实验室

1.在《济南的冬天》中，父女之间的矛盾因灾难而产生，也因灾难而和解。但你是否发现，大鹰的工作是泉道工，小鱼的父亲则是一名"地铁司机"，二人本无任何交集却在文中恍若父女一般。作者为什么会如此安排？说说你的想法。

2.《济南的冬天》聚焦的是中国城市未来发展，作品在获奖时得到的评价是："一部浸润着柔软的乡愁，也兼具了科幻硬核设定的佳作。"现如今，越来越多的本土科幻作品都在极力展现中国文化的内核，让作品打上中国特色的烙印，这样做的意义正如科幻作家刘慈欣所言："作为一个中国人、一个中国作家，写作总会带有民族烙印、带有大量中国元素。中国科幻的民族性，既源于古老的中华文化，又包含我们民族面向未来的种种可能性，这是一种面向未来的民族性。"读到本册《镜像中国》的最后，你对本书标题是否有了更加深入的理解？

蝴蝶效应

飞氘

漫漫历史长河中，有些事件本身就附带着改编成科幻影视的可能性。《蝴蝶效应》的最大亮点，就在于科幻创作与历史故事以及科幻电影的结合。作者飞氘将《蝴蝶效应》划分为上中下三个篇章，每个篇章当中又用不同的小故事进行排列组合，最终呈现出三十个各不相同又隐约相连的科幻故事。这样的安排，仿佛对应了老子所言的"三生万物"一般。故事中，孔子陷入梦境空间急求突破，汉武帝凭借黑色方碑化身星孩凝望遥远故乡，郑和不再下西洋，而去追寻在星际中的遥远时光。回忆最初，人类成了女娲造出的弗兰肯斯坦，拥有了生命的奇迹。曾经的京杭大运河，现在是连接寰宇的"通天渠"，打开泰山之巅的"苍穹之眼"，让盛世目睹"黄河之水天上来"的雄奇。还有大宋的一百零八位变种异士，大唐的一百万人顶天广厦，元大都的机器女神，英豪救世，一个蒸不烂、煮不熟、捶不匾、炒不爆、响珰珰的铜豌豆。

在阅读过程中，读者能够鲜明地感受到年轻的作者是如何用科幻的方式来致敬鲁迅先生《故事新编》的。飞氘在安排故事时不断地建立与《故事新编》之间的关联：《回到未来》中的鲁迅答谢过自己的子孙，说需要更加努力才可以和未来的人们比肩看齐；《异次元杀阵》中的周树人先生在无解的魔方世界里拼杀，自己去发出

"砰、砰、砰"的铁屋呐喊；全文结尾处，又是以鲁迅先生所写作的《眉间尺》发出救世者的呼喊，再次与前文中周树人的所作所为形成呼应。在飞氘的故事讲述中我们很容易就能发现《聪明人和傻子和奴才》《呐喊》《狂人日记》的印记。作者采用了《故事新编》式的讲述方式，并用《故事新编》来结束行文。而作者对于自己的评价，又早早地借鲁迅先生的笔写在开头：

"但这倒提醒了我年轻时做过的梦，那时我也译过科学小说，说过一些胡话，自己也想写，后来这梦也随着其余的一同忘却了。如今却想起来，就信手写下这些残章，算是答谢你们的好意罢！"

连接古今的传奇，畅想未来的神秘，书写幻想的瑰丽，这正是飞氘期待读者可以通过阅读抵达的彼岸。

· 正文

上篇　逍遥游

一　《盗梦空间》*Inception*

教育家孔仲尼半生碰壁，颠沛流离，决定登泰山而观天道。站在山巅，见天空碧如湖水，有阴阳二鱼嬉戏。触之，天塌地陷。

醒后，仲尼听见杀声阵阵，方记起自己是农民起义军领袖。原来，楚王用科学家公输般发明的造梦机，试图向他植入"仁爱才是拯救乱世的正道"这样的 idea，而梦中害他颠沛流离的小人们其实是他的潜意识。

识破奸计的孔将军露出轻蔑的笑容。

二　《终结者》*Terminator*

秦王暴虐，反政府武装领袖陈胜命人造终结者刺秦。

第一代终结者荆轲，因用盗版软件，突发程序故障，刺秦不中，被诛。

第二代终结者高渐离，因用山寨筑，击秦王而立折，被诛。

第三代终结者张良，因叛徒出卖，铁锤击中空车，被诛。

第四代终结者无名，因思想不过硬，被秦王说服，放弃任务，自毁。

……

见大势已去，陈胜孤注一掷，造第 N 代终结者孟姜女——就算不能杀死秦王，也要用超声波武器，将他毕生的丰功伟绩化为齑粉。

三 《2001 太空漫游》*2001: A Space Odyssey*

平定四方后，前所未有的辽阔疆域令刘彻感到惶惑。

当张骞派人送来消息，说在沙漠中发现了一块至纯至黑的方碑时，武帝仿佛听见了上天的召唤。术士们在方碑的启悟下，造了一只青铜色的巨龙。皇帝乘着它，向着星空深处飞去，对地上的繁华富贵不屑一顾。

在幽冥的世界里，他不再老去。穿越星门时，他看见了过去和未来。在时光之海中领悟了真相后，他变成一个星孩，深沉地盯着那尘埃一样的故乡。

只有张衡曾在观星的夜晚听见过一声幽微的叹息。

四 《阿凡达》*Avatar*

五柳先生年轻时猛志逸四海，厌烦后误入桃花源。这里住着来自不同星球的隐士，大家吃野果，饮山泉，吟诗弄墨。

日子久了，他偶尔也贪恋红尘，就偷偷回家，想接夫人翟氏来一起过神仙生活，结果被一直监视着他的密探捉住了。

时值乱世，人人渴望清平，皇帝刘义隆听说桃花源中有"宇宙之心"，得此物者可定天下，遂引兵攻桃花源，十年而不下。后据发明家马德衡遗著，造人形机器，曰阿凡达，使之潜入桃花源，里应外合，大破之，竟未见"宇宙之心"，而桃源终不复得。

五 《西蒙妮》*Simone*

作为唯美主义艺术家，李隆基希望找到宇宙里最美的女人，便在太阳系举办选美大赛，却没有一个能看得上。高僧一行大师抵不住玄宗央求，造出了十全十美的女子。一见到她，李隆基的心都碎了。

从此，李隆基冷落了人世，醉心于虚拟游戏世界里那清丽脱俗的美。臣民皆有怨声，说天子被幻象迷住了心窍，使先人开拓的盛世陷于危难。皇帝偶尔也会自责，把游戏卸载掉，却总偷偷留下一个存档，挣扎几日后，将游戏再重新安装。在马嵬坡，兵士们对圣上进行电击疗法，李隆基终于流着泪将他的女人永远地格式化了。许多年以后，他两鬓斑白，独自住在萧瑟的长生殿里，依然无法忘怀，初见杨玉环的那个黄昏，是怎样的美好和悲伤。

六 《黑客帝国》*The Matrix*

"岳爷！"

岳鹏举就想起老师当年的告诫："若有人认你是救世主，你就要当心了。"

凶悍的金兵在他面前总如潮水般溃败。而他要保卫的大宋王朝又总在紧要时令他停下。每一次庆功宴上的痛饮，都让岳飞茫然，弄不清自己究竟是要对抗母体的奴隶，还是母体本身的一个杀毒软件。命运给予他这虚境中的威武之躯，究竟是要做怎样的安排？

临死前，将军很想告诉张宪和岳云这不过是梦。可在这华丽的沙场上征战半个世纪后，他早已忘了当初吞下红色药丸后所见的真实。命该如此啊。虽然天日昭昭，可作为游戏中的角色，谁让你从一开始，就被赋予了"精忠报国"这样的设定呢？

七 《钢铁侠》*Iron Man*

铁木真出生时胸口透着血色光芒，后来他在银河系里东征西讨，靠的就是这人称"宇宙之心"的天赐。

他庞大的身躯像一颗阴郁的彗星，在星际间呼啸来去。比那致密的中子铠甲更坚不可摧的，是大汗神明般的意志，在它面前，来自荒僻行星的蜘蛛侠蝙蝠侠绿巨人超人们都臣服了，群星也黯然。唯有那看不见的黑洞无动于衷。

大汗害怕有一天他的心会弃它而去，易朽的肉体成为梦想的重负。他打了个盹，醒来后朝一个黑洞飞去。他相信自己将在那幽深无底的冥府里脱胎换骨，以梦中变形金刚的模样，去威震整个宇宙。

八 《星际迷航》*Star Trek*

大明号舰长郑和大人在漫长的星际旅行中，靠读《史记》和与爱因斯坦下棋来消磨时间。

多年来，他总能在那本精彩绝伦的著作里找到心灵的安慰，一千年前那个很爷们儿的男人让他明白：就算遭受最可耻的羞辱，你也可以用伟大的思想使小人们覆灭。因此接到皇帝的授命后，他便决心要用他的舰队，去完成太史公用笔未竟的伟业。

大明号一路播撒着天朝的威武与文化，结交友邦，互换珍宝。随行的诗人谱写着没有尽头的史诗，科学家们则做出永无终结的发现。

郑大人垂垂老矣，心怀忧愁。爱因斯坦说，地球上早已过去亿万年了，他所思念的已然灰飞烟灭，这是相对论的必然。

"再开快一点。"舰长挥挥手，希望能追上时光，想起自己本来的名字。

九 《银河系漫游指南》*The Hitchhiker's Guide to the Galaxy*

爱新觉罗·弘历在西湖边上的一家妓院里梦见了人类的覆灭。

醒来后，皇帝召集全天下学者，用了十年，将人类全部知识汇编成《四库全书》。等到末日来临时，大清皇室的后裔们，将凭此指南，去银河系漫游。

乾隆死后六十年的一个九月的早上，英国人卡林顿和霍奇森分别观测到太阳表面喷射出一道明亮的闪光。夜晚绚烂的极光使多年来的末日传说如洪水泛滥。翌年，英法联军攻入北京，夺走《四库全书》。

白种人坐上星舰，按全书的指引，逃离灾难，去银河系中寻找新的家园。但他们至死也想不到，乾隆不仅梦见了末日，也梦见了圆明园的大火。编纂全书时，许多关键的知识被删除、篡改了，由此筑起了一座走不出去的迷宫，将可怜的白种人永远地困在了死者的大脑里。大清帝国则冉冉升起，在先皇亡灵的指引下，朝着另一个方向飞去了。

十《回到未来》*Back to the Future*

未来的诸君：

今天晚上，那女子影子似地忽然从月光下冒出来：

"先生，我是您的子孙啊！"

这光艳的孩子，梦呓似的说起话来。一听说那未来实在是几千年未有过的盛世，货真价实的美好，我也未尝不曾心动，几欲与她一同前往，去参加什么历史博览会了。虽只是作为活僵尸，被请去供后世的子孙们观赏罢，但如能亲见那早已绝迹的桃花源，即便在时间的旅行中化为尘土，也死不足惜了罢。然而，我的疑心病到底还是发作了，就果然听出些不对劲的东西来。于是当她说要我给未来人做讲演时，我就借辞推托掉了。然而我又不忍面对满是沮丧的青春的脸，只好安慰她：

"倘若未来如你所说的美妙，则正需我今日的加倍努力；倘若不是，我也就不必前往。"

她还是沮丧地走了。我虽愧对子孙的厚爱，但也别无他法。

因为，有我所不乐意的在天堂里，我不愿去；有我所不乐意的在地狱里，我不愿去；有我所不乐意的在你们将来的黄金世界里，我不愿去。

但这倒提醒了我年轻时做过的梦，那时我也译过科学小说，说过一些胡话，自己也想写，后来这梦也随着其余的一同忘却了。如今却想起来，就信手写下这些残章，算是答谢你们的好意罢！

　　　　　迅　上　一九三五年十二月三十一日

中篇　沧浪之水

一　《弗兰肯斯坦》*Frankenstein*

女娲造了几个人后，有点后悔了。于是她放了一群猛兽下去。小人儿们便惊慌着四散而逃，一路被吃掉了不少，余下的钻进了山洞，但不一会儿，又都出来了，手里拿着火把和石头。野兽们便惊慌着四散而逃，一路被吃掉了不少，余下的钻进了地下，却再也没出来。

真难办啊。她又搓了些尘埃似的玩意儿，随风一撒，小人儿们便面色乌黑，成批地倒下，狰狞的模样让女娲也感到有些惶恐。但不久，小人儿们架起一只巨锅，熬起草药来，灌了几口药汤后，又活蹦乱跳了。

她皱起眉来。身后忽然一阵稀里哗啦，原来是锈红色的天裂了缝，正渗出土黄色的雨。于是她伸手捅了几下，洪水就倾泻而下，淹没了大地，卷走无数的小人儿。

耳畔清静得有些异样了。

但还剩下了几个，抱着山头，嘤嘤地哭。她愈发心烦，就从水里抓起一块石头，和着海泥，将天堵上了。雨停了，风又吹出了几块陆地，小人儿们就笑起来，然后又是哭，哭累了便昏睡过去。但那睡相实在可厌，她就把他们捡起，扔进大石锅里，用力一推，石锅便远远地漂走了。

她终究下不了狠心。但为什么就造不出些更漂亮的东西呢？何必非要生在这样的世界呢？但没有人来回答。她只好死掉了。

二 《少数派报告》Minority Report

屈平的神经衰弱越来越严重了，他整夜地睡不着觉，心里烦躁而且愤懑，就只好不停地写诗，好不容易入睡，也总是做噩梦。等到听说杀人魔王白起来攻楚了，他便知道噩梦终于要变成事实，自己已然穷途末路。他就赶着车，一路吟唱，朝着江边而去，悲怆的诗句洒落满地。

生在贵族之家，降于寅年寅月寅日，又有符合天地人三才的好名字，他本没有道理不走一条坦途。孰料，虽以卓绝资质成为左徒，但短暂的风光后，他竟被小人的谗言逼上了越来越坎坷的弯路。难道求索真理的道路注定漫长曲折，非耗尽膏血而不能得吗？

如今，他颜色憔悴，形容枯槁，被失眠困扰，却还是制芰荷为衣，集芙蓉为裳，佩五彩华饰，发散着幽幽清香。

"这不是三闾大夫吗！怎么落得如此田地？"江边的渔翁一下子就认出他来。

屈平苦笑了。在这片礼崩乐坏、污浊烂醉的土地上，特立独行大概总难有好下场。大国合纵连横，小国朝秦暮楚，今日结盟明日毁约，三寸不烂之舌，便使城池易主，数十万人头落地，江河顷刻间染黑。各国都在招揽先知，争抢着时代的先机，可猩红的乱世里，还有什么正道可言，又有几人能够参透未来？

"有位北方的智者说得好：天下有道则见，无道则隐。何必太偏犟，让自己受罪呢？"

大家也都奉劝过他：就算眼睛能看见将来，心能够坚贞不移，肉身却无法避免毒箭的刺伤，何妨圆滑一些呢？话很有理，但变法是大势所趋，大楚的贵胄，岂能害怕旧势力的屠戮，而以浩然之躯，忍受尘俗之污呢？于是他依旧坚持己见，得罪了越来越多的权臣，终于让自己被孤立了。怀王疏远了他，听信令尹和上官大夫，相信秦楚联盟才是天命所归，结果屡遭欺诈，而仍不觉醒，最后落得个客死他乡。那两位贪图私利的小人所谓秦不可抗的预言偏偏以这样的方式自我应验，实在可说是命运对三闾大夫的无情嘲弄了。

同为先知，为何他独独成了少数？难道是言辞不如别人巧妙，无法鼓动大王老迈的心吗？但更可能的是，人人都只想听见自己乐于相信的预言吧。

"离乱太久，就会转向一统，这于苍生也是福祉，至于是秦还是楚，又有什么关系呢？"

也许渔翁是对的，也许昏庸的君臣理当覆没，也许子兰和靳尚看到的才是真正的未来，反是自己被爱憎左右而错看了天意吧。如丝的细雨撩拨着浩渺的湖面，仿佛他纷乱的心绪。

"大夫啊，你若曾预见过自己的宿命，又怎会仍一步步走到这里呢？"

这古老的问题让屈平一愣，心头划过一道闪电，顿觉云开雾散了。

"那是因为有些事，就算是死，也不肯做啊。"

渔父莞尔一笑，唱着歌离去了。

他也诀别了故土。五月的湖水温润清凉，斑斓的鱼群围着他游舞，护送他来到了江底的裂缝。在地下世界里，恐龙们围着岩浆嬉戏，这是他梦里到过的地方啊。龙王风雅有度，陪他游览地府，欢饮纵歌，排遣他心中的惆怅。岩壁上凿刻的图案流动不居，先王与龙族的战争、上古的洪水、女神的英姿，皆撩起屈子的无限遐想。

他们穿越愈来愈紧致的地幔，那灼热的气息，把时光都烘烤得疲软无力。在旅途尽头的驿站里，躁动不息的地震波传来地上的景象。

眼看他起朱楼，眼看他宴宾客，眼看他楼塌了。刹那间，身后已过去百年，他热爱过的东西皆已面目全非……且慢！他赶快闭上了眼。

那被追捧为伟大诗人的死者，倒是在辞赋里刻凿下几分故园的残迹，但就算有万千人的吟唱，难道就能召回往昔的旧梦吗？而在地府深处游荡的落魄大夫，倒成了真的幽灵，从今往后，他的爱又要寄托到哪里呢？

不过，未来既已成过往，也许就此可以踏实地睡觉了吧。

屈平转身，望着地核深处的太阳，再也写不出一句诗。

三 《生化危机》*Resident Evil*

大战来临之际，军中将士病倒的却越来越多，这让曹孟德心中颇有几分不安，他独自站在江边，望着被秋风扯动的千里江水，思绪万千。

几十年来，瘟疫十数次席卷中原。百户人家只剩一二，繁华都市尽皆凋零，郊外遍地白骨，千里不闻鸡鸣，疲弱的朝廷却无力拯救苍生，于是世道愈乱。黄巾乱党借机作难，经受疾疫洗礼而发生突变的超能英雄们也纷纷崭露头角，一时间不知几人意欲称帝，又几人希图称王。美其名曰建功立业，却不过是生灵涂炭。每念及此，曹孟德便心中伤感，尽早完成统一大业的心意也愈发坚定。

他半生背负着骂名所做的一切，只为如今这一刻。不久以后，大地上将只有一个国，那时他愿意永不称帝，日夜操劳，使人们安心地活着，不再恐惧。

为此，他可以不择手段，哪怕是将长江都抽干也无妨。

"丞相雄师，天下无敌，但东吴名将无数，关张等人更乃万人敌，强攻不若智取。"

于是，祭拜了河神屈子之后，一队潜艇便在黄盖的带领下，向着海底驶去。在那里，他们将开启传说中连接地府的"烈火之门"，反抗军依恃的天险便会化作一个巨大的漩涡，卷走不自量力的叛军和令人恼火的瘴气。浪花淘尽了英雄之后，在干燥舒适的新世界里，北国的骑兵将在古老的河床上纵横驰骋……

"青青子衿，悠悠我心。但为君故，沉吟至今。"

忽然刮起的东南风折断了一支军旗，江底喷出的黑色石油将战船层层包裹，一队快艇从对岸疾驰而来，漫天的火箭照亮了冬夜的星空，熊熊的烈火烤化了丞相的美梦。

残阳如血，青山依旧。

持续百年的乱世还要继续乱下去了，天下太平的良机失之交臂，不知何日再来。他们打败了他，却有更多人将要为此在以后的年月里毫无意义地死去。这些家伙为什么就不明白这道理呢？为什么连瘟神、火神、水神、风神也统统与他为难呢？或许这些神仙，本就是同一个吧，它根本就厌恶人的存在。就算没有中计，成了地上的王，他难道还有力气再与神明抗衡吗？神龟的寿命虽长，终究也有一死。这世界本就不是什么乐园，他的抱负又算得了什么呢？在华容道上，他心中的恼恨渐渐化作困意，头发也一夜尽白。

四 《未来水世界》*Waterworld*

身为大隋的总工程师，宇文恺曾建造过无可匹敌的都城、奢华富丽的楼宇、庄严气派的皇陵、举世闻名的河渠、精巧妙绝的机械，令两位皇帝也叹服，使四方蛮夷都惊愕，但最让他心醉神迷的那个建筑，却至死也未能造出来。

他日渐对过去的创造感到厌烦。用土木砖石堆出来的玩意儿，再怎样高明，也迟早都要被无常的造化抹平。也许只有周公这样的大贤，才能窥见天道的奥秘，设计出永世不倒的事物吧。于是他翻遍经传子史，在逝去的世界里寻找着先哲的幽灵，在名与实、数与理、道与器缠绕着的万花筒中苦苦求索，终于找到了那比日月还要光辉的存在。

图纸上的明堂让皇帝的眼睛亮了，但后来总是遇到这样那样的阻隔。不是迂腐老头子的非议，便是圣上心血来潮的远征。大概那些腐儒根本害怕看见真正的道，而这位心比天高、性比怒涛的君王在乎的只是浮云般的荣耀吧。为了满足那变本加厉的虚荣心，宇文恺不得不一再挑战自己：能容纳万人的军中大帐、装着车轮在大地上行进的宫殿、可以无限组合拆解的都城……这些匪夷所思的东西，让蛮族一次次坐立不安，自惭形秽。

然而，大地变幻莫测的形状终究限制了神器的威武，接二连三的征讨都无功而返，龙颜震怒了。

修筑一条通天渠，打开传说中泰山之巅上的"苍穹之眼"，将滚滚的天河之水引到尘世，恼人的山川险要将被填平。在那光滑的海面上，大隋的舰队畅行无阻，来去自如地播撒着浩荡皇恩，只剩下一些小岛的夷狄鞑虏们无不臣服……

在花团锦簇的大厅里，皇帝亢奋不已，宇文恺无言以对。运河托着巍峨的龙舟，在他年轻时代开凿的河道里缓缓前行，雕饰繁复的窗棂外送来了一丝夏日的腥臭。他不得不承认，在想象的狂放方面，皇帝比自己更像个艺术家。这位疯狂的统治者已经对大地失去了耐心，但未来就一定是海洋的天下吗？谁敢保证，将来不会有更聪明的人造出能平地如飞的事物呢？如此说来，圣上的目光也有点太短浅了。

在自己的房间，他静静地搭着积木。近来，他开始相信，事物的奥秘就藏在那微妙的结构之中，无关规模。只要精准地遵守比例，便可化凡俗为神奇。到那时，他或许还会找到一种办法，造出一个微型的自己，在那真正的安乐所在，逃避掉世上的一切荒唐。

五 《2012》

黄河之水天上来。

这样雄奇的景象，杜子美只在年少时见过。那时候，历经几代君王的文治武功，大唐的版图前所未有的辽阔，生产丰收，科技进步，文艺繁荣，军事强大，山河锦绣，四方的胡虏都倾心中原，连海下的鱼国都不远万里派来使者。而那在天地间盘旋的水龙，正是这盛世的象征。

通天渠才露雏形，前朝便在战乱中覆灭，却给后来者留下一份厚礼。则天顺圣皇后将其改造为"天枢"，并在承露盘上亲手打开"苍穹之眼"。世界并没有像隋炀帝设想的那样变成一片汪洋。天河经由黄河与大地勾连，新的水系在大气压力和重力的相互作用下获得了巧妙的平衡：

干旱时节，黄河便从天而降，奔流入海；洪灾时候，黄河就逆流而上，飞腾入天。顺流逆涌之间，天下英豪尽折腰。

然而，也就是在那时，一个流言开始在不满乾坤颠倒的人们中传播：在十进制纪元的 2012 年，将有末日降临人间。据说，几千年前，当人们开始用全新的进制来理解宇宙时，天地的格局便澄明起来，而洞察了玄机的先人就将这神秘的预言刻凿在兽骨上，埋在古老的殷墟里。

天后传续正统，玄宗皇帝励精图治，开辟了盛世，谣言一度被人遗忘，却在暗地里悄然滋长。天河不再稳定，黄河在泛滥后又遇到海水的大回灌。皇帝已失掉了年轻时的气魄，迷醉在温柔乡里，对那一天天迫近的期限毫无知觉。古人究竟看到了天河的溃败还是瘟疫的肆虐？是大地的摇晃还是天外的飞星？人心惶惶，大家都在猜测着会有怎样的浩劫。

最后，却是边境的铁骑，践踏起的一片烟火。

满目荒夷之后的太平世界里，废弃的天枢被盘旋而上的藤蔓覆盖，曾在空渠中躲避战乱的人们化作了冤魂，却再也找不到已对尘世关闭的"苍穹之眼"，只能在腐烂腥臭的管道里日夜徘徊，在尸骨和荒草中哀鸣不已。每当听见这运数已尽的王朝挽歌，工部尚书杜子美便老泪纵横。

但堂堂天朝，怎可就此沦落呢？皇帝们又奋发了，打算再来一次中兴，修建"广厦"的方案便就此通过了。

"爱卿游历甚广，见识颇多，知民间疾苦，有圣贤胸怀，此民生工程，关系重大，望卿多加用心，切莫辜负朕托。"年轻的天子满含期望地握着老杜的手。

从此，老杜便不怎么吟诗了。他战战兢兢地钻研着，宇文安乐的笔记给了他灵感，天后时代打造的明堂残骸给了他启发。每当疲倦时，他便想起在风雨中忍饥受冻的百姓和圣上的恳切眼神，于是日夜操劳，指挥着这项浩大的工程。渐渐地，他感受到，建造广厦也正如锤炼诗句，成败全在材质的精良和结构的巧妙，而最终则是心中的境界。既然他能写出自信能流传千古的诗篇，则也一样可以为天下寒士筑起一个风雨不动安如山的乐园。

黄河偶尔泛滥着，边境时常鼓噪着，人民还是焦虑着，末日的流言又有了新的说法，老杜觉得，自己的时间不多了。他夜以继日地用心血浇灌着那能容纳一百万人的大厦，看着它一草一木地生长起来，便觉得累死也是值得的，所以他连觉都舍不得睡，只是偶尔打一个盹。

"老弟，你真是愚啊。"已经仙逝的老友，便抓着短暂的机会，来梦里拜会他了，"不老老实实写诗，在这里自找苦吃。"

"要是能选择，我情愿世上永远和平安乐，哪怕因此断绝了写

诗的灵感。"老杜望着挚友，许多年来的思念之情，化作浑浊的
热泪。

"可尘世里怎么造得出天堂呢？"年长他许多、生前即声名万
里的大诗人最喜欢调侃自己的小老弟，"我早就说过，就算有什么
仙境，那入口也只能是在这杯中啊。"说着，诗仙便为老杜斟满一
杯酒。

于是，两位好友，便隔着阴阳举杯。琼浆玉液一路奔流，消弭
了胸中的万古忧愁。

六 《X 战警》*X-Men*

要把梁山学院里的一百零七位超能战士团结在一起，带领他们
为了共同的事业而奋斗，这于任何人都绝非易事。宋公明院长常常
为此焦头烂额。

兄弟们来自五湖四海，出身三教九流，特异功能更是五花八
门，各自的癖好也千奇百怪，唯一的共同点，大概就是由于天赋异
禀，而不见容于这个社会了。

其实，变种人并不新鲜，武王伐纣时代的神兵天将，东汉末年
崛起的各路英豪，都有案可查。而超能力的出现，又往往与王朝的
兴废有关，圣书上便说："国之将亡，必有妖孽。"所以朝廷对此
一向是非常敏感的。大宋王朝延续了一百多年，表面上挺欢腾，实
则内忧外患，人们便将民间出现的大批变种人视为不祥之兆，被佞
臣们把持的朝廷却昏招频出，饱受歧视和压迫的好汉们一个个被逼
上绝境，纷纷走上了造反的道路。

　　宋公明本来是大宋的一名底层公务员，朝政的败坏和百姓苦乐虽然都看在眼里，可在灾祸降临自己身上之前，还是觉得这社会是有救的。照他的意思，我们这位皇帝虽然有点昏聩，但本质上还是好的，而且在艺术上有不俗的造诣，恐怕还不至于到扶不上墙的地步，所以只能是廷臣太坏。谁料，莫名其妙地，自己竟也上了山，又莫名其妙地，就当上了院长。

　　起初他不是很有信心。和其他兄弟比起来，他总觉得自己太平凡了，只配在太平年代里过点庸俗的小日子罢了。可既然做了这工作，就得为大伙负责。那些身怀绝技、骄傲到骨子里、彼此不太服气的男女们，竟都甘心认他这个凡人做大哥，倒让他有点意外。跟官军以及其他的变种人集团战斗得太疲乏时，他也想过退休算了，但还有谁能管束这一群豺狼虎豹呢？一个齐心协力的梁山学院，起码还可以做些铲奸除恶、劫富济贫的事，这于他也算是一种安慰吧。后来，在位子上坐得久了，自信也就慢慢地有了，他开始相信，自己其实也有超能力的：不论是谁，都能在他这里找到父兄般的信赖，这大概是一种对人的心灵进行控制和安抚的特别能力吧。

　　因为领导有方、众志成城、战法卓绝，梁山军攻无不克，威风八面，震动朝野，着实过了一段痛快淋漓的好日子，每当回忆起这段时光，总觉得过去的酒肉都格外的香。

　　但当朝廷送来的蓝色小药丸和方腊军送来的书信同时摆在忠义厅上，分裂的气息便在学院里弥散开来，众人吵斗不休。院长头疼得紧，喝罢了酒，独自上了龙船。

　　晚风清凉，湖水剔透，倘若酒醉，兴许会有打捞湖底月亮的冲动。但院长却无此等雅兴，只是烦乱地想着心事。吃了药丸，大家就都变回常人，朝廷便可安心地给他们加官进爵，从此为国效劳，名正言顺。跟方腊集团合作，则彻底断了后路。联合战线？超能英雄主导的新纪元？这厮也有点太天真了吧。倘若成功了，谁来做皇帝呢？他宋江就不信，谁就能保证比当今天子做得更好。何况，如此惊世骇俗、有悖伦常的事，根本不是他的风格。若失败了，则要以叛贼之身被千刀万剐，还要在史书里遗臭万年，就更不对他的胃口了。所以，思来想去，到底还是归顺的好。只是，手下定然有反对的声音。连像李逵这样大哥叫他去死，他都一样会快活着自尽的小弟，不都放肆地说"招安招安，招甚鸟安！"了吗？莫非是自己老了，超能力也跟着衰弱了吗？看来很有必要搞一次大规模的思想教育了。梁山学院的利器，乃是凝聚力，必须让他们明白这道理。

一阵呜咽的箫声传来，不知是谁在芦荡深处吹奏着伤心的曲调。梁山虽美，终究不是他们的故乡。天地虽广，也不能一直这么飘来荡去。总该有个着落才好。然而，宋公明的心思却在如诉衷肠的箫声中有些动摇了。除了变种人，今日的世界确乎还有许多不寻常的地方。他闲时喜欢翻阅的《梦溪笔谈》，便列举了许多新玩意儿：活字印刷，指南针，格术光学，会圆术……这些闻所未闻的东西，令他隐约觉悟到了什么。最使人亢奋的，则莫过于黑火药了。那能够绽放出似真似幻的绚烂烟火的黑色粉末，如今开始被用来打仗了。新型兵器尽管还有诸种缺陷，身为军事家的宋江却已预感到它将会催生一种全新的战法，甚至就此改变世界的格局。

总之，若是说一个新时代在孕育着，也并无不可。那么，他真的不要带领弟兄们抓住时机，干上一番大事业吗？说不定革命才是真正的替天行道呢。那么，方腊或许是对的？据说他手下也是人才济济……宋江开始在心中盘算起两军合并的可能。

朦胧中，有什么线索一点点浮现了，所有这些，似都和"数"有着什么关系：活字印刷让文字以数的方式重组了，交子则把真金白银虚化成纸上的一串数了，梁山学院有一百零八位好汉，似乎也就不是偶然，三十六位天罡星和七十二位地煞星的比例，不也正是火药中硝与硫的比例吗？方腊、王庆和田虎的勇将们凑到一起的话，能起到木炭般的作用吗？火药本是炼丹道士的发明，而道家的始祖已说过，宇宙就是一串从无到有的数字衍生出来的……他由此还想到古代的种种预言和传说，一时有些恍惚了。

猛然间，他身子一震：眼前的世界，莫非本就是由数构成的幻象？也许，它早在"安史之乱"那年就已经毁灭了吧，我们这些人，不过是冥界里游荡的数字亡灵无聊时重组的虚幻游戏罢了。他大吃了一惊。

一群水鸟噗噜噜地惊飞而起，冷风压低了芦苇。

宋公明清醒过来，不禁嘲笑自己的疯癫，但心里仍犹豫不决，只好先回大寨再说了。水面上升起一股缭绕的雾，龙船隐没其中，头顶的苍穹镶满了星斗，数也数不清。

七 《大都会》*Metropolis*

昭文馆大学士郭守敬是在一座戏院里结识梨园领袖关汉卿的。那时，帝国版图之大，旷古未有。这本是施展才华的年代，但人到晚年，他却遭逢天朝的溃烂，自己虽为栋梁，也无事可做，就每日在家里钻研各种器械，偶尔出来散散心，听听戏，逛逛大都，打发时光。

这座高耸入云的都城，凝聚了来自不同疆域的科学精英的心血，是帝国至大无疆的象征。参照唐天枢而改造的乾坤渠，将天河之水牵引过来，经由大都四通八达的脉络，将天下四方的水系如血管一样联通起来，万物便得以在天地间流转，生意和国运也随之兴隆。作为帝国的心脏，大都更是气势恢弘、结构复杂，地表之下埋藏着钢铁骨架，大大小小的齿轮和轮轴环环相扣，构成了一套超出想象的精密体系。要让这样一座庞然大物正常运转，除了大汗的坚强意志和臣子们的苦心经营外，还必须让每个子民都各司其职，一丝不苟。按照皇帝的旨意，眉目各异的族群，依照高低贵贱，分门别类地被安置在摩天大楼的不同区域，从早到晚，埋头苦干。在永恒的大都面前，庶民们如同蝼蚁，用他们的血肉来润滑着齿轮间的生涩。

日出时，大楼东侧那浮雕般的巨钟便敲响，整个大都微微颤动。蝼蚁们倾巢而出，涌向各自的岗位，挥汗如雨，干劲十足，然后慢慢地困倦，懈怠，开始无聊，烦躁，敷衍，兴奋，终于等到了那隆隆的鼓声从大楼西侧传来，于是一窝蜂地回家。吃饱喝足之后，帝国的子民们便奔向分布在不同楼层的一百零八所大大小小的戏院里，在符合他们身份的某一个座席上，如痴如醉地看着梦境般的舞台上那一幕幕悲欢离合，跟着嬉笑怒骂，宣泄心中的烦恼，随后各自散去，在宵禁的钟声中入睡，为新的一天做好准备。在节日里，所有的戏院都坐满了人，灯火辉煌的皇城通体透亮，仿佛遗落在广袤平原上的一颗夜明珠，咿咿呀呀地吟唱。

不过，从修建一座大都还是种植一片草场的争论，到两次对深海中的鱼国不远万里却以失败告终的征讨，习惯了在草原上骑马的游民们入主中原后引发的定居不适症至今也没能被克服，尊崇蒙古正统的保守派贵族与推行汉法的改革派的明争暗斗也从来没停止过。政不通人不和，天河也就时常泛滥，为了疏通河渠，频征劳役赋税，肆意印发钞票……凡此种种，都令百姓困厄，民间的造反时有发生，就连帝都，也因王公大臣肆意杀人而出现了几次大规模的怠工和反抗事件，几乎使整个城市崩溃。

"千里之堤，溃于蚁穴。"在太液池旁，藏青色的乾坤渠拔地而起，向着黑色的天空延伸而去，天河顺流而下，轰隆作响，穿过电闪雷鸣的云层，仿如猛龙入江。大学士站在楼顶上，望着自己过去的杰作，心中感慨万千。"一只蝴蝶的飞舞，就可能诱发一场风暴。"这倒给了他一些灵感，打算研究一下混沌数学。

"有水的地方，就会滋生蚊虫啊。"已斋叟悄然地来到他身旁。这位郎君领袖浪子班头，本来是只在花中消遣酒内忘忧的，但大概因为世道不平，人到中年以后，反而越发地火药味十足，因此新写的戏很有些不一样了，尤其惹动人心，颇受大家的欢迎，连大学士也赞赏不已。

不过戏终归是戏，本身在朝为官，皇帝待他不薄，所以大学生对这位半生不熟的朋友从来敬而远之。只不过，这次窦娥的冤屈，实在连他都觉得太气愤，那血飞白练、六月飞雪、亢旱三年的不详诅咒一一兑现，更使整个朝野也为之震动。

"我要让这位屈死的女子复生，要她有蒸不烂、煮不熟、捶不扁、炒不爆、响珰珰的铜筋铁骨，要她通五音六律滑熟，要她会围棋、会蹴鞠、会打围、会插科、会歌舞、会吹弹、会咽作、会吟诗、会双陆，要她玲珑剔透朱颜不改常依旧，要她惹得浪荡哥儿都来攀花折柳，要她占排场风月功名首，要她一遍遍向人吟唱那锄不断、斫不下、解不开、顿不脱、慢腾腾的千层委屈万世仇，就算是阎王亲自唤神鬼自来勾，三魂归地府七魄丧冥幽，也要转世投胎，向那复活抗争的路上走。"关大人借着醉意，慷慨激昂地唱起来。

大学士老了，无法为这个世界做更多有用的事，他毕生的建设，恐怕也不会存留很久，于是他竟被戏曲家的雄辩和战斗精神所感动了，终于应允了。他还将开凿乾坤渠时无意发现、一直偷偷保存至今的"宇宙之心"，安在了"窦娥"的胸腔里，希望它能够让自己的心血，在大师的戏剧里永续千秋。当然，大师并不知道这事。同样，大学士也想不到，这位勾栏瓦肆里的精神领袖，在遍游帝国、见识了太多的血泪后，想的远比说的多。

那天以后，一位风华绝代的名伶便独步天下。她的千娇百媚和一颦一笑，使举国为之倾倒。她演绎的一幕幕悲剧，令天地为之动容。而她的妖媚惑众，更扇起了一股暴风骤雨，最终摧毁了整个王朝。

逃离大都之前，愤怒的大汗命人烧死了窦娥。焦臭的人造皮肉下面露出狰狞的金属，在烈火中挣扎着化作了一滩铜水，流遍了废墟每一个燃烧的楼层。有人说，它最终变成了一朵莲花，消失在泥土里。直到很多年以后，不论哪个朝代，只要还有压迫和不义，穷苦的人就依旧怀念着她，说她是圣母转世。每当黑暗降临，也真的总有几个女英豪振臂一呼，便应者云集，因为人们坚信，那些挺身抗暴的女人中，总有一个是女神降生，要为大地带来光明。

八 《**海底两万里**》20000 Leagues Under the Sea

永历五年二月的一天，招讨大将军郑成功的舰队在盐州港一带遭遇了诡异的风暴。朗朗晴空忽生黑云，原本平静的海面上陡然升起峭壁似的巨浪。在海水的肆意蹂躏下，其余船舰皆遭灭顶之灾，主船亦险些解体，船上指南针胡乱转圈，各种器具尽失。暴雨持续了一天，饥肠辘辘的幸存者眼前一度出现了幻觉。

死里逃生后，郑将军反而对大海越发地迷恋。在设有据点的岛屿间，他不断地穿行，在仇恨和忠诚的驱动下，掀起一浪又一浪的进攻，与来自草原的鞑虏们争夺着中原。敌人和部下一批批死去了，久不见大明衣冠的百姓剪去辫子后的哭声犹在耳畔，功败垂成的懊悔仍在心间，与荷兰人的激战历历在目，而他的斗志却从未有过丝毫动摇。

不过，自从那场命中最大的劫难以来，他就隔三岔五地做着一些断断续续的梦：风暴中，他们跌落入海，爬上一艘造型奇怪的火红色舰艇，开始在大海深处历险。他们围捕巨鲸、大战鱼国军队、遭遇海底火山爆发、奇袭清军海港、发现神秘洞穴、打捞久远的沉船、挖出不可思议的宝藏、甚至还引发了地震海啸……醒来后，那份逍遥快活逼真得让他感到几分惆怅。

虽如此，他依旧努力地筹划着大业。那些投诚与背叛，联盟与反复，他都不在乎。但刚更换了皇帝的清廷为了对付他，竟采纳叛徒的恶毒建议颁布迁海令，以至沿海一带千里沃土几日内一片荒芜，人民流离失所。站在甲板上，看着远处被点燃的屋舍和船只开起滚滚浓烟，郑将军怒火攻心。

元世祖的铁骑虽在大陆上无坚不摧，但两次远征鱼国却因神风的阻挠而失败，大鱼族从此开始侵扰边境。被他赶走的西洋鬼子也并未死心，早晚还要卷土重来。郑成功预感到，未来将是海洋的天下。而自宋明以来已建立起强大海军并在大明时代达到辉煌的华夏，就这样被骑马的野蛮人生生地拽了回去，禁锢在无形的长城里。这更加坚定了他反清的决心。可是祸不单行，同胞被洋人所屠戮的消息，不成器的儿子，不听话的部下，水土不服的将士……内外交困之下，郑将军一病不起。

永历十六年五月的一个早上，身体略有好转的郑成功带了一队侍卫，登上一艘小船，前往附近一片被当地人称为"鬼海"的神秘海域，并从此失踪了。没人知道他为什么要去那里。

从暴风雨的噩梦中醒来，鲲鹏号舰长郑明俨打开舱门，向那片妖娆的水中森林游去。经过几个月的开发，那里已经成了他和朋友们的新乐园。

除了旧部，这些朋友都是后来在宇宙间漫游时结识的。十多年来，在那层火红色的坚硬外壳保护下，他们游遍深海。庞然的水中霸王，不可预料的湍流，甚至那看不见的诡异磁暴，都奈何他们不得。时光也变得滞重，飘忽，跳跃不定，过去与未来扭曲在一起。那些怀沙坠江的殉道者、意外落水的倒霉蛋、古代沉船里的活僵尸、躲避迫害的变种人、被流放的没落贵族、深不可测的大隐、寻访神仙的道士、面无惧色的探险家、飞船失事的外星人……都曾与他们相逢，脾气好的就可以成为座上客，合得来的还会加入进来。

他们怀着简单的欢喜，四处戏耍，时不时地跟大陆上的人开些玩笑，欣赏他们惊慌失措的样子。逍遥的日子里，他淡漠了往事，只偶尔做梦，看见另一个自己，还在尘世里苦苦挣扎。

海洋也玩腻了，他们就来到了"烈火之门"，进入了地府。已覆灭的恐龙王朝没有留下多少可供瞻仰的残迹，只有岩壁上的彩绘仍栩栩如生，讲述着无人知晓的故事。鲲鹏号安然无恙地穿越了地心深处的那颗太阳，抵达了"齐物之界"。

这是海洋，也是空气，是天河，也是地府，是前进，也是倒行，是呼啸的风，也是疾行的雨，是连绵的云海，也是坚硬的岩层，是洪荒岁月，也是花花世界。

他们看到了上下古今。看到神造了人，人造了拥抱和屠杀，子孙继承又背叛了先人的遗志，马队和船队沟通了陆地和大洋，肤色不同的人群互相试探、争论、残杀，奇怪的飞艇和钢铁的丛林，怪异的新人类和蒸腾起的蘑菇云……几轮闪光后，世界重新变成了黏稠的一滩，滑腻、丰满、猩红、温暖。

大伙都变成了鱼，空气从鳃里渗进来，冰凉而清新。森林一样的海藻悠然地漫舞着，千奇百怪的海洋生物彼此吞噬着，骨骼在生长着，心情在激动着，跃跃欲试地等待着登上陆地，在那里进化，开辟新纪元。只有被遗弃的鲲鹏号依旧坚挺不拔，鲜红色的身体与世隔绝，在喧腾的海水中显出了几分遗老的气息。

九 《侏罗纪公园》Jurassic Park

英吉利的贡使马葛尔尼终于带着他的使团离开了，乾隆皇帝便不顾太监总管的抗议，来到了皇家园林里狩猎，发泄心中的不悦。

虽已年过八十，但这位十全老人仍耳聪目明，声若洪钟，完全没有一点老态，子民们都相信，圣上再活个一百年也不是问题。为了证明自己的筋骨强健，他每年夏天到避暑山庄时都非要猎杀几只恐龙不可。大清的江山是从马上得来的，除了精通汉人的文化，皇室子孙也必须保持勇武的精神。

沉闷湿热的空气夹杂着野兽粪便的气息，皇帝背着火流弓，骑在"雷电"身上，俯瞰着枝叶繁茂的丛林，驯化的霸王龙机警地寻觅着猎物的踪迹，它的主人却无法集中精神。

那些不知法度的野蛮人，竟敢自命为"钦差"而不称"贡使"，觐见天子时也不叩拜，其他藩国的使臣都肯磕头，独有这个什么英吉利的生番，几经交涉才勉强行单膝礼，还妄自尊大，要以平等身份与天朝通商，真是可气又可笑。所谓天无二日，"苍穹之眼"庇佑的大皇帝，岂能与他人平起平坐？圣书早就说过："夫礼，禁乱之所由生，犹坊止水之所自来也。"何况，帝国物产丰沛，无所不备，何须通商？但野蛮人是不懂这些的。

"朕无求于任何人。尔等速速收起礼品，启程回国。"

皇帝轻蔑地回绝了荒唐的请求，把这不知从哪个小国来的放肆使团赶出了视野。

一层黑云从南天飘来，热风吹落无数的枝叶，空气中有着不安的压抑。一只蓝色蝴蝶悄悄地落在了镶满宝石的弯弓上，翅膀上的斑点让皇帝想起了西洋贡使。那贼溜溜的蓝眼珠，一望即知生性狡诈，此次虽然宣称为皇帝祝寿，其实不过是来炫技滋事，探听虚实，图谋不轨，所以还需对他们留神提防才是。

　　侍卫长小心地拿捏着措辞，建议圣上回宫休息。皇帝正犹豫着，忽见两只剑龙从前面的丛林里猛然蹿出，便毫不迟疑地搭弓射箭，两簇火焰滑过了阴云笼罩的天空。

　　沐浴更衣后，皇帝心情舒畅多了。雨后的空气湿润清爽，他走进摆放着各国贡品的大殿，逐一扫视着那些奇珍异宝。英吉利送来的座钟，还在咯嗒咯嗒地走着。有一阵子，皇帝迷恋上钟表，钻研起精巧齿轮咬合的技艺，但如今他已经腻烦了。天不变，道亦不变，洋人把时间弄得那么精准又有什么意思呢？能够驾驭这庞大的帝国，让看不见的人形齿轮们各司其职，这才是最高级的艺术呢。可惜他们的居所离天朝太远，难沐皇恩，所以至今还没开化，自然也就无法体会万古纲常的永恒魅力吧。为了教化这些蛮子，总有一日，他要设计出一个至大无外的座钟，把西洋也好，东洋也罢，六合八荒都纳入进来。

　　皇帝愉快地踱着步，来到一架形如大炮的望远镜前，对那凶蛮的外型摇摇头，然后凑上去，刚好望见一轮硕大灿烂的圆盘。那些勾勾岔岔，大概是月宫吧，美人就算青春永驻，但若无人欣赏，又有什么意思呢……不过，这东西虽能放大天上的月亮，却看不见地上的江南，实在也不过尔尔。不论是天外飞仙，还是海外神魔，纵有七十二变，若只迷恋器物的巧妙，而不知天道荡荡，也终究不能成事……说起来，杭州正是烟雨蒙蒙的季节吧，西湖边上的荷塘应该绽放了，碧湖上的柔波在皇帝心中荡漾开来，也许应该再下一次江南了……

　　一阵沉闷的钟声敲响了，皇帝回过神来，晚风有些微冷，似乎该添衣服了。

十 《异次元杀阵》*Cube*

"先生，我吃了你给的红色小药丸，就横竖睡不着，睁眼一看，到处都在吃人！可怕啊……我就逃，可逃到哪里都一样，一扇门之后，还是同样的格子间，不可预料的机关、尔虞我诈的算计、吃人与被吃……我好苦啊，这可都是你害的！"

青年的面色蜡黄，高凸的颧骨旁，两眼冒着青光，正在磨药的周先生窘迫得很，低声地辩解道："希望是本无所谓有……"

然而青年根本不听那一套，已张着血盆大嘴来吃他了。幸而他练过功夫，才得逃脱，心里却灰沉沉的。本以为是《黑客帝国》，没想到还加上了《生化危机》，事情看来要比原以为的棘手得多，看来又被那个戴眼镜的胖子忽悠了，当初应该坚持到底的：靠这么几个寂寞的人，这事根本就办不成。不过，这样讲未免刻薄了些，毕竟自己那时除了刨掘地下的文物，简直无事可做。因为实在太无聊了吧，便跟着那几个人，捣起乱来。

他提着一杆乌黑的长枪，在钢铁铸就的立方体里飞檐走壁，穿越一个又一个方格。每一个里面都有数千人在沉睡，有的还有些简单的工具，但没有食物，也没有光。少数人偶尔惊醒，其余的继续昏睡，在黑暗而潮湿的盒子里发着霉，等待着。觉醒者为了活下去，必须杀死一些昏睡者，把他们变成食物和能源，同时还要给另外一些吃药丸，恢复他们的神智，一起想办法破坏这魔方。叫醒的人太多，食物就紧张了，叫醒的太少，人手又不够。总之，要在黑暗的世界里维持着微妙的平衡，还要克服吃人的恶心。

　　周树人就夹杂在一大群素不相识的人中，在污迹斑斑的钢铁监狱里浑浑噩噩地东奔西跑，辗转腾挪地躲避着机关暗道里射来的明枪暗箭和龇牙咧嘴的机器怪兽，踏着遍地横陈的骸骨，在僵尸们的围追堵截中杀出一条条血路……

　　作为一名医生，他肩负着磨制药丸的使命。但原料供应总是紧张，有时实在无法，他就只好割自己身上的肉，混着稀薄的血，揉成药。这于他并不特别痛苦，自己既然吃过人，也理应还旧账。但他不喜欢这样的路数，总希望能找出法子，用什么人造的食物，来把这奇怪的生态平衡扭转过来。

　　但这魔方世界太大了，这么多年，他都没有走遍每一个房间，何况格子间又在不停地移动着，组合出新的花样。在上一个格子里握手的战友，到下一个格子再见时却投来了刺枪。今天互相啃咬的对手明天也许就会拥抱。周先生的枪法虽好，但对这突如其来的变故总是防不胜防，于是性情也就越发孤僻起来，对什么都感到有些怀疑。

　　"我们找到了一条出路，请先生加入我们！"许多不同的队伍，举着不同颜色的火把，向他发出同样的邀请。凡是觉得真诚可靠的，他都跟着他们同行一段，给他们造出一粒粒药丸，但走到最后，他又觉得似乎有些地方不太妥当，于是就告辞，继续一个人在暗夜中飞檐走壁，躲避着刀枪剑雨。

　　一天，他偶尔闯进一间长满荒草的无人格子，见到了半尊被毁的石佛，在佛像的耳朵里找到一卷残缺不全的图纸。经过不同年代的人以不同颜色的文字一遍遍的涂改后，纸上的图案已面目全非了，只隐约能看出是一座高大的建筑。他细细地研究着，慢慢地看明白了。

原来是这个啊。他感慨着，在黑暗中躺了下来，眼皮渐渐沉了下来。

恍惚中，他听到有潺潺的水声。几分咸腥的气息，顺着不知哪里漏进来。隐隐约约地，地面似乎也在浮动……这玩意儿，是漂在水上的？他猛地坐起，一路跑到屋子的尽头。荒草丛中，有一具骷髅，手里还握着一把满是缺口的斧子，那无比坚硬的墙壁上有许多坑坑洼洼，一小块金属碎片竟脱落下来。

"你是个傻子，以为可以砸开铁壁呢。"他挨着骷髅坐下，大笑起来，声音在空荡的房间里久久回荡。接着，他从怀里摸出一支烟，默默地吸起来。

笑声随着烟雾一起散尽了，他就拿起斧头，闷头砸了下去。

砰，砰，砰。

"世上聪明人太多，所以需要一些傻子。"

砰，砰，砰。

可是，设计游戏的人，真的预留了出路吗？不过，随它去吧，绝望那东西，本来也是和希望一样不靠谱的嘛。

砰！砰！砰！

十一 《创战记》*TRON: Legacy*

那时，一片混沌。没有过去，也就无从怀旧，没有未来，也就无所希冀。但不知怎么，未尝经验的无聊，一点点生长出来。

"玩起来吧。"念头一动，手脚就伸开了，活动了两下，血液也流通了，麻木就褪去，知觉丰富了，身体也跟着膨胀，力量迅猛增加，想法开始爆炸，一边想着要做的事，一边事情就做成了。

天和地分开了，脚下和头顶，各有一面辽阔的镜面，无限地延伸开去。

"好起来了，但还是单调。"说着，扯过一张海，铺在了地上，吹了一口气，便有了风雨。他看着是好的。

只是一切很快就全都不动了。他立刻明白了，但周围的粒子已经用完，其余的都在身上。

"可惜，还没玩够呢，不过也没办法，谁让自己是初开头一个呢。"于是他就躺倒了。这样，有了日月星辰，也有了其他的神。并且，有了苦厄，有了死和恐惧，以及新的开始。如此，更高级的游戏可以启动了。

基本的规则就这么定下来，以后，是尊卑有序还是众生平等，他都不管了。

死掉前，他偷偷地把天、海、地卷连在一起。这样才好玩嘛！这是他的小秘密，不过，总会有厉害的角色，最终能发现它吧。到时候，该给什么样的奖励呢？他还没想好。

下篇　九章算术

一 《我，机器人》*I, Robot*

周穆王姬满在终北之国待了三年，忘了什么叫忧愁。

回到故地后，大臣们想尽各种办法，为他解闷。新鲜玩意儿倒是不少，却只有偃师进献的人偶能让天子眼前一亮。一堆木头、皮草和玉石，靠摩擦出来的电光火石，就会跳舞，真叫神奇。他把人偶拆了装，装了拆，反复研究，终于悟出了其中的奥妙：原来这是先王推演的《易》啊！生命这玩意儿，说穿了，也不过是阴阳之气演绎的玄妙算法罢了。

穆王改造了一番，把祖传的宝石"宇宙之心"安到人偶身上，使它有了不死之躯。太公虽英明神武，终究也只能保大周八百年，倘给长生人偶编写上圣贤的智慧，便可辅佐子孙，使王朝长存不绝，天下永世安康了吧。不过，究竟要写一套什么样的程序呢？这东西对美女眉飞色舞的，真有些不规矩，一定要开发一款完美无缺的软件才行。从哪些基本定律开始呢？穆王夜夜失眠，翻来覆去地拿不定主意。

二 《超人》*Superman*

列御寇年轻时喜欢游历四方，看遍山川河谷，自以为对宇宙已经很了然了，却屡屡被老师们当头棒喝。一天，他想到一个重要的问题，便去求教。"天地也好，日月也好，你我也好，都是气，顺其自然就好了。天塌地陷啊，那都是瞎操心。"得道的高人们一脸平静。

他羞愧得很，就到补天峰下静坐，每天盯着头顶的天，训练自己的平常心，渐渐地达到无喜无忧的境界，身虽未动，心却能在万物中游走了。

正神游着，一个念头却忽然从混沌中蹦出来：我是谁呢？

他吓了一跳，睁开眼，但见天地氤氲，地上的气向天空中一个五色的洞中涌去。狂风吹烂了他的皮囊，只剩一副桃木骨架，他就乘着风梯，盘旋而上。"御风而行，也算是至境了吧。"但等他来到天的裂缝处，看见更辽远的宇宙，才知道从前是坐井观天，自己一人得道还远不够，未来的修行才刚开始。他的身体变成了一块石头。

三 《星球大战》*Star War*

天行者嬴政从小就相信，自己会是给原力带来平衡的那个人。因此，虽遭逢万千刺客，却总是化险为夷，他亲手打造的青铜机器人大军，更是横扫六合，这真是天命所归的明证了。

泰山封禅的一刻，那份心情，真是飘飘欲仙。大秦的荣光，要延绵万世才像话嘛……正想着，一团阴影就浮上了心头。

人固有一死，便是机器，也难逃残肢断臂乃至精神分裂的命运，虽能修修补补，可修补者终究还是人，而人固有一死……像自己这般手艺绝伦的机械师一旦死去，又有谁能继续修补大秦的命运呢？访寻不死之术的使者一去不返，绝地长老会对他研习黑暗原力又说三道四，一怒之下，他把有二心的绝地武士全部坑杀，那些前朝程序员编写的酸腐算法也统统焚毁。接着，长城筑起来了，为了在他归来前抵御野蛮人的入侵。隐秘的陵墓挖出来了，成千上万的机甲战士造出来了。有他们的守护，他便可以安心地闭上眼，到另一个世界里去继续修炼那最伟大的艺术了。

四 《时间旅行者的妻子》*The Time Traveler's Wife*

在时间里旅行得久了，项羽慢慢习惯了时差症。他在眼花缭乱的战斗中穿梭不已，虽力可拔山，攻无不克，战无不胜，灭强秦，封诸侯，却不能选择自己的战场，人就变得有点倦怠了。

从他懂事起，父亲项少龙就告诫他，日后定要防备那个背信弃义的小人。以前他嘲笑父亲是老糊涂，连宿命不可违都忘记了。论武功，那流氓岂是自己的对手？但听说刘邦进了关中，专为老百姓开发了简化版的操作系统，大受欢迎。谋士们总结说那厮赢在了软件上。其实，他就连鸿门宴都不当真，不过依照天命做做样子罢了。

如今风光至极过了，也该坦然接受最后的覆灭。可当垓下的楚歌惊破了他的美梦，眼见虞姬在月下黯然流泪，那绝代风华的面容满是憔悴时，一腔热血又涌上霸王的心头，他终究不肯甘心，为了爱妃，他头一回也最后一遭决意与命运一搏了。

不等虞姬说出那命中注定的对白，霸王已抓起女人的手腕，跳上了乌骓，在清明的月色下，他们踏着一路的烽火，逃往时光的尽头。

五 《第五元素》*The Fifth Element*

十进制纪元 2012 年将有末日降临的说法早在隋朝就开始流传了。天可汗李世民居安思危，知道偌大的帝国硬件，只用一套算法来运行是不够的，为了王朝的基业，皇帝派玄奘法师去西域求取真经。一路上风雨跋涉，好不坎坷，四位徒弟一面和妖怪斗法，一面听师傅讲经，学习普度众生的意义，一面各自想着心事。

好容易到了西天，却被阿傩、伽叶刁难，取了一个偌大的压缩文件，解压后却空无一字。齐天大圣孙悟空恼火不已，去质问如来。佛祖却说：经不可轻传，亦不可以空取，无字正是真经，若要读取，需有第五元素。

师徒五人面面相觑，孙行者方才醒悟。虽然妖精们都只爱师傅，没有一个爱他，可是，许多年前，在他还没有感沐到天真地秀的时候，那块花果山上的仙石，就已经注定了要大慈大悲，照顾这个不甚有趣的世界了。

六 《月球》*Moon*

因为一肚皮的不合时宜，东坡居士被一贬再贬，最后贬到了月亮上。

那地方人迹罕至，除了冷硬生涩的山脉和彻骨冰寒的河流，几乎什么都没有。好在居士胸襟开阔，能苦中作乐。监督广寒珠的采集工作之余，他喜欢独自泛舟月海。悬在头顶上的硕大地球映出清冽的辉光，两岸荒凉的怪石投下斑驳的影子，水银般的海面微波荡漾。几杯酒下肚，居士有些飘飘然了，觉得自己仿佛冯虚御风，快要羽化登仙了。

偶尔，远处的火山会突然喷射出一股岩浆，扑面送来一阵带着酸味的暖风，洒下漫天滚烫的火雨，机器侍从吓得惊慌失措，唯有居士吟啸徐行，仿佛无事人一般。自从"乌台诗案"以来，他早就有一种错觉，似乎自己已死过无数回了，却不知怎么又一次次复活，来领受人间的厚薄，他也就随遇而安、自得其乐。

看到地球上亮起的点点火光，居士猜测皇帝是又大赦天下了，如此，他可以回家了。可旅途委实遥远，想来不免有点气馁。这核桃般大小的月亮虽害得他得了风湿病，但总算清净，而地上的宫阙，却为了用何种算法而闹个不休，自己轻快的身体怕也难再适应大地的重力了，何况说不定马上就要再被贬到什么火星上去。真想变出几十个替身，便可随他们怎么流放好了。嗯？难不成，自己就是个替身？那真身又在何处呢？

正想着，水中猛然跃出一条大鱼，仔细看，却是一只鲜活的鱼头，拖着一幅双螺旋的鱼骨，苏子就一跃而起。不管怎么说，也该给亡故的人上上坟了。

苏子骑着神鱼，飞向黄河青山。

七 《黑衣人》*Men in Black*

大明网络总管魏忠贤独揽朝纲，坏了先祖立下的机器人不得干政的规矩，无数义士冒死参劾。舌头割了不少，脑袋掉了不少，族也灭了不少，可还是有些程序员不听话，非议朝政，私设民间服务器，图谋不轨。九千岁亲自为东厂开发了"辨心镜""碎魂枪""万劫索"等高端装备，以便黑衣人们深入整肃反动分子。

黑衣人们身着黑色官服，戴着黑色墨镜，提着黑色长枪，面无表情地在大明的山河间奔驰，凡见到者无不头皮发麻手脚冰凉，既不敢怒，更不敢言。虽如此，天启六年，京城还是发生了惨烈的爆炸。黑衣人在全国展开大搜捕，下狱者无数，竟未能查明是天谴还是人祸。

饱受惊吓的皇帝次年驾崩，躲过一劫的九千岁察觉新帝有剿灭硅党之意，心头不胜烦忧，便命人连夜开发出名为"迷魂香"的游戏，试图令新帝沉迷。"书生空谈误国，大明江山，非明察秋毫的硅基生命不能辅佐啊。"虚拟的绝代美女如此暗示。

流放的路好不凄凉，当年为他修的生祠皆成瓦砾。未等黑衣人追上他，前总管早已自行了断。随行的人报告说，老家伙实在过分，死前还有几分轻慢，说什么总有一天皇帝会想念他的好处，此等大逆不道之徒，真该碎尸万段。

八 《V字仇杀队》*V for Vendetta*

大清高官的神经被频频爆出的暗杀事件绷紧到极致，很多人一想到刺客所戴的"窦娥"面具，吓得连觉都睡不着，所以浙江巡抚张曾扬一听说本省竟有徐锡麟的同党，大为震怒，急电绍兴知府贵福，派山阴县令李钟岳查封学堂。三堂会审时，贵福暴跳如雷，痛斥秋瑾人等辜负朝廷栽培之恩，谣言惑乱，图谋造反，十恶不赦，又威逼利诱，只要她肯说出真正的面具怪客 V 是何人，便可赦免其罪。秋瑾一语不发，只是冷笑，两道寒光令人胆战。

李县令久仰秋瑾大名，接了抄家之令后草草了事，便将秋瑾带至花厅，听她静述生平。"驰驱戎马中原梦，破碎山河故国羞"。清朝人民拖着他们的辫子浑浑噩噩，却不知那辫子里藏着机关，为

他们造出飘飘然的幻想，使其如行尸走肉，不知所终。非革命不能重新启动华夏这台老迈的机器，不流血无以惊醒昏睡的世人。

县令慨然长叹，以他半生的经验，深知女侠所言多少有几分天真。所谓义士赴死，至多不过引来一群看杀头的人，观众不但未必觉悟，反而兴许喝她的血，吃她的肉，也许将来还要盗她的墓……但他既知女侠必死无疑，也就不想再说什么丧气的话。

秋瑾交待完后事，两人便沉默了。午后下起来的迷蒙细雨纷纷洒洒，却化不开漫天的愁云，一阵狂风将纸张吹落满地。"秋风秋雨愁煞人啊。"秋瑾取过笔墨，想写几句绝命诗，却迟迟不能落笔。

九 《终结者：救世主》*Terminator Salvation*

"你从此要改变你的优柔的性情，用这剑报仇去！"

母亲毅然的神色又在脑海里浮现了，眉间尺挥剑而起，斩杀了最后一个终结者。两个种族间多年的恩怨就此了结。那晚，穿越时间的终结者粗暴蹂躏着少女的噩梦，却又一次将新时代的领袖惊醒了。他一拳砸烂墙壁，模糊的血肉里露出金属的骨骼。"人机杂交技术要尽快攻克！"领袖发布了新命令。

从不离身的玉佩最后一次回放起母亲的叮嘱，磁性的衰减令亲切的声音断断续续：

"几百年后，名为……的天行者一统……几千年后，盗墓者……释放出黑暗原力……起死回生……陷世界于毁灭边缘，救世主……派终结者……欲改变历史，拯救未来……"

往昔的回声消散在空荡的密室里，不管怎么挽留，都终于变成永久的沉默。眉间尺心头流过一股莫名伤感，随即又恼恨不已：母亲啊，你为什么要把我生出来呢？难道只为了将来能够制造出令你蒙羞的机器怪兽吗？几十代人之后的事情，又和我们有什么干系呢？那穿越千年时光的神秘来客，究竟妄想着要改变什么样的过去呢？一只蝴蝶的飞舞，真能引发狂风暴雨吗？人到底为什么活着啊？不管怎样，不都是个死吗？若能唤回从前，谁又能禁得起这种诱惑呢？如果能够在梦里重逢，又何必要醒来呢？在这混沌飘渺的红尘中，又有谁担负得起救世主的恶名呢？

·思想实验室

1. 在这篇小说中，作者将30个内涵各异的中国神话或历史事件与西方的科幻小说及科幻电影相融合，对于这些神话或历史事件你了解多少？可以在阅读后查阅资料，扩展自己的知识储备。

2. 飞氘曾说："在这趟没有终点的旅途里，幻想就像一艘破冰船，它冲破现实的冰层，带领我们前往一个全新之地，只有在那里，我们才能够反观自己出发的地方，看清楚那个'现实'的故乡的疆界和种种欠缺。"在本篇小说中，作者是如何通过幻想来做到不断回望历史和神话的原点呢？请你再次回顾文章，试着体会他的匠心。

3. 近年来，《火星救援》《沙丘》《挽救计划》《流浪地球》等根据优秀科幻小说改编的影视作品大量涌现。在看过本文作者的"文本＋影像"尝试之后，你是否也有了以历史人物或故事与科幻电影"嫁接"的方式来讲科幻故事的兴趣？你可以从飞氘的《蝴蝶效应》中选择一个故事进行情节的扩写，也可以自己再找一个历史故事进行全新的创作，注意选择的人物和科幻电影之间尽量联系紧密，这样才能让自己的创作更具代入感。

相信阅读　勇于想象